Nikolaus Lehnen

Eingefroren

Im Bann des Leuchtfeuers

Autobiografische Erzählung

FSC
www.fsc.org
MIX
Papier aus verantwortungsvollen Quellen
Paper from responsible sources
FSC® C105338

Bibliografische Information der Deutschen Nationalbibliothek:
Die Deutsche Nationalbibliothek verzeichnet diese Publikation in der Deutschen Nationalbibliografie; detaillierte bibliografische Daten sind im Internet über http//dnb.dnb.de abrufbar.

Herstellung und Verlag:
BoD – Books on Demand, Norderstedt

ISBN: 978-3-743-19235-5

Vorwort

Es war ein nebelverhangener Februarmorgen des Jahres 2010. Mein Hausarzt, besorgt über das unkontrollierbare Zittern meiner linken Körperhälfte, hatte mich an einen hiesigen Neurologen überwiesen. Eigentlich hatte ich keinen Grund, besonders beunruhigt zu sein. Ich kannte das Zittern von meiner Mutter. Aber da war sie schon im hohen Alter, als man bei ihr einen nicht näher beschriebenen essentiellen Tremor diagnostizierte. Na ja, dachte ich, wird wohl nicht so schlimm sein; das Zittern bei ihr kam oft unverhofft und es verschwand meistens so schnell, wie es aufgetreten war. Halb so wild also. Sicherlich ist die große Anspannung der Auslöser für mein unbremsbares Herumflattern an diesem Morgen. Daran knüpfte ich meine Hoffnung.

Der Neurologe untersuchte mich auf eine Weise, wie ich eine medizinische Untersuchung nie zuvor erlebt hatte. Er bat mich, die Hände über meinen Kopf zu heben, und zwar so, dass sich meine beiden Handrücken berührten. Dann musste ich meine Hände hin- und herdrehen – er nannte dies den „Glühbirneneindrehgriff“. Und ich spürte stechende Schmerzen in meinen Handgelenken bei dieser Übung. Dann ließ er mich mit dem Daumen den Zeigefinger berühren. Dabei handelt es sich um den Pinzettengriff. Aber weder meine Fingerkuppen noch meine Fingerspitzen konnten sich berühren. Plötzlich wurde mir bewusst, dass ich schon seit einiger Zeit extrem lästige Probleme beim Ergreifen von kleinen Münzen – dem Wechselgeld – an Supermarktkassen verspürte. Der Neurologe arbeitete eine Reihe von Untersuchungen routinemäßig ab. Gegen Ende der Prozedur bat er mich, ein paar Schritte zu gehen. Dabei kam es zu meiner Überraschung gar nicht darauf an, ob ich schnell oder langsam, geradeaus oder im Zickzack ging. Er beobachtete meine Arme, während ich in seinem Behandlungszimmer hin- und her-ging, und notierte: Linker Arm schwingt beim Gehen nicht mit. Es folgte eine Reihe weiterer Tests mit dem Ergenbis einer wenig efreulichen Diagnose: Morbus Parkinson.

Seit dieser Erstdiagnose sind fast sechs Jahre vergangen. Die Symptome unterliegen einer sehr starken Schwankung und verbessern oder verschlechtern sich je nach medikamentöser Behandlung. Heute weiß ich, welche Substanzen eine gute Wirkung zeigen, obgleich sie stetig in ihrer Dosis erhöht werden. Ich habe aber auch erfahren müssen, welche Substanzen eine verheerende Wirkung mit schlimmen Nebenwirkungen bei mir auslösen. Erstaunlicherweise reagiert fast jeder Mensch, der an Parkinson erkrankt ist, unterschiedlich auf die verschriebenen Medikamente. In vielen Gesprächen mit anderen Erkrankten durfte ich erfahren, dass manche Menschen hervorragende Ergebnisse verzeichnen konnten, während andere, so wie auch ich, mit dem gleichen Wirkstoff beinahe vom Leben in den Tod befördert wurden. Spätestens nach solch irritierenden Erlebnissen wird man hellhörig und liest die Medikamenten-Beipackzettel sehr intensiv, hinterfragt, wägt ab und tauscht Erfahrungen aus.

Heute weiß ich, dass eine Ursache, an Parkinson zu erkranken, der unwiderrufliche Untergang der „Substantia Nigra“ ist, eines Kernkomplexes ganz oben im Mittelhirn, der durch einen hohen Gehalt an Melanin und Eisen dunkel gefärbt erscheint. Ein Ausfall oder auch ein Untergang des dopaminergen Systems führt zum Wegfall der Hemmung anderer Bestandteile des Schaltkreises und damit zu dem Symptom des Morbus Parkinson.

Bei mir verdächtige ich den langsamen Abbau meines Dopamin produzierenden Systems. Noch nie zuvor habe ich jemals über diese Erkrankung etwas gehört und so kam es, dass ich völlig ahnungslos beim ersten Aufsuchen eines Neurologen zum allerersten Mal von diesem – für geregelte Bewegungsabläufe so unendlich wichtigen – Organ namens Substantia Nigra etwas erfuhr. Die Neuigkeiten waren verwirrend. Die medizinischen Ausdrücke waren mir völlig fremd und die von dem Arzt behutsam überbrachte Diagnose erschreckte mich sehr. Langsam begriff ich, dass ganz plötzlich ein immer gegenwärtiger Lehrmeister die Herrschaft über mich an sich gerissen hat, der meine Bewegungen beherrscht, der entscheidet, wie ich mich zu bewegen habe und wann ich mich überhaupt nicht zu bewegen habe. „Herr Parkinson" ist sehr streng. Er weckt mich auf, wenn ich endlich durchschlafen möchte nach ewig langer durchwachter Nacht. Wenn er will, lässt er meine Beine wild um sich treten und meine Arme ziellos um sich schlagen.

Und oft zeigt mir mein gnadenloser Begleiter, was geht und was nicht. Er hat die völlige Kontrolle über meine Mobilität, meine Befindlichkeiten und über meine Verhaltensweisen übernommen und beherrscht zunehmend meine Gefühlswelt. Jetzt glaube ich die Tücken und die Bösartigkeiten des „Herrn Parkinson" erkannt zu haben und wage mich mit diesem Buch auf einen Segeltörn durch die Gezeiten meiner Kindheit, meiner Jugend und meines Erwachsenenalters. Ich wähle mir dafür ein Schiff als Metapher, das Ebbe und Flut, Sturm und Flaute, Angst und Mut, Hoffnungslosigkeit und Hoffnung in einem fiktiven Logbuch festhält, um die einzelnen Stationen meines bisherigen Lebens anzupeilen.

Für Maria, Kerstin, Carolin, Michael, Jeffrey, Nils, Marie, Noah und Julian

Michael, danke für Deine kreative Bildgestaltung.

Ingrid, Dir danke ich ganz besonders für Deine geduldige Korrekturarbeit und Beratung.

Allen Freunden vielen lieben Dank für Euren mutmachenden Zuspruch, ohne den dieses Buch niemals zustande gekommen wäre.

INHALT

Einleitung

Meine Geschichte ist ein Rückblick auf meine Kindheit, Jugend- und Erwachsenenzeit, die immer wieder, eigentlich seit ich lesen kann, sehr stark beeinflusst war von Seefahrern und deren abenteuerlichen Entdeckungen, aber auch von ihren Irrfahrten durch unerforschte Wasserwüsten und unbekannte Inselwelten.

Sie nimmt den Leser als Besatzungsmitglied an Bord meines Seglers „***James P. Rigor***“ mit auf Törns durch ein Meer gewaltiger Stürme mit monsterhaften Brechern, die alles von Menschen Erschaffene vernichtend zerschmettern und in Stücke zerbersten lassen.

Die Geschichte führt durch Ozeane voller Gefühle, deren Abgründe und endlose Tiefen alles in ihren schrecklichen Sog einsaugen und jegliches Auftauchen aus bodenlosem Abgrund vereiteln.

Dann wieder wähne ich mich wonnig im warmen Sand liegend, entspannt auf heißer weißer Düne am einsamen Strand, von schattenspendenden Palmen gesäumt. Und ich lese das Lied von Odysseus, dem mächtigen Herrscher von Ithaka und Bezwinger Trojas. Mit tiefer Freude und Zufriedenheit verschlinge ich die Verse Homers, in denen er kundig die mutigen Taten des Odysseus besingt.

Ich ahne die Qualen der Seefahrer, dem verführerischen Gesang der Sirenen zu widerstehen und den Freuden der hemmungslosen Lust zu entsagen. Den schwachen Freunden hatte

Odysseus mit Wachs das Gehör versiegelt und so vernahm keiner der Getreuen den flehenden Ruf der Nymphen. Und sie verspürten nicht das Verlangen nach körperlichen Wonnen und die unselige Gier nach Schätzen und Reichtum. Sie wurden verschont. Odysseus aber verzichtete auf das taubmachende Wachs und ließ sich an den Mast seines Schiffes binden, um den verführerischen Gesang der Sirenen vernehmen zu können, der viele Seefahrer schon angelockt und ins Verderben gestürzt hatte.

Dann spüre ich den Drang nach Seelenfrieden und Freiheit und den Zwang, mein Wissen über die Befindlichkeiten von Menschen zu vertiefen.

Spiegelbild

Mein Blick heute Morgen in den Rasierspiegel gibt mir zu denken. Was ich sehe, ist eine ziemlich zerklüftete Landschaft mit kargem Bewuchs und ausgedörrtem Gestrüpp unterhalb meiner Nase. Eine ausgetrocknete Gegend, von gelegentlichen Niederschlägen heimgesucht. Die herbeigesehnte Regendusche verdunstet schnell. Der aus der Landschaft aufsteigende Nebel macht meine Brille beschlagen. Zwischen meinen Augenbrauen tun sich tiefe Furchen auf. Sie gleichen geologischen Verwerfungen. Ein Erdzeitalter, das sich in meinem Gesicht widerspiegelt. Aber was ich erblicke, ist ein Trugbild. Alles erscheint seitenverkehrt. Mein fragender Blick in die diesigen Tiefen des Spiegels bleibt unbeantwortet.

Genauso gut könnte ich in einen tiefen, ausgetrockneten Brunnenschacht schauen. Kein Mond und kein einziger Stern würden aus dem verkrusteten Schlamm im tiefen Brunnenschacht flimmernd ihre Gegenwart am nächtlichen Himmel verraten. Das eingefangene Licht ist erloschen. Die Sonne hat sich das Wasser eingefordert und ihr am Himmel gleißendes Licht ist ebenfalls im ausgetrockneten Schlamm erstickt. Der Brunnenboden gibt keine Antworten; es ist ein blinder Brunnen, der den hinabfallenden Kiesel nicht ahnt. Nur der Aufschlag des Steines bestätigt, kaum vernehmbar, seine Ankunft. Doch ein widerhallendes „Plop“, das von dem Dürstenden sehnsuchtsvoll erhoffte Zeichen für frisches Quellwasser einer rettenden Oase, bleibt aus.

Mein zitterndes Spiegelbild gleicht den zitternden Bewegungen eines Seismografen. Das Beben nimmt kein Ende. Nichts kann den Tremor meiner Hände beruhigen. Das Rasierzeug bleibt unbenutzt. Der üblicherweise notwendige Alaunstift als Blutstiller auch.

Mein Blick heftet sich an den Blick meines Gegenübers und so verharren wir lange regungslos.

Meine Gedanken gehen auf Wanderschaft in längst vergangene Zeiten und zweifellos träume ich einen wiederkehrenden Tagtraum.

Stalldunst

Und wieder brüte ich als zwölfjähriger Junge, brav, so wie man es von mir verlangt, über meinen lästigen und äußerst widerwärtigen Hausaufgaben. Das sind quälende Latein-Deklinationstabellen, Übersetzungen und tückische Algebra-Logarithmen. Die wiederholt vor der gesamten Schulklasse vorgetragenen Drohungen der liebenswert schrulligen Lateinlehrerin schallen nachhaltig in meinen Ohren und bohren sich tief in meine Hirnwindungen ein: „Ich sehe schwarz für dich!“ Diese warnende und sicher gut gemeinte Verkündung soll mich aus meiner Lern-Lethargie herausreißen und mich auf den Pfad des schulischen Ehrgeizes bringen. Ich aber habe eine große Abneigung gegen „ehrgeizig sein“, also baue ich eine Wand des Widerstands auf. Eine feste, unüberwindbare Barriere gegen das Wesen des rücksichtslosen Strebertums. Das ist nämlich meine Auslegung dieser für mich äußerst verabscheuungswürdigen Auffassung von eifrigem Lernwillen. Einige andere Schüler aus meinem Jahrgang legen einen Lerneifer vor, der, da bin ich mir ganz sicher, den Eifer und Ehrgeiz ihrer Eltern widerspiegelt. Ich sehe in ihnen „bedauernswerte Geschöpfe“, dem Ansehen der Familie geopfert. Die Verkündung der Lehrerin wird zur Verkündigung, diese zur Verheißung. Ihre unheilvolle Verheißung aber wird zum schrecklichen Credo meiner arbeitsgeplagten Mutter. Sie sorgt sich sehr und hat Angst um meine Zukunft. Sie sah sich stets als „chancenlos, etwas aus sich zu machen“. Es war ihre Passion bis zu ihrem letzten Atemzug, mich zu dem machen zu wollen, was ihr verwehrt blieb – nämlich zu einem Lehrer. Und ihre Litanei ergießt sich gleich einem nimmer versiegenden Wasserfall über mich:

„Bub, lern, sonst wirst du mit Schippe und Hacke im Graben arbeiten müssen! Willst du das?“

Für sie war die Vorstellung, mich mit Schippe und Hacke in schweren Arbeitsklamotten und Gummistiefeln in einem Graben schuften zu sehen, geradezu grauenvoll.

„Was werden die Nachbarn sagen? Und erst die Verwandtschaft! Mein Gott, diese Schande! Was tust du mir an? Mit was habe ich diese Schmach verdient?“

Sie hätte lieber sterben wollen, als „so etwas“ zu erleben. Und ich wäre einer der Sargnägel gewesen, der an ihrem Leid mit Schuld trüge.

Es fällt mir schwer nachzuvollziehen, was an der Tätigkeit eines Bauarbeiters, Waldarbeiters oder Gleisbauarbeiters derart schändlich und abscheulich ist, dass allein die Vorstellung, einen Arbeiter als Sohn zu haben, zur kollektiven Scham der gesamten Familie hochstilisiert wird. Klar, sie will nur mein Bestes, und zweifellos meint sie es gut mit mir.

Ich aber sitze an dem mit einem Wachstuch bedeckten Küchentisch, der beladen ist mit einer höllisch lärmenden Milchzentrifuge, fettigem Melkgeschirr und übervollen Rahmtöpfen. Dazwischen meine Vokabelhefte; und ich hantiere mit Schreibzeug und Radiergummi Selbstverständlich gebe ich, wie immer, mein Bestes. Wenigstens bilde ich mir das ein! Denn es hat keinen Zweck, wiederholt die alten Vokabeln aufzusagen, die ich längst auswendig aus dem Effeff nur so herunterrattern kann. Halbe Leistung ist ein Zeichen von Faulheit oder auch Unlust. Beide Verhaltensweisen sind in unserem Hause nicht geduldet. Die Eltern, auch die Großeltern, so sie im gleichen

Haushalt leben, sind strenge Erzieher und wir, die Kinder, deren widerborstiger, aber ganz und gar zweckloser Widerstand gebrochen werden muss, um uns zu „anständigen“ Menschen zurechtzubiegen, sind zwar die Gedemütigten, aber wir verstehen ihre Motive, uns gleichzuschalten, gut, so wie sie selbst von ihren Eltern und anderern Autoritäten geformt und verbogen worden sind, um dem Menschenbild des voranschreitenden Nationalsozialismus zu entsprechen. Die abverlangten Leistungen gleichen denen der Erwachsenen. Fehler werden nicht verziehen und hier darf nichts verkommen. Denn wer etwas verkommen lässt, ist selbst schon eine „verkommene Kreatur“. Nein, Fehler werden nicht verziehen. Jede Aufgabe, jede Arbeit unterliegt dem Ziel der Vollkommenheit und der absolut vollkommenen Vollendung. Die Urteile sind hart. Was falsch ist, bestimmen die Erwachsenen. „Es war schon immer so und so bleibt es auch. Basta!“ Diese Haltung der Eltern stört mich und schon früh regt sich in mir Widerstand gegen diese Machtausübung über mich. Ich entwickle Strategien, wie ich meinen eigenen Willen durchsetzen kann, indem ich zwar die aufgetragenen Aufgaben meistens zufriedenstellend erledige, aber mit meinen eigenen Methoden. Die eingeforderten Ergebnisse und Resultate zu liefern, gelingt mir aber leider nicht immer. So führt die Handhabung von landwirtschaftlichem Gerät oft zu völlig desaströsen Ergebnissen. Wenn ich die Sense zum wiederholten Male stumpf statt scharf gedengelt habe und sich deswegen das Gras wegduckt, also sich nicht schneiden lässt und ich auch noch zu allem Überfluss die Spitze des Sensenblattes in den Boden ramme und dabei der Holzschaft des Sensenwurfs zersplittert..., dann Gnade mir Gott! Flucht aus dem Acker oder aus der Heuwiese macht überhaupt keinen Sinn! Am Abend wird der Schuldspruch über meine Unfähigkeiten und Schandtaten urteilend über mich kommen und über mich richten. Die väterliche Strenge ähnelt einem apokalyptischen Bergrutsch, einem Alptraum gleich. In solchen Momenten wird mir die Strenge meines Vaters offenbart und ich verstehe seine Wesensart. Seine Jugend war bestimmt von herrischen Befehlen und Anordnungen, denen er sich als Melker-Lehrling auf einem landwirtschaftlichen Rittergut „derer von Jeinsen“ zu unterwerfen hatte. Trotz der auf dem Rittergut herrschenden Strenge war er zeitlebens stolz auf seine dort verbrachte Zeit und der Beruf als „Schweizer“ erfüllte ihn mit großer Genugtuung. Er übernahm auch gewisse Wesensmerkmale seiner Meister und Herren. Er lernte viel, er sammelte Erfahrung und auch die Fähigkeit, sich gegen Widerstände durchzusetzen. Er bewies Überlegenheit und stolze Erhabenheit gegenüber Anfeindungen. Eine gelungene Adaption. Entweder du bist Herr oder du bist Knecht, entweder Herrin oder Magd.

Da ich nicht Herr sein kann, bin ich also Knecht.

„Kind sein“ wird nicht geduldet.

Das kindliche Dasein wird beherrscht und gelenkt von sorgenvollen Ermahnungen, knappen Anweisungen, strengen Befehlen und gefährlichen Drohungen, wobei ich die Ermahnung meistens, aber nicht immer als „sorgenvoll“ und mit einer „ängstlichen Vorahnung“ meines künftigen totalen Scheiterns empfinde. Ich aber wehre mich gegen diese aussichtslose Perspektive und versuche alles für mich Mögliche, den bedrohlichen Vorhersagen meiner Erzieher zu widersprechen, um ihnen mit meinen Talenten das Gegenteil ihrer Weissagungen zu beweisen. Also ist es Pflicht, die aufgetragenen Arbeiten nicht nur gerne, sondern auch sofort und vor allem sorgfältig zu verrichten. Gelingt das, dann kommt verhaltenes Lob. Nicht gerade überschwänglich, aber gerade so viel, dass ich den Stolz meiner Eltern über die Leistung von uns Kindern erkenne. Zuviel Lob verderbe den Charakter, sagen sie. Da werden wenig

Worte gemacht und doch sind die verhaltenen Gesten der Anerkennung zu erkennen.

„Der trägt mir schon einen Zentner Frucht auf den Speicher." Oder: „Du müsstest mal sehen, wie der mir den vollen Kartoffelsack auf die Schulter wirft. Der kann das!"

Diese meine Leistungen anerkennenden Worte und Gesten müssen genügen. Die Wohlgefälligkeit dieser Worte jedoch bezieht sich nicht immer auf meine vollbrachte Glanztat, sondern auf die Resultate der strengen Erziehung und untermauert die Fähigkeiten des „Herrn" und Erziehers und keineswegs die Leistung des „Knechtes" und Zöglings. So ist mein kindliches Empfinden. Ich bin angespannt und oftmals furchtsam ob der Unberechenbarkeit und der empfundenen Ungerechtigkeiten der Erwachsenen in meinem Umfeld, aber ich habe auch meine Tricks, die mir helfen, die strengen Erwachsenen zu überlisten. Denn ich darf ihnen nicht trauen; davon bin ich überzeugt. Dann träume ich mit offenen Augen meinen Abenteuern entgegen und entfliehe dem häuslichen Treiben.

Gedämpftes Kettenrasseln aus unserem Kuhstall lässt mich aufhorchen; das Melken der Kühe ist beendet. Das Vieh legt sich schwerfällig, mit den Vorderbeinen einknickend, nieder ins frische Stroh, um genüsslich das tagsüber aufgenommene Futter und den in ihrem Pansen vorverdauten Nahrungsbrei nun in Ruhe hochzuwürgen und nochmals zu zerkauen. Danach werden sie die zerkleinerte Nahrung erneut verschlucken und der eigentlichen Verdauung zuführen. Sie käuen wieder und genießen die Ruhe im Stall. Ihr Stoffwechsel ist gut und das Ergebnis ihrer Verdauung ist unmissverständlich vernehmbar. Das Brodeln und Zischen in ihren Bäuchen entlädt sich dann in geräuschvollen, nach Methangas duftenden, warmen Winden;

und das beruhigt den Bauern sehr. Oh ja, er freut sich über jeden Furz seiner Tiere. Ein schlechter Stoffwechsel führt zur Aufblähung des Kuhpansens; die einzige Rettung ist ein Überdruckventil, das durch die Bauchdecke direkt in den Pansen gestoßen wird, damit das unter Überdruck stehende Verdauungsgas entweichen kann. Dann wird es zischen und spritzen, dass die Wände des Stalls von grünem Brei nur so triefen. Die Kuh ist gerettet. Die unerträgliche Anspannung weicht aus den ängstlichen Gesichtern der Anwesenden. Die Sorge, eine Kuh zu verlieren, ist gebannt; jetzt wird der Schuldige ermittelt werden. Der Tierarzt erkennt an der grünen, von der Wand triefenden Pampe, dass taufrischer Klee die Ursache der Blähung war. Mein zaghafter Versuch, den Ausbruch meiner Herde in ein Kleefeld nahe unserer Grasweide zu verleugnen, scheitert erbärmlich. Die Anwesenheit des Tierarztes mildert den Zorn des Vaters; seine Beschimpfungen halten sich in Grenzen.

Gleich werde ich abgehört werden und die gelernten Vokabeln aufsagen müssen. Die Tortur beginnt. Die Bedrohung ist auf ihrem Weg:

„Kannst du alles? Kann ich dich abhören?“

„Ja, es geht, doch, ich glaub schon, dass ich´s kann“, erwidere ich etwas unsicher, aber mit der Hoffnung, dass es wieder mal zur Zufriedenheit meiner Mutter klappen wird.

Der Lärm der Milchzentrifuge auf dem Küchentisch ist ohrenbetäubend und nervtötend.

Dazwischen die kaum vernehmbaren Wortfetzen meiner Mutter beim Abhören meiner Vokabeln.

„Warum sind deine Hausaufgaben noch nicht fertig? Hast du wieder mal geträumt? Hast du für deine Klavierstunde genug geübt?“

Die Fragen nehmen kein Ende. Und ich habe keine Antworten. Nein, im Gegensatz zu dem Tagesablauf unserer Kühe ist dieser Tag für mich noch nicht zu Ende. Es wird, wie meistens, spät werden. Frisches Stroh muss noch in den Stall, um es am Morgen nach dem Ausmisten dem Vieh unterzustreuen. Ebenso ist noch frisches Heu für die morgendliche Fütterung vorzubereiten. Dann ist endlich auch der Feierabend für die Menschen da.

Jetzt kann ich noch etwas in meine Bücher schauen, in der Hoffnung, dass ich das, was ich jetzt noch lerne, auch morgen noch weiß. Nach spätestens sechs Stunden werde ich geweckt, denn ich muss mit hinaus auf den Acker und Mais aufladen. Das Vieh braucht Grünfutter. Es ist noch dunkel und der Mais ist von einer dünnen Raureifschicht überzogen und eiskalt. Die Haut meiner Hände wird von dem ätzenden Saft der Maisstrünke aufgerissen und als Hautfetzen eingefordert. Wer jemals Bündel von geschnittenen Maisstangen aufsammeln und verladen musste, der weiß von den messerscharfen Blatträndern und den blutenden Schnittwunden an seinen Händen zu erzählen. Endlich ist die Fuhre daheim im Hof. Etwas Melkfett, von Mutter auf die wunden Finger geschmiert, lindert den Schmerz. Am östlichen Himmel erscheint schwaches Morgenlicht, es dämmert. Bald muss ich zur Schule. Jetzt noch mal kurz in die Vokabeln geschaut, während ich mein Frühstücksbrot verzehre.

Dann schweift mein Blick weg von den Schulsachen. Und meine angstvoll befrachteten Gedanken segeln wieder fort an den imaginären Ort meiner Zuflucht: mein Schiff auf hoher See.

Und ich blicke aus dem Küchenfenster, hinaus auf die Felder gleich hinter unserem Haus. Wogendes, saftiges Gras auf bald zu mähenden Wiesen glitzert in der Morgensonne. Etwas weiter entfernt liegt einer unserer Äcker, beladen mit kleinwüchsiger Wintergerste, deren Fruchtbeutel gelbliche Wolken von Blütenstaub über die sich im leisen Frühsommerwind wiegenden Halme und Ähren verbreiten. An einigen Stellen hat der fast immerwährende Westwind, der sich manchmal zum Sturm erhebt, die Halme schon niedergedrückt. Aber ihre Staubbeutel leeren sich und die vom Wind verwehten Pollen erfüllen ihre einzig für sie bestimmte Aufgabe: Sie befruchten die Narben der Fruchtstände. Dem scheinbar tauben Korn wird Leben eingehaucht und prachtvolles Getreide gedeiht und wächst auf dem kargen Boden.

Dass das Getreide trotz der mageren Böden so schön und voll auf dem Halm steht, hat eine Ursache: „Dem Ackergrund muss nachgeholfen werden, er ist zu mager!“, sagen sie, und wir, mein Vater und ich, mischen in einer Ecke unserer Scheune Tonnen von neuartigen künstlichen Düngemitteln. Man benutzt dafür die für meine Begriffe etwas seltsame Bezeichnung „Kunstdünger“. Was ist Kunst am künstlichen Dünger? Stickstoff, Phosphat, Kalium, Schwefel, Calcium, Magnesium, Ammoniak, Superphosphat, Doppelsuperphosphat und Triplesuperphosphat, Ammoniumnitrat und viele weitere organische und anorganische Verbindungen! Die hochgiftigen Stäube der Wachstumsbeschleuniger gemischt mit den noch um ein Vielfaches giftigeren Stäuben der Unkrautvernichtungsmittel – man nennt sie Pflanzenschutzmittel – verstopfen mir die Nase und verkleben meine Bronchien. Übelkeit und schmerzende Hustenanfälle bis zum Erbrechen sind die unausbleiblichen Folgen. Auf den Tüten sind Warnhinweise zu lesen, und aufgedruckte Totenkopfsymbole signalisieren die Gefährlichkeit der Inhalte. Trotzdem sorgen wir uns nicht um unsere Gesundheit;

der Einsatz und das Einbringen der Düngemittel in die Erde haben Vorrang.

„Wie gefährlich ist das Zeug denn, kann man davon sterben?" So frage ich immer wieder, denn mir machen der Aufdruck auf den Düngertüten und der beißende, stechende Geruch Angst.

„Mach´ dir keine Sorgen, wir schlucken das Pulver ja nicht. Schaufle weiter und pass auf, dass es keine Klumpen gibt."

Beim Einfüllen des nun gemischten Kunstdüngers in die vorher entleerten Tüten gleicht der Innenraum der Scheune einer Staubhöhle. Ich versuche meinen Atem anzuhalten, um so wenig wie möglich von dem Staubgemisch zu inhalieren. Irgendwann muss ich aber weiteratmen und der ätzende Staub verbrennt mir die Nasenschleimhaut. Aber es gibt kein Entrinnen; das wertvolle Düngergemisch muss in die Tüten. Wehe dem Bauern, Gärtner oder Landschaftspfleger, der bei dieser grauenvollen Arbeit keine Schutzmaske anlegt und dann seine verstopfte und ausgetrocknete Kehle mit einem Bier labt! So mancher rechtschaffene Mann hat wegen seiner Sorglosigkeit dabei sein allerletztes Bier genossen. „Der hätte halt nichts trinken dürfen, vor allem keinen Alkohol. Ist selber schuld."

Also binden wir uns ein Taschentuch über Mund und Nase oder ziehen uns die um den Hals gebundenen Schweißtücher etwas höher, sodass Mund und Nase zumindest ein wenig vor dem giftigen Gemisch geschützt sind. Das geht so lange gut, bis das schützende Tuch vom feuchten Atem und dem am Tuch haftenden Düngerstaub völlig verkrustet ist. Dann muss es weg, weil man ansonsten keine Atemluft mehr bekommt; und du ziehst mit tiefen Zügen den schweren, hochgiftigen Staub in deine Lunge. Wir wissen nicht, dass unsere Lungen das Zeug nie wieder freigeben können. Einmal drin, wird es für immer gebunkert. Schwere Hustenanfälle vermögen es nicht, den Dreck auszuwerfen. Man hört, dass sich schmerzende Stiche in der Lunge und Schwindelanfälle bei der ländlichen Bevölkerung und besonders bei den Bauern häufen. Kritische Meinungen über die Anwendung und den Einsatz von künstlichem Dünger sind selten zu vernehmen und der „Eisenbahn-Landwirt“, eine Fachzeitschrift des Eisenbahn-Sozialverbandes, preist den Einsatz von Dünger, um die Erträge zu steigern. Von sogenannten gartenverträglichen Pflanzenschutzmitteln oder gar mechanischer Schädlingsabwehr ist noch lange nicht die Rede und wird erst einige Dekaden später durch ein neues Umweltbewusstsein, nicht zuletzt angestachelt durch schockierende audiovisuelle Berichte über nie dagewesene Krankheiten und Missbildungen bei Mensch und Tier, in das Bewusstsein der Menschen rücken. Jetzt aber gilt es, die Erträge zu steigern, ohne Rücksicht auf eventuelle noch unbekannte Gefahren für die Gesundheit. Die Bevölkerung wächst stetig und der Bedarf an Nahrungsmitteln ist groß.

Meinungsverschiedenheiten und die daraus folgenden Wortgeplänkel über die – nach der festen Überzeugung meines Vaters – mehr oder weniger guten Fähigkeiten einiger einheimischer Bauern machen ihn nicht bei allen beliebt in unserem Dorf, und manch böswilliger Scherz wird ausgeheckt, um ihn seiner auswärtigen Herkunft wegen zu diffamieren. Er weiß sich zu wehren und seine Titulierungen sind wenig schmeichelhaft, doch oft nicht völlig unzutreffend. Er ist kein Schmeichler, beansprucht das Recht des Wissenden und duldet keinen Widerspruch. Selten nur kann man ihn von einer gegenteiligen Meinung überzeugen. Da muss es schon ein Vertreter der Obrigkeit sein. Die wenigsten Einheimischen haben, zumindest zu jener Zeit, die geringste Ahnung von der Heimat meines Vaters, der Vulkaneifel. Sie kennen weder die demografische noch die ökologische und ökonomische Struktur dieser Region unseres

Landes. Die wenigsten wissen, dass die Eifel schon in den frühen Jahren des zwanzigsten Jahrhunderts einen touristischen Aufschwung erlebt hat. Rheinländer lieben es, an den Vulkanseen, den Maaren – auch als „Augen der Eifel" bezeichnet ihre Wochenenden zu verbringen. Sie lieben die sagenumwobenen Burgen und reden stolz von den längst untergegangenen Kreuzrittern und deren zweifelhaft ruhmreichen Taten im Namen des Christentums. Und sie sind stolz auf ihren „Nürburgring". Er ist ein Magnet für Liebhaber des Motor-Rennsports und sie lassen ihr Geld in den Hotels und Gaststätten der Gegend um die Rennstrecke. Das Tal der Ahr im nördlichen Bereich der Eifel birgt unschätzbare Reichtümer in seinen Kellern und die Rotweinlagen in den Steilhängen erfordern alpine Kletterkünste von den Winzern.

Die meisten Menschen der Westpfalz waren schon immer sesshafte und ortsgebundene Handwerker oder Monteure, die ihren Lebensunterhalt für ihre Familien im nahen Saarland teils unter damaliger französischer Okkupation oder in der Rheinebene verdienten. Oder sie waren ehrbare, stolze Bauern mit eigenen, aber durch Erbteilung immer kleiner werdenden Anbauflächen. Gar mancher sah sich durch anhaltende Kriege und Elend gezwungen auszuwandern. Es ist ein stolzes, aber wenig weltoffenes, zuweilen sogar weltfremdes Volk, denn die Bauern können ihrer Scholle niemals entfliehen und oft endet ihr Horizont an den Gemarkungsgrenzen ihres Heimatdorfes, in dem sie leben und arbeiten, oder in den umliegenden Orten – der Liebsten wegen. Wie könnten sie jemals für einen Tag nur ihre bäuerliche Arbeit und Verantwortung für ihr Vieh vernachlässigen? Bist du Bauer, hast du am Abend dein Vieh zu versorgen und deine Kühe zu melken! Ein Schinder, der das Vieh mit vollen Eutern vor Schmerz brüllen lässt!

Sie sind Bergarbeiter oder Stahlkocher, entreißen dem Berg die Kohle, schmelzen Erz und formen Gusseisen. Das Land ist im Aufschwung und die Wirtschaft floriert. Die Stahlbarone benötigen Rohstoffe, und die Autos verlassen im Minutentakt die Produktionshallen. Technische Revolution soll die harte Arbeit der Menschen erleichtern, aber oft, viel zu oft, ersetzt eine Maschine den Menschen. Man stellt den Menschen frei! Aber Menschen freizustellen bedeutet Arbeitslosigkeit. Nur wenn ein technischer Fehler den Produktionsprozess zum Erliegen bringt, dann müssen wieder Menschen eingreifen. Die Störung muss schnell und effizient beseitigt werden.

„Los, an die Arbeit, die giftigen Dämpfe werden dich schon nicht umbringen. Da müsste ich schon längst tot sein! So schnell stirbt man nicht!"

Der Vorarbeiter erhält die Anweisungen von seinem Vorgesetzten, der wiederum von seinem Abteilungsleiter. Vorgaben müssen um jeden Preis erfüllt werden. Ziele müssen schnell und vor allem kostengünstig erreicht werden. Widerspruch wird nicht geduldet. Wer widerspricht, ist ein Querkopf. Querulanten werden bei der nächstbesten Gelegenheit freigesetzt, also entlassen, meistens fristlos, je nach Schwere der Aufmüpfigkeit. Und die Gewerkschaften verbuchen einen nie dagewesenen Zulauf.

Ich höre, wie man an den Stammtischen der damals noch zahlreichen Dorfschänken über sogenannte Parteibuchinhaber lästert, die es angeblich vortrefflich verstünden, ihr Fähnchen immer nach der gerade aktuellen Windrichtung auszurichten. Das sei opportun und könnte, die „richtige Parteibuchfarbe" vorausgesetzt, durchaus einmal zum eigenen Vorteil gereichen. Der Besitz des richtigen Parteibuches sei außerordentlich behilflich bei der Besetzung lukrativer Stellen für Staatsbedienstete in den Kreisverwaltungen, den Landesämtern und auch in den Bundesämtern, sagt man. Der gehobene Beamtenadel sei auf jeden Fall zu pflegen; ansonsten wisse man nie, was alles passieren könnte. Für mich sind solche, oft lautstark vorgetragenen Stammtischdebatten ziemlich widerliche Dispute – herausgeplärrt von Proleten und Denunzianten – die nicht selten in Pöbeleien und sogar Schlägereien ausarten.

Als Junge muss ich erfahren, wie Menschen in hohen Ämtern oft selbstgerecht nach der Prämisse leben, dass sich ein Volk der Hierarchie der Staatsgewalt beugen müsse, um Ruhe im Land zu haben. Darin ist man sich einig! Die Streitigkeiten werden beigelegt und man sucht sich einen anderen Gegner, am liebsten einen „Auswärtigen“. Nur wenige trauen sich, öffentlich eine andere Meinung als die allgemein gültige zu vertreten, und werden dadurch zu „Nestbeschmutzern“ und zu jenen, „die nicht mit den Wölfen heulen“, abgestempelt. Mich verstört solches Gebaren und ich frage mich: „Was ist das, was da auf dem Misthaufen unserer nicht gerade ruhmreichen Vergangenheit gedeiht?“ Ich frage auch im Kreise der Freunde meiner Familie und meiner Verwandtschaft, doch die Reaktionen sind sehr bedrohlich:

„Du dummer Bub, halt´s Maul, du hast doch keine Ahnung vom Leben, es war nicht alles schlecht im Hitlerreich, und was er für sein Volk getan hat...! Nicht wahr, du dummes Bürschlein, was weißt du denn schon? Dir gehört eine Tracht Prügel und sonst nichts! Und überhaupt, was redest du da, wer hat dir denn die Flausen in den Kopf gesetzt?“

Auf solche Zurechtweisungen, herausgespuckt mit vor Zorn weit aufgerissenen Augen und gefletschten Zähnen, die mir in

dieser für mich völlig ausweglosen Lage wie aufgepflanzte Bajonette erscheinen, reagiere ich sehr empfindlich, denn ich lese Geschichtsbücher und glaube den Zusammenhang zwischen dem immer noch verherrlichenden Propagandageschwätz und den äußerst unrühmlichen Geschehnissen des Dritten Reiches zu verstehen. Dass fast sechzehn Jahre nach dem Ende des Zweiten Weltkrieges weiterhin noch Nationalsozialisten, zwar als solche nicht offiziell benannt und auch nicht bekannt, Einfluss auf meine noch etwas kindlich-naive, aber schon fast jugendliche Weltanschauung auszuüben versuchen, macht mich richtig wütend. In meiner Ohnmacht, etwas gegen diese Gesinnungen unternehmen zu können, erschaffe ich mir ein ziemlich drastisches Sinnbild, eine Metapher:
„Unkraut gedeiht prächtig auf faulendem Kompost."

Ich beobachte und bemerke, wie man sich mit einem spöttisch-freundlichen Zuzwinkern gegenseitig die Ehre abschneidet und sich der im Stillen ausgeheckten Verhöhnungen und Possen bedient.

Ich bemerke, wie mein Vater darunter leidet und ich leide mit ihm.

Er ist ein stolzer Sohn der Eifel, aufgewachsen in einer ehemaligen, aber längst untergegangenen Getreidemühle mit einem zweischlächtigen Antriebsrad, das mit dem Wasser aus einem nahe gelegenen Vulkansee, dem Ulmener Maar, angetrieben wurde.

Ich lausche gerne den Erzählungen von Onkel Antonius, Vaters Bruder, um das Mühlenwesen. So durfte in der Mühle auf keinen Fall geraucht oder mit offenem Feuer hantiert werden. Der hochexplosive Mehlstaub hätte eine fürchterliche Verpuffung auslösen können. Es gab auch so gut wie keine metallenen Gegenstände im Kernbereich der Mühle, also in ihrem Herzen, der Transmission und dem Mahlwerk. Alle Bauteile, von dem tragenden Gebälk über die vielfältigen Zahnräder, waren aus Holz und miteinander verzapft oder verkeilt. Ein majestätisches Bauwerk.

Der Mühlenbetrieb wurde in den Kindertagen meines Vaters modernisiert. Statt der Energie aus Wasserkraft kam bald elektrischer Strom zum Einsatz als Antriebsenergie. Neue Mühlen entstanden und die Rentabilität althergebrachter Mühlentechnik unterlag der Effizienz der Neuzeit. Vorbei auch die uralten Rechte der Müllerzunft. Die Mühle verfiel durch „Feindeshand" und wurde zur Ruine. Den Niedergang und somit den Verlust der Mühle als die Heimstatt seiner Kindheit hat Vater niemals überwunden. Landwirtschaft und der Betrieb eines Holzfuhrgeschäftes, um das begehrte Baumaterial aus den von den Siegern geplünderten Wäldern von seinem Heimatort zu den Verladestationen wie der Stadt Cochem an der Mosel oder Wittlich mit einem Eisenbahn-Knotenpunkt zu transportieren, sicherten das Überleben seiner Familie. Aus der Mühle verbannt und von den damaligen Besatzungsmächten geknechtet, war harte Schufterei unter der Fremdherrschaft die Normalität und mein Vater als ältester Sohn in seiner Familie entwickelte eine Zähigkeit wie kein anderer.

Hierzu eine kleine Anmerkung aus dem Prospekt „Ulmener Mühlenwanderweg":
„... sichten wir erstmals den Ulmener Bach und die Lehnen-Mühle, allerdings im neuen Kleid aus den Jahren 1984/85, mit früher oft wechselnden Namen am Fuß des Kappenbergs. Sie ruht auf den Fundamenten der alten Talmühle, die um 1540 von den Ulmener Herren der Kurkölner Fraktion gegründet wurde..."

Manch törichte und üble Verleumdung, der sich mein Vater viele Jahre später immer wieder ausgesetzt sieht, kränkt ihn sehr, aber er hält seinen Zorn, vor Ärger vibrierend, zurück. Der Ort seines Wirkens ist nicht seine Heimat. Und er vermisst die Eifel und die Mosel bei Cochem, seine Muttersprache und sein ehemaliges soziales Umfeld sehr. Das bewirkt einen Stau von unbändiger Wut, und dann öffnen sich die Schleusen und ein Unwetter bahnt sich seinen Weg. Das Gewitter entlädt sich wie ein Hagelsturm, und so schnell, wie es über uns kommt, ist es auch schon vorbei. Die Luft ist gereinigt und die dunklen Wolken, die so schwer auf meinem Gemüt lasten, verziehen sich. Die Sonne blinzelt durch die Regenperlen, die tränengleich von den Zweigen der Bäume tropfen.

Lange betrachte ich durch das Küchenfenster, was da draußen geschieht, und bin kaum bei der Sache und wenig an Hausaufgaben interessiert. Dann spüre ich beglückt wieder die Wärme des Windes auf meiner Haut, wenn ich mit meinem Vater über das Land fahren darf. Ich sitze vor ihm auf dem Tank seines Motorrads und genieße jenen unvergleichbaren Geruch meiner frühen Kindheit, der getragen ist vom süßen Bukett der blühenden Rapsfelder oder den herb-würzigen Duftschwaden der frisch gepflügten Ackerböden und dem durchdringenden rauchigen Aroma der im morgendlichen Herbstnebel vor sich hin kokelnden Kartoffelkrauthaufen. Unvergleichlich, dieser Duft! Ich sauge die vertraut streng riechenden Ausdünstungs-Winde wiederkäuender Kühe im feuchtwarmen, dunstigen Stall in meine Lunge und genieße den süßen Wohlgeruch, der dem sich langsam füllenden Melkeimer entströmt. Unser Schäferhund Rex und die zahlreichen namenlosen Katzen harren erwartungsvoll in der Nähe meiner melkenden Mutter aus, um den ersten vollen Becher mit frischer Milch zu bekommen. Sie schlürfen gemeinsam die körperwarme Kuhmilch aus einer

Schale. Unter den Tieren herrscht Frieden. Und ihr Frieden überträgt sich auf die Familie.

Wonnig kapsele ich mich in diesen Kokon einer zwar strengen und harten, aber auch wohlbehüteten Kinderzeit ein. Ich darf mich wohlfühlen. Ach, wäre es doch immer so! Denn ich weiß die Zeichen zu deuten und ich begreife: Mit „Kindsein“ beginnt das Leben. Das Kind ahnt die Mühen der Jugend schon bald. Statt eines fehlenden dörflichen Kindergartens heißt es schon früh, viel zu früh, die zugeteilten Arbeiten und Aufgaben zu verrichten. Heu rupfen, Kuhstall und Schweinekoben ausmisten, Futterkessel auffüllen und einheizen, Tiere füttern und mit Trinkwasser versorgen. Die vollen Eimer sind schwer und die kindlichen Hände bekommen schmerzende Schwielen.

Täglich, in den Herbstferien, mit den Kühen gleich nach dem morgendlichen Melken den ganzen langen Tag hinaus auf die „offenen“ Weiden, denen das Grummet schon entnommen ist und die somit allen Viehhaltern frei zugänglich sind. Und wehe, wenn plötzlich eines meiner Rindviecher den Schwanz steil nach oben richtet! Denn du weißt schon, dass dann die ganze Herde wild davonstieben wird. Natürlich suchen sie sich meistens das angrenzende Dickrübenfeld oder einen nahegelegenen, noch nicht abgeernteten Maisacker aus, um sich darin auszutoben. Das endet meistens in einer Katastrophe von zertrampeltem Rübenfeld oder niedergewalztem Mais. Die Ernte ist futsch.

Am Abend dann, wenn das halbe Dorf darüber Gewissheit hat, wessen *blöde* Kühe die Verwüstungen angerichtet haben und welcher *„Hornochse“* von Hütejunge nicht fähig ist, seine Kühe ordentlich zu hüten, so wie es sich gehört, bricht ein Zornesgewitter los und die Beschimpfungen kommen wie Donnerschläge; niemand kann die Wut des zornigen Vaters besänftigen, und die derben Beschimpfungen und Drohungen schmerzen mehr als die Prügelhiebe. Sie hinterlassen furchtbare Striemen; weniger auf dem Rücken, dafür mehr auf der empfindlichen Kinderseele.

Und abermals schweift mein Blick in die Ferne. Meine mit Schwermut beladenen Gedanken segeln fort und wieder befinde ich mich in meinem nur kurz unterbrochenen Tagtraum. Und ich sehne mich nach einem Meer von endloser Weite und nach meinem Schiff, einem kleinen hölzernen Segelschiff, meiner ***James P. Rigor***.

Ich nehme einen Platz ein in den Abenteuern und den Heldensagen, in welche ich mich zu jeder sich bietenden Gelegenheit flüchte. Ich lese viel zu jener Zeit und ich lese intensiv. Die Namen und Geschichten nehmen Gestalt an. Figuren werden lebendig, ich hoffe und bange mit den Menschen an Bord ihrer Schiffe, ich fürchte den Zorn des blitzeschleudernden Zeus und des die Schiffe versenkenden Poseidon. Ich lebe die Abenteuer, die ich lese, und ich kann mich begeistern und auch fürchten.

Logbucheintrag

Schiffstyp: Einmastsegler

Besatzung: Skipper und Smutje in Personalunion

Proviant: Back aufgefüllt und Wasserfässer gebunkert für 10 Tage

Position: Pueblo de la Bandera
° 19′ 32″ N, 7° 30′ 36″ O

Leinen los!
Mein Schiff ist zu Wasser gelassen. Mit einem Schwall Seewasser aus der Pütz auf die Planken des Oberdecks hat es seine Taufe erhalten auf den Namen

James P. Rigor

Und es hat seinen ersten Probelauf bestanden, zwar mit gerefften Segeln und auf Lee gestellten Rahen, und ich bin mir sicher, dass der gewaltige Druck des Wassers auf die Querbalken zwischen den Bordwänden meinem Schiffsrumpf nichts anhaben kann. Die Spanten stemmen sich ächzend in ihren Verzapfungen gegen die anschlagenden Wellen, doch sie halten. Es dringt kein Wasser ein. Der Rumpf ist stark und ich bin beruhigt. Im Gegensatz zu mir zeigt die Substanz meines Segelschiffes keinerlei Anzeichen von Schwäche. Seine Planken halten dicht und der Mast sitzt, von Vorstag und Achterstag in Position gehalten, fest und unverrückbar in seiner Mastspur auf dem Kielschwein. Es wird mich mit Gottes Hilfe über die weite See tragen, von einem zufälligen zu einem anderen ungewissen Ziel. Dessen bin ich mir gewiss.

Ich spüre meine Stärke, mein Mut kehrt zurück und ich versetze mich in meine herbeigesehnte Traumwelt.

Ich ziehe die frische Brise tief in meine Lunge ein und rieche den unvergleichlichen Duft des Meeres. Die von den wiederkehrenden Wogen an den Sandstrand geworfenen Algen vertrocknen in der Sonne und geben ihre nach Jod und Salz duftende Essenz an den Wind weiter. Das inspiriert mich sehr und ich sehe, wie sich die Küste zu ihrer Erquickung und Erfrischung die aufspritzende Brandung Woge für Woge an den sandigen Strand ruft. Aber der durstige Sand saugt einen Teil der zurückweichenden Wellen auf und hinterlässt eine zerfallende Schaumkrone. Die Welle hat sich umsonst der Küste in die Arme geworfen. Die nächste Welle ist im Anrollen und es wird ihr ergehen wie der vorherigen. Eine verebbt nach der anderen. Das zurückweichende Wasser hinterlässt glattgeschliffene Steinchen, Muschelbruch und kleines Seegetier wie Quallen und Seesterne am Küstensaum, doch das Meer holt sich sein Getier wieder zurück in die rettenden Fluten. Ein unendlicher Pulsschlag der Elemente; die See atmet.

„Es kommt Wind auf“, höre ich mich sagen und ich beende mein Grübeln über den Sinn und den Wert der rhythmisch wiederkehrenden Brandung.

Ich habe noch keinen Plan, wohin die Reise gehen soll, und überlasse die Navigation meines Schiffes der Meeresströmung und den stetig wechselnden Windrichtungen.

Am Ankerspill sind noch einige Holzkeile und Eisennägel einzuschlagen, aber das ist eine Kleinigkeit. Um vieles schwieriger lässt sich die schwere Rah knarrend und nur ruckweise mit eigener Muskelkraft nach oben zerren, um sie dann auf Luv zu legen. Somit hat der aufkommende Wind keine Angriffsfläche und das Schiff nimmt kaum Fahrt auf. Jetzt muss ich in die Wanten. Die neue Takelage ist knochensteif und noch nicht griffig. Endlich bin ich oben und kann mich an der Rah entlanghangeln. Nur mit Mühe gelingt es mir, das gereffte Canvastuch aus seiner Verzurrung zu befreien. Schwer rauscht das brettsteife Segeltuch aus meiner Hand. Die andere Hand dient zum Festhalten. Eigentlich sollte ich dazu meinen ganzen Arm um die rutschige Rah legen, denn das mit Eisenringen beschlagene Holz ist nebelfeucht und der kleinste Fehltritt kann mich in große Bedrängnis stürzen. Der Abstand zwischen mir und dem Bootsdeck ist beträchtlich und beängstigend. Nur nicht nach unten schauen! Den Blick auf die zu erledigende Arbeit zu richten, ist die bestbewährte Lebensversicherung. Eine alte Matrosenweisheit. Endlich kann ich nach der Takelage greifen und mit beherzten Schritten geht es wieder schwankend abwärts auf das Achterdeck an die Ruderpinne. Dieser Platz an Deck ist für die meiste Zeit mein Zuhause.

Mein Segler ist meine Zuflucht. Hier bin ich allein mit mir und meinen Gedanken. Und mein Schiff dümpelt mit gemächlicher Fahrt in der schwachen Dünung dahin. Noch hat der Wind nicht die Wanten erfasst. Noch hält der schwere Kiel das Schiff aufrecht. Der Mast zeigt stolz in den Segelhimmel. Der Rumpf hält sich in der Waage und das Schiff krängt nicht überbordend von Backbord nach Steuerbord und wieder zurück, von einer Seite zur anderen Seite. Ich fühle mich wohl und liege entspannt in meiner Koje. Ich bin zufrieden. Und trotz dieser so sehnsüchtig herbeigewünschten Leichtigkeit und des damit einhergehenden Seelenfriedens überfällt mich die Angst vor dem eigenen Mut. Die Reise beginnt.

In meinen Gedanken entstehen Bilder vor meinen geschlossenen Augen. Ich ahne die Mühen, die Hoffnungen, aber auch die Ängste der Mannschaften um Ross und Franklin, um die Südpolbezwinger Robert Falcon Scott, der das Unternehmen nicht überlebte, und den Norweger Roald Amundsen oder auch Ernest Shackleton in ihrem ehrgeizigen Wettlauf, als erster Mensch am südlichsten Punkt der Erde zu stehen und als Polarforscher die Flagge ihrer königlichen Majestäten in das ewige Eis zu rammen und somit Ansehen und Ruhm zu ernten. Ein Wahnsinn, dieses „Unternehmen Tiefkühlung".

Männer starben vor Erschöpfung und erlagen ihrem Irrsinn, indem sie sich von ihrem Lager entfernten und im Eissturm den Erfrierungstot erlitten. Durch den Verzehr von konserviertem Dosenfleisch ereilte sie bestenfalls zwar ein schneller, aber kein schöner Tod. Sie verloren ihre Zähne, längst verheilte Knochenbrüche zersplitterten und verwachsene Narben brachen auf. Und sie litten unter Hirnschädigungen. Sie wurden verrückt und taten seltsame Dinge. Das konservierte Fleisch, das sie verzehrten, befand sich in versiegelten Dosen. Die Versiegelung bestand aus Blei. Blei ist todbringend. Nur diejenigen, die mitleidsvoll ihren mitgeführten Schlittenhunden den qualvollen Hungertod ersparen wollten, hatten eine geringe Überlebenschance. Sie erschlugen oder erschossen und verspeisten sodann ihre treuen Begleiter. Eine wahrlich schaurige Geschichte!

– Ahoi und guten Fahrtwind! –

Der Trucker

Abwechslung von meinem Alltag mit Ausbildung, landwirtschaftlicher Arbeit bis spät in den Abend, um dann endlich völlig erschöpft ins Bett zu fallen, kommt von nebenan. K. und M. betreiben ein Transportunternehmen. K. fährt Zellholz nach Mannheim und bringt Ladungen von Kies aus der Rheinebene oder Backsteine aus der näheren Umgebung auf die Baustellen. Baustoffe werden stetig benötigt und man kann gar nicht genug davon herbeikarren. In guten Zeiten, wenn die Aufträge ohne Unterbrechung laufen, muss K. jeden Tag, meistens gegen Abend, seine Fuhre beladen – mit Meterstücken von Buchenholz für die unersättliche Zellstofffabrik. Fünfunddreißig Ster bestes Holz zur Zellstoffherstellung. Das kann er nicht alleine bewältigen und es gibt keinen Kran als technisches Hilfsmittel – solche Gerätschaften wird es sehr viel später geben, die ihm und seiner Frau dann die Knochenarbeit erleichtern. Denn es ist seine Frau M., die die gesamte Menge an Holzstücken auf der Ladefläche des Gespanns von Maschinenwagen und Anhänger ergreifen und fachgerecht ablegen muss. Das ist sehr wichtig, damit sich später bei der Fahrt über die Autobahn nach Mannheim bloß kein Stück von der vier Meter hohen Ladung löst, um sich dann, auf dem Straßen-Asphalt überschlagend, in den Motorraum oder die Vorderachse eines dem Lastwagen nachfolgenden Autos zu bohren. M. muss jedes einzelne Stück Holz mehrmals auflegen, wieder hochnehmen, um es abermals endlich mit den anderen schon abgelegten Scheiten zu verkeilen. Sie kommt kaum nach mit dem Holzaufnehmen und hat größte Mühe, es jedem, der sein Scheit zu ihr hochreicht, sogleich zu entnehmen. Wir sind vier, K., mein Vater, K.s Schwager und ich. Sie steht alleine auf dem Lastwagen, die Ladung wird höher und höher. Da darf M. keine Angst haben, die Balance zu verlieren. Sie klagt nicht, sie will, dass der Lastwagen und der Anhänger endlich fertig beladen sind und alle nach Hause können. Vier Kinder warten auf ihre Mutter, die Oma kann endlich auch heimgehen, und die Kinder sind meistens schon im Bett, denn es ist längst Schlafenszeit. Nicht immer lässt sich der vollbeladene Lastzug reibungslos auf den Waldwegen befördern. Dann kommt es vor, dass die volle Fuhre mit einer Ladung von fünfunddreißig Ster Holz auf einem schlammigen oder ausgespülten Waldweg stecken bleibt. Der Maschinenwagen setzt mitsamt seiner Ladung auf seinen Achsen auf. Die Vorderräder lassen sich nicht mehr lenken und die hinteren Antriebsräder haben keinen Halt und keinen Widerstand. Wir stecken fest. Als Erstes werden Zweige und dünne Äste unter die durchdrehenden Hinterräder gesteckt; das hilft meistens, aber sie schießen wie Wurfgeschosse nach hinten weg, sobald sich die Räder drehen. Mit der Schaufel, die immer dabei ist, werden die Vorderräder etwas freigeschaufelt und die Hinterräder bekommen eine Unterlage aus dickeren Ästen. Das müsste reichen, um mit leichtem Schwung das gesamte Gefährt aus dem Schlammloch zu bewegen. Die Hinterräder drehen und drehen und bald steigen Dampf und Rauch – erzeugt von der Reibungswärme der durchdrehenden Räder auf dem feuchten Untergrund – unter dem Lastwagen auf. Es ist zwecklos. Die Ladung muss runter. Mindestens dreißig von den fünfunddreißig Ster Holz müssen abgeladen werden. Erst als das Gespann einen etwas stabileren Bodenuntergrund unter seinen Rädern hat, wagen wir, die entladenen Stücke wieder aufzuladen. Das Prozedere des Aufladens beginnt von vorne. Der Spaß an dieser Arbeit hält sich in Grenzen. Die Laune aller Beteiligten ebenso. Daher geht das Wiederaufladen nach vorherigem zwangsweisem Entladen meisten wortlos vonstatten. Alle an diesem Dilemma Beteiligten haben „die Schnauze voll“. Gut gemeinte Tipps, wie sie meistens von völlig ahnungslosen

Waldspaziergängern gerne und häufig gegeben werden, sollte man in solchen Situationen am besten ignorieren. Die Ratschläge sind nutzlos und haben keinen echten Wert. Die gnadenlosen Stechmücken an einem Spätsommerabend im Wald sind eine Plage und machen die Plackerei für uns nicht leichter. Die Arbeit geht in die Knochen – dort bleibt sie auch. Spätere Bandscheiben- und Gelenkprobleme sind bei M. zwar schon jetzt leicht zu spüren, aber das Ausmaß ihrer Schädigungen wird sich sehr viel später mit geballter Wucht zeigen.

Anmerkung: Dieses Kapitel ist der Witwe Maria Heigel gewidmet, die so darauf hoffte, dass meine Erzählungen noch vor Ablauf des Jahres 2016 veröffentlicht würden. Doch leider ist es mir durch widrige Umstände, die ich meiner Parkinson-Erkrankung zuschreiben muss, nicht gelungen, ihrem Wunsch nachzukommen. Frau Maria Heigel verstarb zu unser aller Entsetzen im Januar des Jahres 2017, einige Monate vor der geplanten Veröffentlichung meines neuen Buches. Ihr, meiner Nachbarin aus Kindheitstagen und meiner Jugendzeit, möchte ich hiermit ein kleines, aber unvergessliches Andenken schenken.

In den Ferien darf ich als Beifahrer von K. das Abenteuer der Autobahn und der Landstraßen genießen. Frühmorgens um vier Uhr beginnt der Tag des Transportunternehmers. K. startet den MAN frühzeitig, damit der Motor eine gute Betriebstemperatur hat, bevor es auf die Strecke geht. Das Anlassgeräusch des Diesels und sein klopfendes Brabbeln sind mein Wecker. Zur Sicherheit, dass ich auch ja mitfahren kann, lege ich eine dünne Packschnur, das eine Ende an mein Handgelenk gebunden und das andere Ende aus dem immer offenen Fenster hängend, quer durch mein Zimmer. Das ist meine Sicherheitsleine. K. wird immer dann, wenn ich durch das Geräusch des Dieselmotors nicht aufwache, ruckartig an dieser Leine ziehen. Dann dauert es keine fünf Minuten und ich bin schon fast abfahrbereit. Zwar bin ich noch schlaftrunken, aber ich sitze bald neben K. im Führerhaus seines Lastzuges und bin glücklich, während K. eine neue Tachoscheibe in die Instrumententafel einlegt. Dann kann es losgehen.

Die Fahrt bis zur Auffahrt auf die Autobahn verläuft gemächlich. Die Strecke über die Dörfer ist kurvenreich und die Straße ist löchrig wie Schweizer Käse. K. sagt, das sei gar nicht so schlecht, wenn die Straße so holprig ist. Dann können sich die gestapelten Holzscheite „setzen“ und man muss die Spannketten nochmals nachspannen – zur Sicherheit, dass wir nichts verlieren. „Nachher auf der Autobahn“, sagt K., „geht's nämlich zur Sache.“ Und dann verstehe ich, was Sache ist.

Schon bei der Auffahrt über das Kleeblatt zur Autobahn in Richtung Mannheim können wir im morgendlichen Zwielicht ein Monstrum von Sattelzug mit Holzladung erkennen. Ein Faun aus dem nahen Saarland ist schon vor der Zeit unterwegs und K. sagt:

„Den kriegen wir noch, bis wir in Mannheim ankommen. Wir müssen nur warten, bis wir hinter Enkenbach an den Enkenbacher Berg kommen. Dann schnappen wir uns den.“

„Wie soll uns das gelingen? Der hat doch einen gewaltigen Vorsprung, der ist längst über alle Berge, bis wir richtig in Schwung sind.“

„Abwarten, abwarten!“, murmelt K. und schaltet die Gänge einen nach dem anderen hoch. Die Rücklichter des Fauns tauchen auf, aber die Distanz zwischen ihm und unserem MAN scheint konstant zu bleiben.

„Nichts zu machen, den Kerl schaffen wir niemals“, sage ich und verzehre mein Frühstücksbrot.

K. behält gespannt den linken Rückspiegel im Auge und ist voll konzentriert.

„Gleich werden wir ihn haben. Pass auf! Dreh die Seitenscheibe hoch! Man weiß nie...“ Und ich befolge seine Anordnung.

„Guck mal, der schaltet jetzt schon seine Gänge runter, wie der qualmt! Gleich haben wir ihn! Seitenfenster zu?“

„Ist zu, aber warum soll die Scheibe oben sein?“

„Das wirst du bald sehen. Obacht, jetzt geht es los!“

Die Distanz zwischen dem Faun und unserem Gespann verringert sich zusehends. K. steuert seinen Laster mit seiner linken Hand am Lenkrad und mit der rechten hält er fast spielerisch den Schalthebel in seiner hohlen Hand. Er wartet und hat beide Außenspiegel abwechselnd im Auge. Ihm entgeht nichts. Er wartet auf eine günstige Gelegenheit.

„Jetzt! – Aufgepasst! – Jetzt!“

K. lässt einen PKW auf der Überholspur vorbeiziehen und genau in diesem Moment, als das Autoheck gerade so einen halben Meter vor unserer Lastwagen-Schnauze fährt, schert K. nach links auf die Überholspur aus.

„Schau in den rechten Rückspiegel! Ist die Ladung noch in Ordnung? Nichts verrutscht?“

„Nö, nichts verrutscht! Alles in Ordnung!"

Noch während unser MAN die Fahrspur wechselt, schaltet K. in einen niedrigeren Gang und die Drehzahl schwillt an. Jetzt spüre ich die Durchzugskraft unseres wassergekühlten Diesels. Der Faun-Kapitän bemerkt das Überholmanöver zu spät, um gefahrlos reagieren zu können, und seine Reaktion ist, gelinde gesagt, äußerst unfreundlich und ich verstehe, warum K. angeordnet hat, das Seitenfenster zu schließen.

Ein wutverzerrtes Gesicht hinter dem riesigen Steuer des Fauns erschreckt mich sehr, und als der Fahrer nach und nach einige Gegenstände aus seinem Seitenfenster in unsere Richtung katapultiert, bin ich vollends verängstigt. Ein angebissenes Butterbrot mitsamt Kaffeebecher touchiert die Außenseite meiner Scheibe; Reste des Kaffees ziehen, vom Fahrtwind geblasen, in Richtung Türrahmen und verlaufen sich dort im Türfalz. Das sollte aber nur die Vorwarnung sein – ein Schuss vor unseren Bug quasi. Als Krönung seiner Kampfhandlung beschießt uns der Faun-Kapitän mit harten Sachen wie einem Stück Spannkette, sogar ein Hammer ohne Stiel kommt geflogen und kracht gottlob auf die Fahrbahn hinter unserem Führerhaus. Wir ziehen langsam, aber unaufhaltsam an dem Saarländer vorbei und K. erklärt mir auf meine neugierigen Fragen: „Der luftgekühlte Faun hat zwar hohe Drehzahlen und dadurch eine höhere Endgeschwindigkeit als unser MAN, aber am Berg – ha, ha, ha, da macht der uns nix vor, da haben wir mit unserem Wassergekühlten viel mehr Durchzugskraft!"

„Na, hast du gesehen, wie wir den gekriegt haben? Jetzt pass aber auf, dass der nicht plötzlich rechts auf dem Standstreifen an uns vorbeizieht. Immerhin wollen wir vor dem an unserem Ziel ankommen." Bis dorthin, der Zellstofffabrik Waldhof in Mannheim, sind es noch gute siebzig Kilometer Fahrstrecke.

So manche abenteuerliche Fahrt darf ich mit K. erleben. Eine Fahrt mit einem unerwarteten Vorfall beschert mir aber nachhaltige Alpträume, die mich zwar in unregelmäßigen Zeitabständen, aber wiederholt befallen.

Es ist eine Heimfahrt zurück von Mannheim. Das Sterholz ist entladen und auf dem Nachhauseweg nehmen wir eine Fuhre Rheinkies für einen Baustoffhandel auf. Alles läuft gut. Die Ladung ist zwar viel zu schwer und übersteigt bei Weitem das zulässige Gesamtgewicht des Lastzuges, weil der Kies triefend nass ist, und Wasser wiegt schwer. Ein Teil des Wassers verliert sich auf der Strecke und das ist gut so. Denn bemerkt die Polizei das Übergewicht unseres Gefährts, müssen wir zur nächstgelegenen Waage und einige Kubikmeter der Ladung ausschaufeln und eine gepfefferte Strafe kommt noch dazu. Dann war nicht nur die Fuhre umsonst, der Kiesempfänger wundert sich über die geringe Menge der Lieferung und murrt rum.

Vor uns der Grünstadter Stich. Steil und kurvig geht's bergan. K. schaut immer wieder auf die Seitenspiegel und wirkt unruhig. So kenne ich K. nicht. Immer hat er mir das Gefühl gegeben, dass er alles im Griff hat; in seiner Gegenwart konnte man sich sicher fühlen. Aber jetzt bildet sich eine Falte auf seiner Stirn und seine meist rote Nasenspitze ist kreideweiß und er presst seinen Lippen aufeinander. Er rutscht nervös auf seinem Fahrersitz hin und her und stellt ziemlich besorgt fest, dass irgendetwas mit dem Fahrzeug nicht in Ordnung ist.

„Is´ was?“, frage ich, und K., ohne den Blick von dem linken Außenspiegel zu wenden, spricht mehr zu sich selbst als zu mir:

„Die Maschine tut sich schwer, das ist nicht normal!“

Und ununterbrochen muss er die Luftzufuhr zum Wasserkühler regulieren. Er schaltet einen Gang nach dem anderen herunter und bald kriecht unser Zug nur noch langsam den steiler werdenden Berg hoch. „Das ist nicht normal!“, wiederholt er ständig und dann bemerkt er, dass die Räder des Anhängers gelblich qualmen.

„Mist, verdammter Mist, das können wir jetzt gar nicht gebrauchen! Riechst du das – kannst du das auch riechen?“, ruft er mehrmals mit verärgertem Gesichtsausdruck aus.

„Was is´n los?“, frage ich und K. wirft mir einen vielsagenden, bedeutungsbeladenen Blick aus weit aufgerissenen Augen zu.

Dieser Gesichtsausdruck an ihm, der sonst immer die Ruhe selbst verkörpert, ist mir völlig fremd. So kenne ich ihn nicht, und das macht mir Angst.

„Bremsen am Hänger sind zu! Das Bremsventil ist dicht! Das muss ich jetzt öffnen – per Hand! Kein Luftdruck da zum automatischen Öffnen des Ventils – Druck zu gering. Anhalten geht hier gar nicht. Nicht am Berg. Sonst kommen wir nie wieder in Fahrt mit dieser Ladung. So ´ne Scheiße! Scheiße! Scheiße!“

Ich schaue verblüfft und wahrscheinlich ziemlich blöd aus der Wäsche.

„Und jetzt?“

„Also“, sagt K., „ich steige jetzt aus und krabble über die Ladefläche in Richtung Anhängergabel. Du stellst dich hinter das Steuer, lenkst geradeaus, genauso wie die Straßenspur verläuft, und hältst dich am Lenkrad fest! Verstanden? Mit deinem rechten Fuß drückst du das Gaspedal nach unten. Ganz nach unten, soweit wie möglich; und nicht nachlassen! Hast du das verstanden?"

Ich verstehe seine Worte und seinen Befehl und ich mache mir vor Angst fast in die Hose. K. ist draußen und ich stemme mich mit meinem Fuß auf das Gaspedal. Die Maschine keucht und das Kühlerthermometer steigt langsam, aber stetig in höhere Gradzahlen. Die Wartezeit, bis K. endlich wieder erscheint, um mich aus dieser angsteinflößenden Lage zu befreien, gleicht einer Ewigkeit. Meine Beine zittern und mein rechter Fuß wippt rhythmisch auf dem Gaspedal auf und ab und der Diesel ruckelt im selben Takt. Von K. ist nichts zu sehen, die Räder des Anhängers verwirbeln immer noch gelblichen Qualm und das Kühlerthermometer steigt gnadenlos in gefährliche Höhen.

„Koch jetzt bloß nicht! – Bloß nicht!"

Dieser Satz kreist in meinem Kopf und ich höre mich selbst, wie ich ihn immer wieder vor mir hersage.

„Ist K. noch da? Was, wenn er von der Anhängergabel heruntergefallen und unter die Räder des schwer beladenen Anhängers gekommen ist?"

Schreckliche Bilder erscheinen vor meinen Augen und grausige Gedanken treiben mir die Tränen in die Augen und verschleiern meinen Blick hinaus auf die unter der Motorhaube verschwindende Fahrbahn. Meter für Meter frisst mein Gefährt die Betonfelder der Autobahn und das Zittern meines Fußes pflanzt sich weiter nach oben in mein auf- und niederwippendes Bein fort.

„K., komm doch endlich! Wo bleibst du? Ich kann das so nicht mehr lange durchhalten."

Ich könnte heulen vor Angst und weiß nicht, ob ich meinen Fuß einfach vom Gaspedal nehmen soll. Dann würde die Fuhre bestimmt schnell zum Stillstand kommen und vielleicht sogar auf der Stelle stehen bleiben.

„Abmurksen! Genau! Das ist die Lösung. Dann wird der stehende Motor den Laster am Wegrollen hindern. Oder kann es sein, dass sich das schwere Gefährt dann rückwärts bergab bewegt?"

Ich bekomme Panik. Allein im Führerhaus eines langsam und unaufhaltsam bergauf rollenden Lastzuges, beladen mit tonnenschwerem, nassem Kies.

„Du musst das Gaspedal ganz durchtreten – ganz durchtreten, nicht nachlassen! Hörst du? – Nicht nachlassen!"

K.s eindringlicher Befehl schwirrt mir durch den Kopf. Und ich stemme mich erneut auf das flatternde Gaspedal; die Maschine dreht auf Hochtouren im kleinen Gang. Die Kuppe des Grünstadter Stichs kommt langsam und bedrohlich näher.

Dann sehe ich ihn endlich im Rückspiegel auftauchen. Auf allen Vieren kriechend über die Kiesladung zurück in Richtung Führerhaus. Ganz langsam und mit schmerzverzerrtem und blutverschmiertem Gesicht. Seine Augenbrauen stehen starr von eingedorrtem Blut. Die Wunde auf seinem kaum behaarten Schädel ist tief. Die scharfkantige Kipp-Vorrichtung an der vorderen Bordwand des Anhängers hat seine Kopfhaut eingefordert und eine tiefe Wunde hinterlassen. Sein lichter, blutüberströmter Haarkranz gleicht dem Dornenkranz des gemarterten Messias. Und er hat mich endlich erlöst von meiner Angst zu versagen.

Einige Jahre nach diesem Erlebnis wird mein väterlicher Freund ganz plötzlich und ohne erkennbare Vorzeichen einem Hirnschlag zum Opfer fallen. Ein unsagbarer Verlust für seine Frau, seine Tochter und seine drei Buben, seine Freunde und ganz besonders auch für mich. Die Erlebnisse mit K., nicht nur die Fahrten als Beifahrer in seinem Lastwagen, sondern viele andere spannende Unternehmungen sind mir unvergessen. Seine „Mai-Kuren", Frühwanderungen durch die nebelverhangenen Täler und Hügel in die Morgendämmerung hinein, sind heute noch Höhepunkte in meinem bisherigen Leben. Die nie vergessenen Bilder solcher Unternehmungen sind mein Andenken an K.

F., einer seiner Buben, wird sich später, da bin ich bereits zum Wehrdienst bei der Bundesmarine einberufen, sehr an meinem Vater orientieren. J., der über mich ein strenges Regiment geführt hat, wird ihm ein guter und verständnisvoller Freund. Die Strenge, die mein Vater mir gegenüber ausübte, wandelt sich in Güte, die absolute Unnachsichtigkeit bei Fehlhandlungen in großzügige Nachsicht. Seine unnachgiebige Forderung, alles auf Anhieb zu verstehen und vor allem ohne Anleitung ausführen zu können, wandelt sich in Geduld. Und F. genießt die ausführlichen Erklärungen. Er lernt vieles von J. Und J. nimmt ihn mit in den Wald zum Brennholz-Einschlag.

F. darf die Spaltaxt bedienen. Das ist erstaunlich, denn das durfte bis dahin niemand außer J., dem Lehrmeister. Und der Lehrmeister zeigt F., wie man mit seinen Kräften haushält.

F. lernt, dass man ein Stück Baumstamm mit viel Kraft in den Armen und einer gehörigen Portion Wut im Bauch in viele Splitter zerhauen kann. Das Ergebnis ist ein zerfranster „Besen".

„K. H.“, J. meint den Holzschnitter, „wird dir die Knochen im Leibe verfluchen, wenn der „Besen“ das Sägeband von den Antriebsrädern abspringen lässt und dir die Späne nur so um die Ohren fliegen.“

„Also F., das Spalten von Meterstücken Brennholz kann man auch schlau anstellen. Erst einmal eine halbe Minute lang *dumm gucken*! Aber nicht in die Gegend wie ein Hornochse, sondern auf das Holzstück!“

Mein Vater gebraucht diese Worthülse oft und gerne; er ist so fasziniert von seiner Wortkreation, dass er sie fast singend vorträgt. Er erhebt seine Stimme zum Befehlston und benutzt sogar verschiedene Höhen der Tonleiter, wenn er *„guuucken“* ruft und damit lediglich meint, dass man sich das Stück Holz kurz, aber sehr intensiv anschauen soll, bevor man draufloslosdrischt.

„Dann siehst du den Wind- oder Fallriss. Egal, jedenfalls siehst du einen winzigen Spalt, der sich vom Herz des Stammes durch den Spund bis in die Rinde fortsetzt. Da setzt du den Keil an, genau in dem winzigen Spalt – und mit leichtem Schlag. Und wenn der Keil sitzt, dann mit einem kräftigen Schlag der Spaltaxt auf den Keil! *Auuuf* den Keil und nicht *neben* den Keil! Kapiert? Und dass du mir bloß den Holzstiel der Spaltaxt nicht zertrümmerst!“

Und mein Vater beobachtet genau, wie F. mit dem schweren, manchmal auch gefährlichen Spaltwerkzeug umgeht. Und F. lernt, wie man Holz spaltet mit wenig Mühe und großem Ergebnis.

Über den Umgang mit meinem Vater erzählt F. gerne und bedauert seinerseits, einen väterlichen Freund lange gehabt und dann doch verloren zu haben.

Herren und Knechte

Die Zeit der Kindheit ist vorbei. Die Zeit der kindlichen Spiele auf der Straße, auf dem Hof hinter dem Haus und in der dörflichen Umgebung ist auch vorbei. Sie wüssten schon, was gut für mich sei, sagen die Eltern. Es kommt die Zeit, da heißt es Prüfungen zu bestehen und Abschlusszeugnisse zu bekommen. Aus ist das Spiel. Die neu eingeschlagenen Wege in die berufliche Zukunft sind so ungewiss wie das Segeln einer Vogelfeder im Wind. Ich solle mir endlich einmal Gedanken darübermachen, was ich einmal werden möchte, höre ich täglich. Merkwürdigerweise verspüre ich aber nicht den geringsten Drang, es mit dem Leben der Erwachsenen aufzunehmen. Sie reden immerzu von einem „Lebenskampf". Und sie stöhnen unter dem Joch, den Lebensunterhalt der Familie zu sichern. Die aufgenommenen Kredite für den Bau des Hauses zu bedienen, wird zur Höchstleistung an Fleiß stilisiert. Und sie erwarten Respekt und Anerkennung für ihre Erfolge. Ich erkenne, dass Fleiß, mühevolle Plagerei und Ausdauer die obersten Tugenden darstellen. Menschen mit diesen Attributen verdienen sich ein hohes Ansehen unter der Bevölkerung. Im Gegensatz zu dieser Gruppe von Menschen hat man für die „Tugendlosen", auch wenn sie noch so gottesfürchtig sind, nicht viel übrig. Sie sind Schmarotzer, die sich von der Arbeit anderer ernähren, und ein Slogan wird sehr beliebt:

„Sehet die Vögel unter dem Himmel an; sie säen nicht, sie ernten nicht, sie sammeln nicht in die Scheunen; und euer himmlischer Vater nährt sie doch." (Matthäus 6:26)

Das macht mich sehr beklommen. Denn ich weiß jetzt um mein Glück der Kindheit trotz der Strenge, unter der ich gelitten habe, und den Forderungen, die mir unerfüllbar erschienen sind. Ich habe es gar nicht eilig, es mit dem Leben und den neuen Anforderungen aufzunehmen. Schließlich kapiere ich, dass man seine Waffen an richtigen Gegnern einsetzen muss. Lernen bringt Wissen, und Wissen ist die Waffe, die zum Sieg bei den Konkurrenzkämpfen um die Ausbildungs- und Arbeitsplätze führt. Noch mehr und noch intensiver zu lernen, schärft deine Waffe und du triumphierst mit ihr über deine Feinde, deine Konkurrenten. Es gibt Sieger und es gibt Verlierer um die heiß umkämpften Arbeitsplätze, obwohl zu dieser Zeit kein Mangel an solchen besteht. Die Wirtschaft boomt und die Gewerkschaften rufen zum Streik auf für höhere Löhne und geringere Arbeitszeiten. Ich habe in meinem jugendlichen Alter wenig Ahnung von „Betriebswirtschaft", „Lohngefälle" und „Arbeitnehmerrechten". Aber ich suche nach Antworten, die ich zuhause und in der dörflichen Umgebung nicht bekomme. Auf meine Frage, warum Menschen unter dem Aufruf von Gewerkschaften ihre Arbeit für Tage oder gar Wochen unterbrechen, also streiken, bekomme ich die unwirsche Antwort:

„Halt´s Maul, das sind Kommunisten. Mit denen wollen wir nichts zu tun haben. Wir sind Katholiken und damit basta! He! Hast du mich verstanden?"

Ich höre die Drohung, verstehe aber gar nichts. Zugang zu aufklärender Information ist kaum vorhanden. Höchstens in einem Zeitschriftenkiosk an einem Bahnhof gibt es kritische Magazine. Eines dieser einschlägigen Hefte heißt „Konkret".

Dank „Konkret" schaffen *Fidel Castro* und *Che Guevara* den Einzug in mein Jugendzimmer. Sie leisten mir Gesellschaft als lebensgroße Poster an einer Wand meines Zimmers. Dem Umstand, dass meine Eltern von diesen beiden sogenannten „Freiheitskämpfern" keine Ahnung haben, ist es zu verdanken, dass diese recht lange an meiner Zimmerwand überleben. Würden meine Eltern wissen, dass meine Helden dabei sind, eine folgenreiche Revolution gegen die Schreckensherrschaft des – von den Reichen des Landes verehrten, aber von den Besitzlosen gehassten – Diktators General *Fulgencio Batista* anzuzetteln, würden ihre Konterfeis unweigerlich dem häuslichen Herdfeuer anvertraut und ich als Spinner mit Flausen im Kopf bloßgestellt werden.

Ich lese *„Der grüne Papst“*, ein Buch von *Miguel Angel Asturias*, einem guatemaltekischen Schriftsteller. Es geht darin um einen literarisch-politischen Kampf gegen US-Vorherrschaft, gegen CIA und *„United Fruit*". Und ich bewundere die wortgewaltige, rhythmisierte Sprache des Autors. Manche nennen ihn „die große Zunge Lateinamerikas“, aber manche seiner Literaturkollegen kritisieren ihn als „Hetzer" und „Kampfhahn".

„Was schmökerst du schon wieder, willst du nicht endlich raus und die Kühe hüten?“

„Ich geh´ ja gleich, ich lese gerade vom Papst – „der grüne“, verschweige ich. Nur noch ein Kapitel, dann geh´ ich raus.“

„Ach so, vom Papst. Seit wann interessierst du dich denn so für die Kirche?“

„Vielleicht werde ich ja mal Pfarrer. Die haben es gut, glaub´ ich!“

„Hör mir bloß mit der Spinnerei auf, mach´ dich fort auf die Weide!“

Beim Hüten der Kühe entdecke ich durch Zufall, dass alle Rinder sich immer in die gleiche Richtung beim Grasen bewegen.

Aber dann, wenn ich vor Langeweile auf meiner Blockflöte spiele, wandelt sich diese Ordnung und die Formation löst sich auf. Die Kühe gruppieren sich sogar in einem Kreis um mich herum, und die ein oder zwei Kälber, die immer mit auf der Weide sind, stehen dann ganz dicht bei mir und die Kühe hinter ihnen. Die Alttiere bilden einen schützenden Kreis um die jungen und alle dösen vor sich hin. Und sie würgen das bisschen Gras, das sie mit ihren rauen Zungen gerupft und in ihren Pansen befördert haben, wieder hervor und mahlen gemächlich das hochgewürgte Grünfutter zu Brei.

Heerscharen von lästigen Mücken umlagern ihre feuchten Augenränder, um die leicht salzhaltige Flüssigkeit aufzusaugen. Aber das Vieh weiß sich der Plagegeister zu erwehren; denn die schweren Augenlider mit den langen Augenwimpern lassen nur einen kleinen Sehschlitz frei. Ihre langen Schwänze wedeln ununterbrochen von einer Seite zur anderen und vertreiben dabei jedes Mal das blutsaugende Ungeziefer von ihren Eutern. Doch das währt nicht lange, denn es stürzen sich wieder und wieder hunderte von Fliegen auf die Haut der Tiere. Dann zuckt das dünne Sommerfell der Kühe ruckartig und es entledigt sich der Mückenschar für die Dauer eines Augenblicks. Ich binde einen mit „Rinder-Fluid"-Bremsenöl benetzten Lappen um das Gehörn der Kühe, damit diese endlich ihre Ruhe bekommen. Das Zeug stinkt bestialisch, aber es wirkt gut. Die Kühe können endlich wiederkäuen. Meistens treffe ich mich mit anderen „halbstarken" Jungs, denen es gerade so geht wie mir, und gemeinsam treiben wir unsere Viehherden am liebsten auf etwas abgelegene Weideflächen. Hütehunde helfen uns beim Bewachen der Herde. Wir Jungs haben nämlich anderes im Sinn, als dem „blöden" Vieh hinterherzurennen. Wir entdecken, dass man seine Zeit auch anders und kurzweilig verbringen kann. Zum Beispiel mit Rauchen. Einige Seiten aus der Zeitschrift „Konkret", eigentlich gedacht als „politische Diskussionsgrundlage" mit meinen Hütekumpels, die aber wenig an Politik interessiert sind, eignen sich hervorragend zum Feueranzünden und zum Schmauchen. Etwas Papier von der Zeitschrift abgerissen und gefüllt mit dürrem Laub von Himbeerhecken oder vertrockneten Brombeersträuchern, sodann die Ränder mit Spucke verklebt, ergibt eine schöne Zigarette. Eigentlich entstehen auf diese Weise gar keine Zigaretten oder gar Zigarren; es entstehen Tütchen. Die kokelnde Druckerschwärze erzeugt tiefschwarzen Qualm, den wir gierig aus den Tüten aufsaugen und in unsere Lungen befördern. Der bestialisch stinkende Rauch schmerzt höllisch in der Brust und in der Nase, wenn dieser dort wieder herausquillt. Trotzdem, wir rauchen und fühlen uns erhaben über die ahnungslosen Erwachsenen. Nichts und niemand kann uns aufhalten!

Wir qualmen, bis uns die Sinne vernebelt sind und uns kotzübel wird. Die vorher verspeisten, fast verkohlten Kartoffeln suchen sich ihren Weg nun aber in umgekehrter Richtung über die Speiseröhre zurück und wir wünschen uns auf der Stelle zu sterben – einen ehrenhaften Hirtenjungen-Heldentod. Nur erkennt man in uns keine Helden; nicht einmal die kleinste Ähnlichkeit mit einem Helden wird uns zugestanden. Denn eine smaragd-grünliche Gesichtsfarbe und ein durch eine rauchbedingte Darmrevolution hervorgerufenes und extrem breitbeiniges Gangbild lassen uns wahrhaftig nicht sehr heldenhaft aussehen. Unser Erscheinungsbild ist eher jämmerlich und kein bisschen ehrenvoll. Aber zu dieser Stunde fühlen wir uns wie Männer und nicht wie erbärmliche Hosenscheißer.

Irgendwann erscheinen auch einige Mädchen unseres Jahrgangs bei uns Jungs. Sie geben sich sehr scheu, sind aber sehr neugierig auf unsere Abenteuer, die sich ja längst unter den pubertierenden Jugendlichen herumgesprochen haben.

Sie wollen von uns wissen, wie die kleinen Kälbchen zur Welt kommen. Ich weiß das natürlich, denn ich durfte seit meiner frühesten Kindheit schon im Stall dabei sein, wenn eine Kuh kalbte. Ich musste sogar als Geburtshelfer agieren. Dabei sollte ich an dem Strick, der um die Vorderfüße des noch ungeborenen Kalbes gebunden war, auf Kommando meines Vaters ziehen und konnte somit der Kuh die Geburt ihres Kindes erleichtern. Ich durfte dabei sein, als ein Schwein zum Eber geführt wurde, denn es war rauschig und sollte zum Mutterschwein werden. Als aber die Ferkel kamen, es waren achtzehn kleine quiekende rosarote Ungeheuer, begab es sich, dass ich an diesem Tag allein zu Hause war. Das Mutterschwein, wir nannten es Lotte, denn alle Schweine in unserem Stall hießen immer Lotte, lag ruhig auf der Seite und im Minutentakt erschienen ihre Kinder. Meistens ging der Geburt ein leichtes Zucken durch Lottes schweren Körper voraus. So lernte ich schnell, dass sehr bald das nächste kleine Ferkelchen das Licht der Schweinewelt erblicken würde. Eines nach dem anderen kam angeflutscht und ich fragte mich, wo die alle in Lottes Bauch versteckt gewesen waren. Achtzehn niedliche rosarote Ferkelchen! Aus ihren faustgroßen Gesichtchen schauten neugierige Äuglein hervor und ihr lebhaftes Quieken erfüllte mich mit großer Genugtuung. Ich war als einziger dabei, als Lotte einen Wurf von achtzehn Ferkeln lieferte. Das muss erst einmal einer nachmachen. Ich hatte früher schon beobachtet, wie man bei der Geburt von Ferkeln vorgehen muss: Das Ferkel, sobald es das diffuse Licht des warmen Stalles erblickt hat, muss sofort mit einem Strohbüschel abgerieben werden, dann muss man schnell mit dem Zeigefinger durch sein kleines zahnloses Mäulchen streichen, um die Reste des Gebärschleimes zu entfernen. Achtzehn kleine Ferkel kamen zur Welt und die Milchzitzen des Mutterschweines reichten als Milchverteiler gerade so, um alle durchzufüttern.

Dieses fundamentale Wissen über Zeugung und Geburt von Haustieren erhebt mich unter meinen Freunden und Mithirten zum gefragten Erklärer und ich genieße den mir gezollten Respekt.

Die Vermutungen und Gespräche über Zeugung und Geburt erregen unsere Gemüter sehr, denn zuhause wird über solchen „Kram“ bei den meisten meiner Kameraden nicht geredet und noch weniger erklärt. Aber unsere Neugierde kann nicht aufgehalten werden. Aufklärung oder der sogenannte Sexualkunde-Unterricht wird sehr viel später in den Schul-Lehrplan aufgenommen. Also trägt man sein Wissen, das meistens durch das heimliche Belauschen der Erwachsenen erlangt wird, zusammen und teilt es mit den Freunden. Und wehe, wenn man beim Belauschen von pikanten Gesprächen über irgendwelche Liebesabenteuer des einen oder anderen Mitbürgers erwischt wird. Dann stellt man sich am besten als der brave, höchst naive Junge dar, der natürlich kein Wässerchen trüben kann. So entkommt man elegant einem meist schmerzhaften Arschtritt und ist gleichzeitig um eine interessante Neuigkeit, die sich natürlich sehr gut vermarkten lässt, reicher.

Denn spannende Neuigkeiten, ungeachtet des Wahrheitsgehalts, sind teuer und kosten mindestens zehn normale Glasklicker oder zwei dicke Glasklicker oder ein Sigurd-Comic-Heft.

Die Augen der Erwachsenen glühen vor Wissbegier und schamloser Neugierde und die Häme steht ihnen ins Gesicht geschrieben. Wir belauschen die Geschichten über „ein Sauluder, das schon immer so war“ und über „jenen alten Bock, der schon immer hinter jedem Rock her war“. Verstanden haben wir den weitreichenden Sinn des Getuschels meistens nicht, aber geahnt, dass es spannende Geheimnisse beinhaltet, von denen jeder im Dorf und sogar außerhalb des Dorfes weiß und sein

Wissen als Trumpfkarte verdeckt hält. „Man weiß ja nie, vielleicht muss man seinen Trumpf einmal ausspielen...!" Denn das nächste Kirchweihfest steht an, und bestimmt gibt es da wieder etwas Pikantes bei der „Kerwerede" zu verkünden. Gerüchte werden wie ein kleines schwelendes Glutnest lange gehütet, um es dann, wenn die Zeit dafür reif ist, zur lodernden Flamme wachsen zu lassen.

„Wo´s raucht, ist auch Feuer."

Vermutungen werden zu Gerüchten, dann zu „unwiderruflichen" Wahrheiten. Ein „Schandkorb" muss her! Solche und viele ähnliche Geschichten zu hören, hat eine sehr merkwürdige Auswirkung auf unsere Gefühlswelt. Wir alle sind im gleichen Alter und wir alle plagen uns mit einem Ding namens Pubertät herum. Wir Jungs entdecken unsere besonderen Körper- und Geschlechtsmerkmale und sind sehr, sehr neugierig, wie es sich denn mit den besonderen Körper- und Geschlechtsmerkmalen der Mädchen verhält. Zu meinem Erstaunen ist die Neugierde der Mädchen kein bisschen weniger groß oder zurückhaltender. Und diese Tatsache macht für uns Jungs das Leben schön und spannend.

Scheue, manchmal auch forsche gegenseitige Annäherungsversuche lassen mir, meinen Kameraden und auch den immer öfter anwesenden Mädchen die Herzen überquellen. Die Hormone fahren Achterbahn und manchem von uns wird schwindelig vor schierer „Manneskraft". Man schwört sich gegenseitig Liebe für alle Zeiten und hält Händchen. Es wird Abend und die Mädchen verlassen kichernd unseren geheimen Lagerplatz hinter der Schlehenhecke.

Noch zitternd vor Erregung löschen wir das Lagerfeuer und treiben die Herde aus dem Gras. Was mir aber nicht bewusst ist, ist die sichtbare Tatsache, dass die Kühe nicht genügend gegrast haben und am Abend mit leeren Pansen im Stall stehen.

„Wieso sind die Pansen der Kühe leer, was hast du Nichtsnutz wieder angestellt? Mach dich sofort auf den Heuspeicher und sieh zu, dass das Vieh was zu fressen bekommt!“

Die Fragen und die Befehle reißen mich aus meiner Wattewolke und ich lande hart auf dem Boden der häuslichen Realität.

Also klettere ich mit zitternden Beinen die hohe, senkrecht stehende Leiter nach oben in den stockdunklen, feuchtwarmen Heuboden und rupfe von dem zusammengepressten Heu, um es dann, wenn der Haufen genügend groß ist, durch ein Fallloch in den darunterliegenden Stall zu schubsen. Das Vieh kriegt jetzt endlich seine Tagesration an Futter und ich meine Ruhe.

Noch lange muss ich über den vergangenen Tag nachdenken und kann nicht einschlafen. Der abscheuliche Geschmack unserer glimmenden Himbeerblätterzigarren liegt immer noch auf meiner Zunge, ein Cocktail aus Asphalt und brennendem Plastik. Ein Eimer, gleich neben meinem Bett, erspart mir den Gang in die Waschküche, denn dort befindet sich zu jener Zeit unser Abort. Nachts ist dies eine eiskalte Örtlichkeit, die nur durch das tägliche Aufheizen des Futterkessels etwas Wärme abbekommt. Mich schaudert es, wenn ich an diesen Ort denke. Und wieder versucht mein Magen sich umzustülpen, um den gallenbitteren Sud, den ich mir beim Rauchen meiner Himbeer-Brombeer-Zigarre einverleibt habe, endgültig loszuwerden. Die Gesichter meiner Kumpels und die sehnsuchtsvollen Blicke der Mädchen, den „Bravo-Mädchen" nachgeahmt, werden zu Zerrbildern und verlieren ihre Bedeutung.

Meine Gedanken kreisen um den Fetzen Zeitungspapier, den ich – es ist schon länger her – für die Herstellung meiner Zigarre benutzt habe. Darauf stand in großen Lettern eine Schlagzeile über einen bewaffneten Aufstand in Bolivien. Das interessiert mich sehr. Was sind die Hintergründe für einen Aufstand der Bevölkerung in Lateinamerika?

Ein innerer Konflikt regt mich auf und lässt mich nicht zur Ruhe kommen. Was rechtfertigt die Jagd auf die verhassten Großgrundbesitzer? Wer ächtet das Gemetzel und das Abschlachten von Menschen, die der Knechtschaft entfliehen wollen, um endlich ein würdevolles Dasein leben zu können?

Was ist da draußen in der Welt los?

„In den Staaten Südamerikas revoltieren die Unterdrückten und wagen den Aufstand gegen ihre Unterdrücker und Peiniger", steht in der Zeitung. Sie sind Leibeigene der Großgrundbesitzer. Die Unterdrücker brauchen die Arbeitskraft der Gedemütigten, um ihren Wohlstand zu erhalten und zu mehren. Sie halten sich Kapos; diese Kapos sind Funktionsleibeigene, Aufpasser, die von ihrem Herrn ermächtigt sind, die geforderte Arbeitsleistung mittels Gewaltausübung sicherzustellen. Und jene fühlen sich mächtig und bevorzugt gegenüber ihresgleichen. Die Peitschenhiebe der Kapos ersticken die aufbegehrenden Versuche der versklavten Knechte, die nichts anderes wollen, als ihre Familien am Leben zu erhalten. Die Kindersterblichkeit ist vergleichbar mit der im Europa des 15. Jahrhunderts und es gibt kein Entrinnen aus diesem Elend. Entweder du gehörst zu den wenigen Herren, die den weitaus größten Teil des Landes unter sich aufteilen, oder du bist Tagelöhner und kriechst auf deinen zerschundenen Knien unter der Knute eines Patrons. Der Patron vererbt seinen Reichtum und seine Macht an seine Nachkommen und sein Tagelöhner in Leibeigenschaft vererbt seinen Kindern nichts weiter als die Schmach der Unterwerfung. Das Rad der Zeit rollt weiter, neue Vermarktungsstrukturen werden schnell entwickelt, denn der Bedarf an „Südfrüchten" und anderen exotischen Luxusgütern in der Neuen Welt und im Alten Europa wächst stetig. Es entstehen zunehmend politische Krisen mit sozialkritischem Hintergrund. Diese entwickeln sich zu bewaffneten Revolten und marxistisch motivierten Aufständen. In Bolivien werden Menschen mit Waffengewalt von ihren seit Generationen angestammten Flächen, die zwar niemals ihr Eigentum waren, vertrieben und ihre mit Palmwedeln gedeckten Hütten von Bulldozern niedergewalzt und abgefackelt. Viele Menschen leisten Widerstand, denn sie wollen nicht umgesiedelt werden. Sie wissen, dass sie in den Elendsvierteln von La Paz oder Santa Cruz de la Sierra keine Überlebenschance haben. Sie weigern sich, ihre Hütten aufzugeben, und sie verbrennen in diesen. Sie werden geopfert auf dem Altar des Neokapitalismus der Großgrundbesitzer.

Als Jugendlicher mit niemandem darüber reden zu können, quält mich mehr, als ich aushalten kann, und die Wut über meine eigene Ohnmacht entlädt sich meistens in unerträglichen Kopfschmerzen und ich bebe vor Wut. Noch mehr aber stört mich die Interesselosigkeit der Menschen um mich. Sie machen sich keine Gedanken darüber, wo die eingedoste Ananas oder die erntefrischen Bananen herkommen, und schon gar nicht darüber, unter welchen Bedingungen diese Früchte geerntet werden. Warum auch? Wir kaufen die Früchte doch in Massen in dem gerade eröffneten Supermarkt! Wir haben vorgesorgt, die Regale im Keller biegen sich unter ihrer Last.

„Die sollen doch froh sein, dass wir ihnen das Zeug abkaufen! Oder? Ist doch so!“

Das ist die gängige Antwort auf meine Frage, ob sie denn wüssten, wo die Früchte herkommen. Aber es beginnt keine Diskussion am Küchentisch; also lasse ich mir ein Stück Ananas-Sahne-Torte auf meinen Kuchenteller legen und gebe dem Bitten meiner Mutter, endlich still zu sein, widerborstig und um keinen Krach anzuzetteln, unwillig nach. Die hausgemachte Ananas-Sahne-Torte schmeckt lecker und ich möchte ein zweites Stück auf meinen Teller.

Aber ich kann es nicht lassen. Ich möchte eine Diskussion anzetteln.

„Also“, sage ich, „es ist doch eine Tatsache, dass eine allmächtige Agrar-Produktionsgesellschaft, die „United Fruit-Compagnie“, nachweislich mit finanzieller Hilfe und militärischer Unterstützung der Central Intelligence Agency, der CIA, die regierende bolivianische Militärjunta massiv unterstützt.“

Ich blicke auf Reaktionen wartend in die Tischrunde und stelle fest, dass mein Einwurf niemanden am Tisch zu interessieren scheint. Was mich so sehr bewegt, weckt keinerlei Aufmerksamkeit und es dauert lange, bis ich das begreife. Nein, nein, es hat keinen Zweck, dieses Thema weiter zu verfolgen; äußerlich gebe ich mich damit zufrieden, aber in mir brodelt es fortwährend. Bohrende Fragen kreisen in meinem Kopf; Antworten suche ich vergeblich.

Die Rächer der Geknechteten finden in der versklavten bolivianischen Bevölkerung willige Unterstützer, die Verstecke, Nahrungsmittel und auch Waffen als Nachschub bereithalten. Als

Gegenleistung für die riskanten Hilfsleistungen der Bevölkerung richten die Revolutionäre improvisierte Schulen und Bildungseinrichtungen in unzugänglichen Verstecken ein, denn sie wissen genau, Aufklärung und Wissen sind der Grundstock des menschlichen Daseins. Doch der Lehrstoff beschränkt sich auf die Thesen von Marx und Engels, die durch eine revolutionäre Umgestaltung eine klassenlose Gesellschaft schaffen wollten. Das übersteigt meine Vorstellungskraft völlig und doch besorge ich mir die Fahne mit dem Abbild von *Che Guevara* und *Fidel Castro*. Sie sind meine Helden. An die Stelle einer noch gemäßigten Revolutionsregierung treten radikale Revolutionäre wie der Rechtsanwalt Castro sowie Che Guevara, der nun sogar das Amt des Industrie-Ministers einnimmt. Obwohl, so lese ich auch, verstehe dieser von Wirtschaft so wenig wie gar nichts. Kurze Zeit später wird der „Che" sogar Chef der kubanischen Staatsbank. Innerhalb Kubas organisiert sich ein neuer, zum Teil bewaffneter Widerstand. Neue Schurken lösen die alten ab. Die Knechtschaft lebt weiter, nun unter einem leuchtend roten Stern. Und ich verspüre eine nachhaltige Verwirrung über Gut und Böse, finde aber keine aufklärenden Antworten. Im fernen China ist der Teufel los, es findet eine Kulturrevolution statt. Und der „große Heilsbringer" nennt sich Mao Zedong. Unter seiner Knute gibt es massive Menschenrechtsverletzungen und endlose politische Morde. Bis zu drei Millionen Menschen fallen der gnadenlosen Jagd auf Intellektuelle zum Opfer. Aber Südamerika und China sind weit entfernt und wir verstehen nichts.

Logbucheintrag

Schiffstyp: Einmastsegler

Besatzung: Skipper und Smutje in Personalunion

Proviant: Spärlich, Nachfüllung erforderlich

Position: Nordsee, 54° 11' N 7° 53' O

Wind kommt auf.
Starke Fallwinde aus NNO fegen über die Rücken der Hügelkette. Ich muss gegen den Wind ankreuzen, um mich in Ufernähe unter der Küste zu halten. Nur nicht abtreiben lassen. Auf keinen Fall abtreiben lassen. Die Wellen sind nicht hoch, aber sie kommen hart und schlagen Gischt aufspritzend gegen meine Steuerbordseite. Das Meer will mein Schiff hinaustragen in mir unbekannte Breiten. Was wird mich dort erwarten? Ich fühle mich noch nicht erfahren genug, um es mit den Gewalten der See aufzunehmen. Ich bin am Anfang meiner Reise und mein Herz ist beklommen von ängstlicher Sehnsucht nach meinem sicheren Heimathafen, aber auch von der Sehnsucht, Antworten und Erklärungen auf meine Fragen zu finden. Die Welt ist erforscht und es gibt scheinbar nichts mehr zu entdecken. Aber das ist ein Trugschluss! Die Antworten, die ich zu bekommen trachte, bleiben aus, und die Antworten, die ich bekomme, taugen nichts. Warten auf Antworten ist verlorene Zeit, die nicht wiederkehrt. Also muss ich, das lerne ich schnell,

die Antworten auf meine Fragen selbst und in Eigeninitiative suchen und finden. Die Welt dreht sich weiter und verändert sich täglich. Ein neues Menschenbild entsteht. Es ist die Zeit der Studentenunruhen und Revolten rund um den Globus. Es formieren sich die außerparlamentarische Opposition und die Vietnam-Kriegsgegner. Wir haben unsere Manchesterhose gegen eine Blümchenhose ausgetauscht und die Mädchen tragen Röckchen mindestens in Gürtelbreite. Unsere Eltern verstehen die Welt nicht mehr und wir verstehen unsere Eltern nicht. Woodstock. Langhaariges Gesindel! Was ist nur mit den jungen Leuten los? Sind die jetzt alle verrückt geworden? Aus meinem Bordradio krächzt Joe Cocker „With a little help from my friends", Jimmy Hendrix singt „Hey Joe" und die Stones verhöhnen das „Establishment" mit „Satisfaction" und „Sympathy for the devil"! Ich könnte mich in diesen Songs baden; sie sprechen mir aus der Seele.

„Pass auf! Hart Steuerbord! Hörst du nicht? Hart Steuerbord!"

Ich bin schlagartig zurück, als ich direkt vor mir, weniger als eine Länge meines Bootes entfernt, ein Felsenriff aus den zurückweichenden Fluten auftauchen sehe. Mein Bootsrumpf schrammt über die mit Muscheln und Seepocken übersäte Untiefe hinweg. Das hätte schiefgehen können und meine Reise hätte ein jähes Ende gefunden. Aber mein Boot ist stark und die Planken können einige Schrammen vertragen. Außerdem werden sie dabei auch von unerwünschten Anhängseln befreit, gerade so wie ein Bär, der sich seinen Pelz an einem Baumstamm reibt, um lästige Parasiten und Schmarotzer loszuwerden. Die in ihren Lagern ächzenden Spanten signalisieren, dass mein Schiffsrumpf in gutem Zusatnd ist. Schiffsrippen, die bei schwerer See keinen Ton mehr von sich geben, sind wahrscheinlich schon geknickt und aus ihren Lagern gerutscht. Das schwächt die Stabilität eines Bootskörpers sehr und aus den tragenden Rippen wird höchstens noch Keilholz zur Sicherung des Mastes.

Es dämmert und es wird höchste Zeit, einen ruhigen Ankerplatz zu finden. Gar nicht so einfach in dieser etwas zu rauen See. Endlich gelingt es mir, das Segel einzuholen und zu bergen. Das Boot macht keine Fahrt und ich lasse die Ankerkette ausrauschen. Das Schiff dümpelt auf der Stelle.

Noch zwei Glas bis zum Glasendoppelschlag auf der Schiffsglocke, dann ist Mitternacht und ich werde nach etwa einer weiteren vollen Stunde wieder nach dem Wetter sehen.

An Schlaf ist nicht zu denken. Die Erlebnisse der letzten Stunden haben mein Innerstes aufgewühlt, gleich dem ufernahen Meeresgrund bei heftigem Sturm. Das plötzlich auftauchende Riff mit seinen scharfen Kanten und die Gefahr, die von diesem Felsbrocken ausgeht, lässt mich erschaudern. Meine Reise in die Abenteuer auf hoher See hat gerade erst begonnen und fast schon hätte sie zu Ende sein können. Wie viele Menschen, die genauso die Hürden der Jugend gerade überschritten haben und sich ziemlich plötzlich in einer für sie gänzlich neuen Umgebung wiederfinden, sind an einem eigentlich kleinen Hindernis gestrauchelt und kläglich untergegangen? Da kann ein kleiner Fels zu einem gigantischen Berg anwachsen, dessen Masse dich schier zu erdrücken droht und dein bis zu diesem Zeitpunkt behütetes Leben von nun an bestimmt. Ein Dasein im Rausch der Sinne, umgeben vom schönen Schein einer Traumwelt, aber auch voller Ungemach und ungeahnter Strapazen. Ein psychedelischer Ritt auf windgepeitschten Wellen, die wild am felsigen Ufer aufspritzen und ihre Gischt weithin zerstieben lassen, einem tosenden Wasserfall gleich, sich dann aber erschöpft und ihrer gewaltigen Stärke beraubt in einem kläglichen Rinnsal zurück in das allgegenwärtige Meer ergießen. Ein großartiger Auftritt der Elemente mit dem einzigen Zweck, die Menschen am Wasser und auf dem Wasser zu beeindrucken.

„Du musst besser aufpassen, da draußen lauern Gefahren, die du nicht kennst und die du nicht einschätzen kannst."

Mein Kopf brummt und ich weiß nicht, ob es das Blut in meinen Adern ist oder der auffrischende, ablandige Wind, der dieses bedrohliche Brummen und das auf- und abschwellende Heulen bewirkt. Meine Hände zittern und meine Knie schlottern und ich höre, wie meine Zähne klappern. Ich habe noch nichts erlebt in meinem Leben und ich habe furchtbare Angst davor, dass es mit dem Leben ganz plötzlich aus sein könnte. Das hat mir das Meer heute gezeigt. War es ein freundlich gemeintes Warnsignal? Will das Meer mir zeigen, dass es unbezwingbar ist? Dass es in seiner Urgewalt mächtiger ist als alle von Menschenhand erdachten und konstruierten Maschinenungeheuer, die es durchpflügen und auch seiner Schätze berauben? Es wird geschändet und es wird verseucht – der Wohlstand der Menschen ist das Leichentuch unserer Ozeane. Aber das Meer kann sich rächen mit furchteinflößender Gewalt, denn das Meer weiß sich zu schützen. Es braucht uns nicht, aber wir brauchen das Meer.

Der heulende Wind zerrt an den Trossen, so als wollte er mit aller Gewalt mein Schiff in seine Einzelteile zerlegen und es stückweise mit sich forttragen. Hoffentlich ist alles auf Deck gesichert, denn ich kann jetzt nichts mehr tun. Außer abwarten und hoffen, dass mein kleines Schiff den anrollenden Breitseiten standhält. Die Schläge sind hart, aber sie kommen regelmäßig von der Luvseite. Im Abstand von etwa 30 Sekunden kommen sie angerauscht, das Schiff wird bis in seine stärksten

Spannten erschüttert. Es ächzt und stöhnt, knackt und knarzt, es rollt von Luv nach Lee, pausenlos. Alles in meinem Schiff zittert, meine Koje und meine Back, an der ich mich festklammere. Das Zittern überträgt sich auf meine Hände und meine Arme. Der am Mittag verspeiste Knurrhahn möchte wieder in sein angestammtes Element, und die erzürnte See fordert ihr geraubtes Eigentum zurück. Und ich beuge mich erschöpft den gnadenlosen Urgewalten. Völlig erschöpft, aber voller Vertrauen darauf, dass mein Schiff seinen Geist nicht aufgibt, gebe ich mich den Mächten hin, denn ich bin ein Teil meines Schiffes, ein Teil dieses Meeres und ein Teil dieser Welt. Und ich bete. Das Meer ist gnädig und grausam, es kann Freund, aber auch Feind sein. Ich danke Gott für die Unversehrtheit meines Schiffes und dass er mich bis jetzt vor Schaden bewahrt hat.

Lausbuben

Volksschule, Gymnasium, Lehrzeit und Freunde. Dann kommt die Zeit der Prüfungen. Du wirst hart hergenommen, und die Qualen der Prüfungen kollidieren mit den Qualen des Heranwachsens und somit mit meiner Zukunftsorientierung. Beide Qualen sind völlig gegenläufig. Prüfungen müssen rational abgearbeitet werden, aber die Angst zu versagen und die Erwartungen der Eltern nicht zu erfüllen, sind eine noch größere Qual. Wie viele „Vaterunser" oder „Rosenkränze" müssen heruntergeleiert und wie oft muss die „Heilige Maria, Mutter Gottes" angerufen werden, um endlich den erwünschten und erhofften Erfolg der eigenen Kinder zu beschwören? Man muss die Angst und den Ehrgeiz der Eltern zu deuten wissen. Der empfundene Schmerz des Versagens hinterlässt unzählige kleine, aber spürbare Schrunden an meinem Gemüt und meiner Persönlichkeit. Ich habe dafür ein Gespür. Die Phase der Jugend bis zu der Zeit, die Prüfungen zu bestehen, schrammt nicht spurlos an mir vorbei. Wahrscheinlich geht diese Epoche an keinem jungen Menschen vorbei, ohne Spuren zu hinterlassen. Die Mühen der Kindheit und der darauffolgenden Jugendzeit prägen sich ein in meiner Seele und werden ein Leben lang mein Charakterbild beeinflussen. Diese Abdrücke verwehen nicht im Wind, auch nicht in einem Sturm. Nichts vermag meine Grundhaltung zu erschüttern. Aber ich spüre, wie der scharfe Gegenwind an meiner Substanz reißt und zerrt. Da ist es wichtig, einen Halt zu finden, an den man sich klammern kann:

Freunde!

Alte wertvolle Freundschaften werden vertieft und neue werden geschlossen. Zuerst findest du heraus, wer von deinen Freunden verschwiegen ist. Denn es ist wichtig, dann zuverlässige Freunde zu haben, die, wenn du „Bockmist" gebaut hast, standhaft sind und zu dir halten. Wenn dann die Kollektivstrafe über die verschworene Gemeinschaft der „nichtsnutzigen Taugenichtse" hereinbricht, dann zeigt sich schnell, wer – gerade weil wir uns durch und durch kennen – trotzdem deine Freunde sind und wessen Freund du sein darfst.

Ja, wir haben vieles gemeinsam angestellt und wir hatten Spaß bei so manchem Unsinn.

Dass dabei eine Scheune fast abbrennen wird, konnten wir nicht ahnen, als wir das Wespennest im dürren Gras zwischen den rostigen Maschen des Gartenzauns angezündet haben. Im lodernden Strohfeuer des gerade gedroschenen Hafers verkohlen die Strohgarben, und die Strohpresse glüht eine Weile als verbogenes Metallgerippe. Wir aber machen uns aus dem Staub, wir verduften im gelblich dichten Qualm des noch kokelnden Feuers. Am Abend dieses ereignisreichen Tages, an dem die dörfliche „Freiwillige Feuerwehr" ihren mutigen Einsatz gegen brennendes Stroh, aber vor allem gegen zornige stechende Wespen endlich tapfer und siegreich beenden kann, müssen meine Freunde und ich, ob wir wollen oder nicht, nach Hause. Dort warten sie schon auf die „elendige Brut", die „kreuzmiserablen Drecksstücke" und „Saubankerten". Mit Lattenstücken aus den verkohlten Resten des abgefackelten Gartenzaunes gibt es Hiebe. Egal, auf welchen Körperteilen die Schläge ihre Spuren hinterlassen, Hauptsache sie treffen. Und die Kanten der Latten lassen die Haut unter dem Hemd aufplatzen. Sie surren wie „Knüppel aus dem Sack" über alle Körperteile und hinterlassen blutige Striemen. Als um ein Vielfaches schmerzlicher empfinde ich aber die Tatsache, dass die auf uns eindreschenden Eltern in ihrer Wut nicht in der Lage sind, unser Motiv für die Zündelei einzusehen.

Wir wollten doch die Wespen nur verbrennen, um die Arbeiter an der Dreschmaschine vor deren Stichen zu schützen. Doch dieses Argument nimmt uns kein Mensch ab und nicht einer der sturköpfigen Erwachsenen teilt unsere Meinung. Sie haben kein Verständnis für so etwas und lassen sich auch von unseren aufgesetzten Unschuldsminen nicht erbarmen. Und der Heiligenschein über unseren Köpfen beeindruckt ebenfalls niemanden. „Sie haben es einfach nicht verstanden", reden wir uns ein, um uns gegenseitig von der Richtigkeit unseres Tuns zu überzeugen. Natürlich sind wir uns im Klaren darüber, dass ein Feuer in der Nähe einer von Stroh umgebenen Dreschmaschine totaler Unsinn ist. Aber das muss man ja nicht zugeben, zumal es so schön gelodert hat. Zum Trotz halten wir deshalb unser Spielchen mit dem Feuer für eine äußerst wichtige und absolut ehrenwerte Tat.

Nach einem halben Jahr ist die Geschichte des brennenden Gartens und der verglühten Strohpresse immer noch Dorfgespräch und langsam sehe ich ein, dass unser Abenteuer den Arbeitern an der Dreschmaschine und dem Bauern einen gewaltigen Schrecken eingejagt hat.

Ich werde älter und meine Freunde auch. Einige aus der Freundesgruppe – die Brüder W. und P. – sind ganz besondere Freunde. Sie verbringen sehr gerne ihre freie Zeit bei meiner Familie und wir drei ergänzen uns prächtig. Mit W. teile ich die Schulbank, wir haben durchweg die gleichen Interessen, und Streit gibt es zwischen uns so gut wie gar nicht.

Wir lieben die Exkursionen durch die nahen Wälder, denn da gibt es allerlei zu entdecken. Von den Forstbetrieben angelegte

Fischteiche in weit abgelegenen Tälern sind ein Refugium für seltene Amphibien. Da gibt es Gelbrandkäfer, die seltsamerweise ihr Hinterteil aus dem Wasser strecken, um zu atmen. Ihren Kopf halten sie unter der Wasseroberfläche, um ja keine Stechmückenlarve zu verpassen, denn sollte eine solche dem Schwimmkäfer zu nahe kommen, wird sie blitzschnell gepackt und verzehrt. Sogar kleine Fische und Kaulquappen stehen auf ihrem Speiseplan. Molche mit Fäden an ihrem hinteren Ende, Fadenmolche mit roten Bäuchen, Salamander, gelb und schwarz gefleckt, landen in unseren mitgebrachten Einmachgläsern. Sie sollen umgesiedelt werden. Das ist unser Plan. Doch der dafür ausgewählte Bach, der innerhalb der Gemarkungsgrenze unseres Dorfes ans Tageslicht sprudelt, ist schon nach wenigen Metern eine übel riechende Kloake. Hausabflüsse aus Küchen, Waschküchen und Toiletten, Jauchegrubenüberläufe aus den Bauernhöfen, flüssige und breiige Schlachtabfälle aus den Haushalten und den gewerblichen Betrieben. Genüssliches Schlotzen der umherhuschenden Ratten mischt sich mit dem leisen Gurgeln des trägen Baches. Sogar abgelassenes Altöl, das bei Ölwechseln an Autos anfällt, wird von dem Bachlauf aufgenommen. Einer halb verwesten Katze, deren Kadaver sich im Ufergestrüpp verfangen hat, ziehen ein paar Krähen das blutige Gedärm aus dem After. Das Bett des Baches wird aufgefüllt mit einem Sediment, das ekelerregender nicht sein könnte. Grauenhafter Gestank begleitet den Lauf der Steinalbe.

Die Brüder und ich erfragen bei der Gemeindeverwaltung einen Ferienjob. Denn eigenes Geld zu verdienen, das man dann, von den Eltern unkontrolliert, für allerhand Zeug ausgeben kann, reizt sehr. Und wir sind auf Anhieb mit unserer Bewerbung erfolgreich.

Wir sind sogar davon überzeugt, einen berechtigten Grund zu der Annahme zu haben, dass sich vermutlich kein anderer als wir drei für einen Ferienjob in der Gemeinde beworben hat. Denn am Morgen des ersten Arbeitstages stehen wir etwas beklommen im Betriebshof des Gemeindehauses herum und hoffen, dass sich zumindest einige unserer anderen Freunde zeigen und zum Arbeitseinsatz melden. Aber es kommt auch keiner, als wir schon zu einer bestimmten Stelle am Bachbett der Steinalbe losmarschieren.

Der etwas betagte, zahnlose Gemeindearbeiter Jakob hat uns schon, sich auf seiner Schippe aufstützend, an einer ausgesuchten Stelle des Bachlaufes erwartet und befiehlt sofort mit zusammengepressten Lippen:

„Do nemme die Schipp unn ab mit eich in de Bach. Unn bis heit Owend is der sauber! Hanner das vaschtann?“

Dann lutscht Jakob wieder genüsslich an seiner mit einem Flaschenverschlussgummi bewehrten Tabakspfeife. Der kleine feste Gummiring, den er über das Mundstück seiner Pfeife gestülpt hat, verhindert, dass der stinkende *Kloben* sich selbstständig macht und einfach aus seinen verhornten Kieferleisten herausrutscht. Was er dann noch zwischen seinen geschlossenen Lippen hervorzischt, ist nicht zu verstehen und uns sowieso egal.

Die Schatten der hochaufgeschossenen, das Bachbett säumenden Pappeln sind noch lang an diesem Morgen, als wir, mit Gummistiefeln bestens ausgerüstet, im knietiefen stinkenden Schlamm unserer Steinalbe Schaufel für Schaufel faulenden Bodensatz ans Ufer des Baches schippen. Endlose Schnüre von nicht verwendbarem Gedärm der geschlachteten Tiere wickeln sich um die Schaufeln. Klumpen von Maden laben sich an weggeworfenen Essensresten, menschlichen Ausscheidungen und anderen Abfällen. Sogar unvergängliche Gebrauchsgegenstände wie Gummihandschuhe und diverse Artikel aus unverwüstlichem Latex hängen in dem Gestrüpp des Uferbewuchses. Das alles muss raus aus dem Bach. Und geht dies nicht mit der Schippe, dann muss man eben die Hände zum Auffischen des Corpus Delicti benutzen. Mit Fingerspitze und Daumen katapultieren wir so manches schlüpfrige Ding in hohem Bogen weit über die Uferzone hinaus; manche dieser Teile landen auf dem nahen Gehweg und das natürlich völlig unbeabsichtigt! Dann plärrt Jakob, dass wir das gefälligst zu unterlassen hätten, und beendet jede seiner Beschimpfungen, indem er uns als „Hämmel und „Wutzebuwe" bezeichnet. Uns beeindruckt das wenig und weitere Gegenstände aus dem Bach werden zum Grund öffentlichen Ärgernisses, denn es besteht die Gefahr, dass das Ehr- und Schamgefühl der Bürger beschädigt werden könnte. Die Stiefel saugen sich im Schlamm fest, und man kann das genüssliche Schmatzen der prallen Maden sogar hören – oder bilde ich mir das nur ein?

Wasser, das gemächlich, aber stetig als Regen oder geschmolzener Schnee in die Tiefen der Erde gesickert ist und die Botschaft von Wind und Wetter vergangener Jahre in sich birgt und speichert, wird rabiat seiner natürlichen Erhabenheit beraubt, sobald es die schützende Erde verlässt. Schändlich entjungfert und dabei entehrt, bedient sich kein Mensch seiner ursprünglichen Frische, denn der munter sprudelnde Bach mutiert bald zum Gemeinde-Abwasserkanal. Sein Wasser ist verschmutzt, verseucht, tot. Und alles Leben in diesem Bach auch. Vieh, durstig von der Weide heimkehrend, schnüffelt an dem Rinnsal, schnaubt und prustet mit heftigen Kopfbewegungen, als würde es sich über den Gestank, welcher der trüben Brühe entsteigt, ärgern, und scharrt mit den Klauen der Vorderfüße in dem kleinen Bachbett auf der Suche nach einem Maulvoll trinkbaren Wassers. Das Vieh versteht: „Nein, das ist keine Tränke." Und als würden sie ihre Verachtung gegenüber dem von Menschen so misshandelten Quellwasser vollends demonstrieren, lassen einige der Kühe ihre Stoffwechselprodukte als breiige grüne Kuhfladen in dem Bachbett zurück. Einen Kanal für Brauchwasser wird es erst sehr viel später geben.

Offensichtlich hat man bei der Gemeindeverwaltung gehofft und sicherlich auch damit spekuliert, dass sich ein paar Dummköpfe wie wir für einen Ferienjob bewerben. Am Abend des ersten Tages sind wir nicht nur völlig erschöpft von der Plackerei, wir haben auch unsere „Schnauzen" gestrichen voll. Und das im wahrsten Wortsinn. Mir ist es tagelang zum Kotzen schlecht. W. ebenfalls und sein Bruder P. würgt gelbe Galle hoch, sobald wir von diesem Abenteuer reden.

„Was meint ihr, wollen wir uns das wirklich antun?"

Fragend blicke ich zu W. und der zieht seine Oberlippe hoch und rümpft seine Nase. Und P. wirft nur ein einziges Wort in die Runde:

„Was----?!"

Da weiß ich schon Bescheid; denn seine Schippe kommt in Begleitung von groben, unwiederholbaren Flüchen an das Bachufer geflogen. Für P. ist die Schufterei in Dreck und Gestank nichts Abschreckendes. Er weiß, dass er eine Ausbildung als Bergmann in einer der Kohlengruben des Saarlandes beginnen wird, und einem zukünftigen Kumpel, der ständig unter Tage mit Staubwolken, aber auch mit schwefeligem Schlamm in den Schächten und Flözen zu kämpfen hat, macht so ein bisschen Sauerei wie in unserer Steinalbe wenig aus.

W. und ich sind uns einig: „Gut, dann war´s das also, die haben wohl solche Blödmänner wie uns gesucht und auch gefunden. Die sollen gefälligst ihren Dreck selbst aus dem Bach holen! Die halten uns vielleicht für dumm! Verarschen die uns am Ende gar noch?“

P. hätte gerne noch weiter geschuftet, aber alleine in dem Dreckloch von Bach macht es auch ihm keinen Spaß.

W. und ich sind schnell davon überzeugt, dass man uns für außerordentlich dämlich gehalten hat, als wir den Ferienjob angenommen haben, und wir regen uns auf über die arglistigen Schlaumeier der Gemeindeverwaltung. Dabei sind wir uns völlig darüber einig, dass einige „hochverehrte Würdenträger“ beileibe nicht die Gescheitesten sind. Schlau sind viele. Aber trotzt aller Schläue sind auch viele mehr als einfältig und wir halten sie für Klugscheißer. Sie wissen noch nicht einmal, was sie nicht wissen, und dass sie einen sehr beschränkten Horizont haben, kommt ihnen gar nicht in den Sinn. Sie sind völlig frei von Selbstzweifeln und überzeugt davon, dass sie die Weisheit schon mit der Muttermilch aufgenommen und mit Kellen geschöpft haben. Dumpfe Arroganz begegnet uns allerorten und das macht uns sehr betrübt, zuweilen auch besorgt in Anbetracht solcher unangebrachten Überheblichkeiten uns Jugendlichen gegenüber.

Zornig quittierten wir am folgenden Morgen unseren Ferienjob, der von der Gemeindeverwaltung, da sind wir uns sicher, wohl als Frondienst verstanden worden ist. Unsere amphibischen Schätze, Gelbrandkäfer, Fadenmolch und Salamander und natürlich auch die bei allen Jungs beliebten Molleköpp, die Kaulquappen, dürfen zurück in ihre heile und gesunde Welt. Die Erinnerung an diese Bachputz-Tätigkeit lässt mich heute noch, obwohl Jahrzehnte vergangen sind, erneut erschauern und ein penetranter, extrem unangenehmer Geruch kriecht durch meine Nasenhöhle und ein abscheulich salziger Geschmack lähmt meine Zunge und lässt meine Kaumuskeln erstarren. Mir ist´s zum Kotzen.

Die Tiere finden also ihr Zuhause wieder in ihrem angestammten Teich und W. und ich entdecken einen ganz anderen, aber hochinteressanten Schatz in einem abgelassenen Weiher des Kolbentals.

Eine Kiste. Mitten in dem entwässerten Teich, zur Hälfte im krustigen Klei eingesunken, schlammverschmiert und mit verrotteten Schlössern noch halbwegs verriegelt. Wir kratzen den eingetrockneten Schlamm oberflächlich weg und es kommen zwei groß gedruckte Buchstaben zutage: „WH“ und dahinter ein Hakenkreuz. Das macht unseren Fund natürlich sehr interessant, denn es scheint so, als hätten wir ein Wehrmachtsrelikt des vergangenen Krieges entdeckt. Ganz bestimmt hat man dieses Behältnis irgendwann, vielleicht bei der Aufgabe einer Gefechtsstellung, in der Mitte dieses Teiches versenkt. Und wir haben das Glück, diese Kiste zu finden. Dass sie noch verschlossen ist, ist aber keineswegs ein Hindernis für uns; mit einem Stein können wir die verrosteten Vorhängeschlösser knacken.

Der Inhalt des Objekts erscheint uns noch seltsamer als die Kiste selbst. Abgesehen von den pampigen Ablagerungen befinden sich darin eigenartige zylinderförmige, etwa zwei Zentimeter lange und fünf Millimeter dicke Stäbchen. Diese sind grau und völlig durchnässt und stinken derart nach Schwefel, als wenn der Teufel selbst durch die Esse eines Schmiedefeuers direkt in die Teile gefahren wäre. Ich reiche W. einige dieser schwarzgrauen Dinger und frage:

„Ist das vielleicht Schwefel? Was meinst du, sollen wir mal testen, ob das Zeug brennt?“

W. nimmt eines der Stäbchen zwischen seine Fingerspitzen, betrachtet es ausgiebig, so wie er immer alles sehr intensiv untersucht, was ihm fremd erscheint, und meint:

„Keine Ahnung, Glaub´ nicht, dass das Schwefel ist; aber das haben wir gleich! Wir können ja eines davon anzünden!“

„Aber, wenn das kein Schwefel ist, wie soll denn sowas brennen?“

Mein Kommentar verhallt ungehört und W. hält die Flamme seines Zippos an eines der feuchten grauen Stäbchen und ...

„Mannomann – was´n das?“, kommentieren wir beide gleichzeitig das, was dann folgt.

Es gleicht einem Inferno gleißenden Lichts, was da aus der Kiste sprüht und zischt, um sich dann aber, etwa einen Meter oberhalb des Kistenrandes, in eine undurchdringliche Nebelwand zu verwandeln. Der gelbbraune Rauch schwärzt unsere Hände und unsere Gesichter und raubt uns die Atemluft. Hustend und nach Luft röchelnd entfliehen wir der Wolke und bemerken mit mulmigem Gefühl in der Magengegend, wie sich das Weihertal verdunkelt. Kein Lichtstrahl der am Himmel stehenden Sonne vermag auf den Wiesengrund durchzudringen. Langsam und etwas furchtsam nähern wir uns der Kiste von der windabgewandten Seite her und schubsen unsere Entdeckung abwechselnd mit kleinen Fußtritten in eine Pfütze an den Rand des Teiches mit der Absicht, die brennenden und fürchterlich qualmenden Stäbchen zum Erlöschen zu bringen. Es dauert eine gefühlte Ewigkeit, bis die zischende Glut endlich erstickt.

„Keine Ahnung, was wir da entdeckt haben, aber es brennt wie die Sau", sage ich und stecke mir einige dieser kleinen Stäbchen in die Hosentaschen und W., wie könnte es anders sein, natürlich auch. Bestimmt kann man damit Eindruck bei den Schulkameraden schinden... Man weiß ja nie!

Es dauert auch nicht sehr lange, bis es wegen unseres gefundenen Schatzes zu einer schicksalhaften Situation kommt, die weg- und zukunftsweisend sein wird für mich und auch einige andere Kumpel aus unserem engsten Freundeskreis. Es kommt, wie es kommen muss: Die seltsamen Stäbchen finden irgendwann, lange nachdem diese von W. und mir auf ihre ein ganzes Wiesental verdunkelnde Eigenschaft getestet worden sind, ihren Weg aus unseren Hosentaschen in die Schulmappe und somit in unser Klassenzimmer des Gymnasiums.

Einzelheiten über die zwar strengstens verbotene, doch sehr interessante naturwissenschaftliche Untersuchung der Kriegsrelikte in unserem Klassenzimmer möchte ich als unser lebenslanges Geheimnis bewahren. W. hat sich leider in seinen besten Jahren schon für immer verabschiedet – leise und bescheiden und völlig unerwartet hat er sich davongemacht. Und immer dann, wenn meine Gedanken zurück zu den Tagen unserer Jugend schweifen, ja, dann ist mir so, als würden W., P. und ich an die alten vergangenen Abenteuer anknüpfen, und wir sind wieder die Jungs, die nie aufhören, irgendetwas auszuhecken und anzustellen. Und von all den Erwachsenen zu jener Zeit hatte nur ein Einziger Verständnis für unsere wirklich harmlosen Untaten: Jupp! Mein Vater. Wenn fast alle nur böse Beschimpfungen für uns übrighatten, war es Jupp, der über unsere lausbübischen Unternehmungen schmunzelte und sehr zur Freude von W. und P. kein Donnerwetter losließ. Beide Brüder liebten es, in der Nähe meines Vaters zu sein, und diese Bindung besteht bis heute, weit über den Tod von W. und den meines Vaters hinaus. Darum weiß ich: Eine wahre Freundschaft unter besten Freunden erlischt nie, trotz langer Zeiträume, in denen wir uns nicht gesehen und nichts voneinander gehört haben. Körper vergehen, aber der Geist eines Menschen ist hier – es ist die Energie, die auf Erden bleibt – für immer. Und vielleicht ist das der Kitt, den es für einen ewigen Zusammenhalt braucht.

Meine Gedanken schweifen weiter zu einem anderen Freund, B. und seine lustigen Karikaturen über *Adolf*, der es fertigbrachte, eine Strecke von mehreren Schwarzkitteln kurz nacheinander zu erlegen. Das glaubte der Jäger jedenfalls. „Sau tot, Waidmanns Heil“! Das Wildbret bestand jedoch aus über Nacht stehengelassenen Säcken voller Kartoffeln auf einem waldnahen Acker. Des Waidmanns Dank verhallte ungehört und der Besitzer des Kartoffelackers war nicht sonderlich erfreut, empfahl aber dem Schießwütigen, nächstens eine Brille beim Ansitzen zu tragen. Ja, B.s Geschichten und Zeichnungen, was den Jägersmann betreffen, sind sehr lustig und reißen mich aus meinem Sinnieren über Freundschaften.

Die Prophezeiungen der etwas schrulligen, aber immer noch liebenswerten Lateinlehrerin aus früheren Tagen flattern per Post im blauen Umschlag als gnadenloses Orakel ins Haus. Die Kunde über unsere schulischen Heldentaten und deren unausbleibliche üble Folgen verbreiten sich schnell in der Nachbarschaft. Die fast schon erwartete Häme einiger dörflicher Mitbewohner bezüglich meines äußerst unrühmlich erzwungenen Schulabgangs beginnt ihren erbarmungslosen Lauf und meine Mutter leidet sehr. Ich kann sie nicht trösten; aber ich ahne ihre grenzenlose Verzweiflung und ihre Enttäuschung.

Dass ich in dem Fach Latein kein As war, hat sie gewusst, denn das Abhören der Vokabeln war für sie und für mich immer eine

Qual. Die blaue Post enthält ein niederschmetterndes und unwiderrufliches Urteil.

Basta! Die Strafe ist hart. Widerspruch ist nicht möglich und würde auch vom Kultusministerium nicht zugelassen. Ersatzweise finden wir, meine geplagte Mutter und ich, eine Lehrstelle für meine kaufmännische Ausbildung.

Besonders W. verbringt viel Zeit mit mir in meiner Familie und zusammen erledigen wir viele Aufgaben, die in unserem sogenannten Nebenerwerbsbetrieb anfallen. Nur bei anstrengender körperlicher Arbeit, die meistens in gebückter Haltung zu verrichten ist, so wie es beim Unkrauthacken und „Stellen" der Dickrüben notwendig ist, streikt W. Dann hat er eben gerade „keine Zeit", um bei dieser Schufterei zu helfen. Aber das ist okay. Wenn aber mein Vater befiehlt – er liebt den Befehlston uns gegenüber sehr – am Nachmittag das Stoppelfeld zu schälen und ja nicht zu tiefgründig zu pflügen, dann ist W., mein bester Freund, in seinem Element. Dann muss er den kleinen Traktor, eine Lanz-Blechkuh mit einem Zweizylinder MWM-Motor, bedienen. Da der Traktor, den mein Vater vor Jahren schon als gebraucht erworben hat, weder eine Hebehydraulik noch eine sogenannte Dreipunktaufhängung hat, kann man daher auch keinen dieser modernen Pflüge damit bedienen. Wir ketten also unseren alten hölzernen Pflug, der mit einer geschmiedeten stählernen Pflugschar ausgestattet ist und der früher schon von unseren Kühen gezogen wurde, an die Ackerschiene am hinteren Ende des Schleppers an und plötzlich lebt W. auf. Nach wenigen Metern gemächlicher Fahrt legt er schnell einen höheren Gang ein und ich, weil ich den Pflug führen muss, halte mich an den Pflughörnern fest, um ja nicht zu stolpern. Die nur zehn Zentimeter tief abgeschälte trockene Krume fliegt mindestens zwei Meter weit seitwärts weg und der geschälte Acker muss nicht einmal geeggt werden. Völlig plan liegt die Erde fein zerkrümelt von der rasenden Fahrt entlang der Furchen. Der Acker präsentiert sich sauber dahingelegt und ich liege auch da, mitten zwischen zwei soeben gezogenen Furchen, allerdings nicht annähernd so sauber wie der Acker. Mein Gesicht ist völlig vom Staub des abgeernteten Getreidefeldes bedeckt. Ich bin erschöpft von dem endlosen Hinterherhetzen, immer den Pflug in der Furche führend, in W.s geliebtem Schnellgang. Meine Augen sehen nichts; sie sind Sandgruben. Meine Kehle ist trocken wie die Sahara und ich sehe aus wie einer, der gerade einen dieser furchterregenden Wüstensandstürme überlebt hat. Und W. sitzt immer noch auf dem Fahrersitz unserer Blechkuh und bemerkt mit zufriedenem Gesichtsausdruck:

„So, fertig, das hätten wir. Aber, wie siehst du denn aus?“

Ich sage nichts, doch mein flehender Blick ist auf die Wasserflasche unter dem Traktorsitz gerichtet und soll ihm deuten:

„Gib mir endlich die Wasserflasche! Ich ersticke gleich! Siehst du das nicht, du Hohlkopf?“

W. greift nach der Flasche, verzieht sein Gesicht mit einem Grinsen über beide Ohren und zuckt mit seinen Schultern:

„Da ist nichts mehr drinnen..., leer..., musst noch ein bisschen warten, bis wir zuhause sind!“

Wir beide haben also unseren Spaß, allerdings oft mit ungleichmäßig verteilten Rollen.

Dem hölzernen Pflug wird es irgendwann zu viel. Einem Hindernis auszuweichen ist bei schnellen Fahrten so gut wie unmöglich, außerdem lässt der aufgewirbelte Staub von dem meist trockenen Boden den Blick auf die Pflugschar nicht zu. Wir üben uns sozusagen im Blindpflügen. Das geht auch meistens ganz gut, aber so wie der Krug solange zum Brunnen geht, bis er in Scherben zerbricht, kommt, was irgendwann kommen muss. Für W. ist es eine Riesengaudi, im fünften Gang über den Acker zu jagen, und ich versuche den Pflug, diesmal in einem abgeernteten Kartoffelacker, in seiner Spur zu halten. Plötzlich bäumt sich der hölzerne Pflug auf, die Pflugschar verkeilt sich unter einem kaum sichtbaren Stein und es kracht und es splittert, dass mir Hören und Sehen vergeht. Der Pflug macht sich selbstständig und ich kann ihn nicht mehr festhalten. Und W. jagt den Traktor weiter im fünften Gang bis zum Ende des Ackers, nur noch mit dem vorderen Rest des Pfluges, der immer noch an der Ackerschiene angekettet ist, und wendet. Er sieht das Fiasko, steigt von dem Traktor und kommt gemächlich, immer wieder die Arme in die Luft werfend, auf mich zu.

„Was hast du denn da gemacht, wieso ist der Pflugbaum gebrochen? Hast du nicht aufgepasst?“

Mir aber fehlen die Worte; erstens, weil meine Kehle, wie meistens bei unserer gemeinsamen Feldarbeit, furztrocken ist, zweitens, weil mir auf W.s Frage absolut nichts mehr einfällt.

Wortlos hieven wir die Trümmer auf den Wagen und tuckern mit der Fuhre zurück auf den Hof. W. beweist sich einmal mehr als bester Freund, indem er meinem Vater die Ursache und den Verlauf des Unglücks erklärt; denn er weiß, dass mein Vater Hölle und Teufel lostreten wird angesichts meiner Freveltat. Mein „Fett“ bekomme ich aber trotzdem ab:

„Du *Dormel,* du bist wirklich zu nichts zu gebrauchen, noch nie hat es jemand fertiggebracht, solch ein Stück zu ruinieren. Hätte W. den Pflug geführt, wäre das nie passiert!“

Denn mein Vater weiß, Ackergeräte bedienen und Traktorfahren kann W., er traut sich sogar, Mähdrescher und ähnliche, weit modernere Geräte als unsere kleine Blechkuh mit 16 PS zu bewegen.

Immerhin gab es ja schon einige Jahre vor diesem Ereignis einen kleinen, aber bedeutenden Zwischenfall mit einem Caterpillar, der übers Wochenende auf einer Wiese oberhalb unseres Dorfes direkt neben der neuen Straßentrasse geparkt war. Es war einfach zu verlockend, dem nach altem Schmieröl duftenden Ungetüm zu zeigen, wo´s lang geht. Es war überhaupt kein Problem, den Dieselmotor der Maschine mit einem gebogenen Nagel zu starten. Schnell fand man auch heraus, wie sich das Ding in Bewegung setzen ließ. Die Ketten fingen an zu rattern, vorwärts, dann einen Hebel umgelegt und schon ging es rückwärts. Das war ein Riesenspaß und die Wiese wurde zum Übungsplatz, und wie ein Truppenübungsplatz sah sie nach einigen Wendemanövern aus. Das Kettenlaufwerk auf der Innenseite einer Kurve stand logischerweise still und das äußere Kettenlaufwerk verrichtete seine Arbeit. Es fuhr einen Kreis; immer und immer wieder, bis der untere Teil des Motorblocks auf der Oberfläche der nun völlig verwüsteten Wiese aufsetzte. Aber der Caterpillar hatte viele Pferde unter der Haube und die wollten das Ungetüm weiterbewegen. Und Panik kam auf, weil sich das Gerät nicht ausschalten ließ. Was tun? W. hatte die Lösung, er kannte sich aus mit schweren Maschinen. Er fand den richtigen unter den vielen Hebeln und es gelang ihm, die Schaufel zu senken. Das war dann zu viel für den Motor, die Schaufel grub sich in den Grund ein und der Auspuff spuckte Wolken von schwarzem Rauch und Ruß aus. Dann war er plötzlich still. Abgemurkst. Aus. Im Folgenden wurde per Zeitungsaufruf nach dem oder den Tätern gesucht. Die Ermittlungen blieben erfolglos. Was für die Beteiligten ein Spaß war, hat dem Landeigentümer wenig Freude bereitet und der Bauer beklagte seine zerstörte Wiese und sein verlorenes Heu.

Man nennt uns jetzt „Die Halbstarken“. Da kommt der Film *„Easy Riders“* in die Kinos und wir fühlen uns wie Helden auf unseren Motorrädern. Wir sind ein verschworener Haufen und versuchen mit allen Mitteln die Straßenverkehrsordnung zu ignorieren, indem wir mit unseren Maschinen durch die Dorfstraßen knattern. Der Lärm unserer Maschinen ist ein großes Ärgernis für die meisten Dorfbewohner. Drohend erhobene Fäuste deuten an, was man gerne mit uns machen würde. Uns aber stört das wenig, und um das Maß zum Überlaufen zu bringen, lasse ich mit einer kleinen, aber höchst wirkungsvollen Manipulation meine Horex zu einer Höllenmaschine mutieren. Mit einem kleinen Dreh gegen den Uhrzeigersinn an der Zündanlage kann ich nämlich den Zündzeitpunkt auf „Spätzündung“ verstellen. Mit diesem kleinen Trick explodiert der vergaste Kraftstoff mit höllischem Lärm nämlich nicht, so wie es sich gehört, im Zylinder. Bei meiner Maschine entfaltet das Benzin-Luftgemisch seine Energie erst dann, wenn es den Zylinder bereits durch das Auslassventil verlassen hat. Der Moment der Zündung erfolgt also, wenn das Ventil gerade noch offen ist, dann entfesselt der Zündfunke ein Höllenfeuer in den Auspuffrohren. Der die Zündung begleitende Knall hallt wie der Donner eines Blitzschlages durch die Dorfstraße. Das kostet die Maschine zwar einige PS an Durchzugskraft, aber dafür ist das Getöse und der aus den Auspuffrohren fahrende Feuerschweif einfach herrlich. Ein defekter Zündkondensator bringt die in den umliegenden Häusern betriebenen Radios und Fernseher zum Knattern und die Fernsehbilder laufen über den Bildschirm. Unsere wilde Fahrt mit den Maschinen bringt die Anwohner in höchste Rage und uns Jungs in größte Verzückung. Mein Freund mit der DKW seines Vaters und mit seinem Bruder P. als Sozius lässt seine Zweitakter-Maschine aufheulen wie einen wilden Mustang und rast, nur auf dem Hinterrad fahrend, mit qualmendem Reifen davon. Wir fühlen uns richtig gut und genießen die uns unverhofft gezollte Aufmerksamkeit. Die ist allerdings geteilt. Gleichaltrige und auch etwas jüngere Jugendliche sehen uns mit Respekt an und möchten auch so gerne einmal „*Easy Rider*" sein. Die, die schon etwas älter als wir sind, betrachten uns, als seien wir „Spinner". Aber es gibt auch die älteren Mannsbilder, eigentlich sind sie mindestens doppelt so alt wie wir, die uns von ihren wilden Motorradfahrten erzählen und bestätigen, dass meine Horex eine „Todesmaschine" sei. Warum, will ich wissen, und erfahre Furchteinflößendes:

„Die Horex mit ihrer Teleskopgabel kann schon bei geringen Bodenunebenheiten den Kontakt zur Straße verlieren und dann, ihr Buben, dann bleibt zu hoffen, dass ihr gute Motorradklamotten und natürlich auch einen Schutzhelm tragt. Außerdem kriegen alle Horex-Maschinen irgendwann einen Kolben- oder Kurbellagerfresser, und wenn das passiert, dann Gnade euch Gott! Man wird euch vom Asphalt abkratzen müssen, und ihr wärt nicht die ersten, denen das passiert!"

Diese Vorhersage hat sich zu unserem Glück nie bewahrheitet, hätte aber bei unseren gelegentlichen tollkühnen Fahrmanövern über Wald- und Wiesenwege, aber auch bei Geländefahrten eintreffen können. Eines Tages verschwindet meine geliebte Horex für immer auf Nimmerwiedersehen. Sie wird von meinem Vater verschenkt an einen Oldtimer-Liebhaber aus dem benachbarten Saarland, während ich auf meiner Lehrstelle dem Feierabend entgegenfiebere, mit dem einzigen Ziel, am Abend wieder mit meiner Horex die Gegend in und um unser Dorf unsicher zu machen. Erst am Abend bemerke ich, dass mein geliebtes Stück verschwunden ist. Angeblich hat er sie weggegeben, um mein Leben zu schützen, denn ich würde mich mit Sicherheit mit dieser Maschine eines schönen Tages umbringen. Den Verlust meiner Maschine habe ich bis zum heutigen Tag nicht überwunden und mein jugendlicher Zorn über die Wegnahme meines Motorrads hat eine nachhaltige Wirkung auf mein Gemüt.

Mein Gefühl der Trauer über den Verlust meines Motorrads wird verdrängt von einem völlig neuen Abschnitt in meinem bisherigen Leben. Die Zeit des Erwachsenseins nähert sich.

Flower-Power. Wir befinden uns im Jahre 1968 und ich habe mein neunzehntes Lebensjahr fast vollendet. Ein sehr ereignisreiches Jahr liegt bald hinter uns mit vielen bösen Geschehnissen. In Amerika wird der Baptistenprediger Martin Luther King bei einem Attentat am 4. April in Memphis Tennessee ermordet. In unserem Land etabliert sich die sogenannte 68er-Bewegung und gipfelt in massiven Protesten. Im Vietnamkrieg beginnen nordvietnamesische Einheiten der Nationalen Front für die Befreiung Südvietnams die Tet-Offensive unter General Vo Nguyen Giap, die für die amerikanischen und südvietnamesischen Truppen völlig überraschend kommt. Der Polizeichef von Saigon, Nguyen Ngoc Loan, tötet vor Reportern einen festgenommenen Vietcong durch einen Kopfschuss. Ein Foto dieser Exekution wird zu einem der bekanntesten Bilder des 20. Jahrhunderts. Eine Explosion an Bord bringt das sowjetische U-Boot K-129 zum Sinken. Achtundneunzig Besatzungsmitglieder finden den Tod. Das ist der Auftakt zum Jennifer-Projekt, dem geheimen Versuch der CIA, ein sowjetisches U-Boot aus über 5000 Metern Tiefe zu bergen. Ein Massaker der US-Army an 503 Zivilisten in Südvietnam wird bekannt. Das amerikanische Atom-U-Boot USS Scorpion (SSN-589) sinkt mit 99 Mann 400 Meilen südwestlich der Azoren. Am 5. Juni wird Robert F. Kennedy ermordet. Bei verschiedenen Erdbeben rund um den Globus werden mehrere zigtausend Menschen getötet. Im NATO-

Mitgliedsland Griechenland setzt eine Gruppe von Obristen die Verfassung außer Kraft und errichtet eine Militärdiktatur. Oppositionelle Demokraten verschwinden in Konzentrationslagern. Die Welt scheint aus den Fugen zu geraten und da etabliert sich eine neue, bis dahin nie dagewesene Bewegung.

Hippies, sie tragen Blumen in ihren Haaren und pfeifen auf das Bürgertum und das Establishment. Die Flower-Power-Bewegung lässt rekrutierte Soldaten, die nicht Soldat sein wollen, Blümchen in ihren Gewehrläufen tragen. Frieden und Freedom greifen auch bei uns im Land um sich und man nennt die langhaarigen Jungs in ihren engen, zerfransten Schlag-Jeans und die Mädchen in ihren Hotpants oder knöchellangen Gewändern Gammler. „Schmuddelkinder" hört man allerorten und die wehrpflichtige amerikanische Jugend setzt sich – soweit es ihr möglich ist – ab in die sonnigsten Ecken Europas. Die Felsenhöhlen am kleinen Strand von Matala auf der Mittelmeerinsel Kreta oder auch verschwiegene Meeresbuchten auf Ibiza bieten Asyl vor dem Zugriff des US-Militärs. Leider sind es nur die Kinder gutbetuchter Eltern, die sich auf diese Weise dem Militärdienst in Vietnam erfolgreich entziehen können und somit einem vielleicht schrecklichen Tod oder einer langen Leidenszeit als Kriegsgefangener der Vietcong in deren apokalyptischen Kerkern. Viele zurückgekehrte US-Kriegsveteranen mit schlimmsten Verwundungen oder gar Verstümmelungen werden nämlich von ihrer Regierung oft völlig vernachlässigt; sie darben und vegetieren als Bettler vor sich hin oder sind durch den Konsum von Drogen dem Wahnsinn verfallen.

Ausgerechnet jetzt steht auch mir der Militärdienst bevor. Mein Land ist aber gottlob trotz NATO-Mitgliedschaft weder in einen Krieg verwickelt noch müssen sich Bundeswehrsoldaten an militärischen Auslandseinsätzen beteiligen. Diese Tatsache ist zwar beruhigend, aber die Geschehnisse außerhalb unserer

Staatsgrenzen und auch die innerstaatlichen Konflikte beunruhigen mich doch sehr. Wo führt das alles hin? Wofür lebe ich, wenn nicht für wirtschaftliche Sicherheit und eine Zukunft in Frieden? Ich durchleide einen Konflikt, der mir und vielen anderen meiner Altersgruppe unlösbar scheint: „Wie kann man Frieden schaffen ohne Waffen, ohne Soldaten, ohne Drohgebärden und ohne Aufrüstung? Sind die Wehrdienstgegner simple Spinner, zu feige, ihr Land und seine Bürger zu schützen?“

Kalter Krieg

Ich habe mich dem Zwang der Wehrpflicht gebeugt, weil ich von dem krassen Gegenteil der These, dass Frieden ohne Waffen möglich ist, überzeugt bin. In dieser Zeit meiner aufkommenden Zweifel über Sinn und Unsinn militärischer Aufrüstung gibt es ernstzunehmende Berichte für den Fall einer Invasion durch die Streitkräfte des Warschauer Pakts.

Als wahrscheinlichster Angriffspunkt des Gegners wird das Gebiet östlich von Fulda angenommen, da das dortige Gelände einem massiven Panzerangriff wenig natürlichen Widerstand biete. Besondere Aufmerksamkeit richtet sich dabei auf die im Südraum der DDR stationierte 8. Gardearmee der Sowjetischen Streitkräfte in Deutschland. Einige Jahre später wird man diesen Landstrich Westdeutschlands „Die Fulda Gap" nennen. Es wird davon ausgegangen, dass die Armeen des Warschauer Pakts im Westen Thüringens – dem sogenannten „Thüringer Balkon" – aufmarschieren, die Grenze in Richtung Fulda durchbrechen und durch das vergleichsweise flache Gelände und die kurze Strecke zwischen den Mittelgebirgen innerhalb von zwei Tagen bis zum Rhein-Main-Gebiet vorstoßen könnten. Damit wäre die Bundesrepublik in zwei Hälften geteilt und die Rhein-Main-Air-Base, der wichtigste NATO-Luftwaffenstützpunkt in Europa, ausgeschaltet. Das zentrale Thüringen ist ein Stationierungsschwerpunkt der sowjetischen Streitkräfte in Deutschland. Im Rahmen des „General Defense Plan" wären massiv US-amerikanische Truppenverbände um Fulda konzentriert worden, um einen solchen Angriff zu bremsen, bis Nachschub eingetroffen wäre.

Zu diesem Zweck wurde auch der Einsatz taktischer Kernwaffen in Betracht gezogen, im Bereich um Fulda herum wären beispielsweise 141 taktische Atomwaffen im Rahmen des sogenannten „Zebra-Pakets" eingesetzt worden. Außerdem wurden in vielen Straßen, Brücken und Unterführungen – vermehrt innerhalb eines etwa 50 Kilometer breiten Gürtels entlang der Grenze – Sprengschächte angelegt, die nach ihrer Zündung die Bewegungen der feindlichen Armeen verlangsamen sollten. Diese Verteidigungspläne sollten ihre Gültigkeit bis zum Ende des Kalten Krieges und der Deutschen Wiedervereinigung 1990 behalten, auf dem Papier geplant bis ins Jahr 1994.

Als Gegengewicht der Verteidigungsstrategie lagern zu dieser Zeit Tonnen von Giftgas und zigfach Atomsprengköpfe in unterirdischen Bunkern in unserer Gegend und ein gigantischer NATO-Luftwaffenstützpunkt unweit unseres Dorfes soll den Frieden garantieren.

Es gibt angesichts dieser Bedrohungslage, real oder fiktiv, für mich einen logischen, verstehbaren Grund, meinen Wehrdienst mit der Waffe anzutreten. Allerdings habe ich bis zu dem Datum meines Einrückens noch einige Monate.

Genug Zeit, um mich nach abgeschlossener Kaufmannsausbildung in meinem neuen Arbeitsplatz einzunisten, und auch genug Zeit, mein Leben zu genießen. Freundschaften müssen vertieft und gefestigt werden, damit sie die Zeit meiner Abwesenheit überdauern. Liebschaften müssen nicht unbedingt vertieft werden, denn die vor mir liegende Zukunft ist ungewiss. Jetzt besser keine feste Bindung mit einem Mädchen anfangen; das könnte zwei gebrochene Herzen schaffen. Dann bin ich lieber ein Pirat, der mit wehenden Fahnen die Meere durchpflügt auf der Suche nach Beute. Und meine Freunde und ich erleben wonnige, aber kurze Abenteuer an verlockenden Gestaden, durchstreifen oft sehr gefährliches Terrain. Die Gefahr eines plötzlichen, überfallartigen Angriffs aus dem Nichts auf uns ist allgegenwärtig. Eifersüchtig bewachen manche einheimischen Burschen der umliegenden Gegend ihre zukünftigen Bräute. Meistens haben wir es dann mit Grobianen zu tun, die mit großem Getöse und wilden Gebärden auf uns losgehen, uns sogar ernsthaft umbringen wollen. Sie bedrohen uns, aber es sind zu unserem Glück oft nur Maulhelden. Manche sind aber zu unserem Unglück keine Maulhelden, sondern kampferprobte Schläger, die ohne wirklichen und stichhaltigen Grund, nur der Abschreckung wegen, ihre Fäuste nur so auf uns niederprasseln lassen. Zu unserem Glück sind ihre eingesetzten Baseball-Schläger nur selten die Mittel mit großer Überzeugungskraft.

Der Überfall kommt aus heiterem Himmel. W.s Opel mit uns als Insassen hat man sich bei einer unserer Kaperfahrten als Ziel auserkoren. Mein verzweifelter Versuch, mittels einer harmlosen Bundeswehr-Übungshandgranate, schätzungweise zehn – oder waren es zwölf? – höchst eifersüchtige und zu allem bereite Kerle aus einen Dorf in der näheren Umgebung davon abzuhalten, uns hinterhältig abzuschlachten, misslingt nicht nur kläglich. Die Verpuffung im Innern des Wagens verwüstet das schöne Interieur von den Fußmatten über die Sitzpolster bis zum Dachhimmel total. Scheinwerfer und Rückleuchten fallen den Baseballschlägern zum Opfer; Beulen tragen aber nur die Kotflügel davon. Ein von W. durchgetretenes Gaspedal sorgt dafür, dass sein Opel mit quietschenden Antriebsrädern über den einzigen Zu- und Ausgang, eine Brücke, den Ort des Grauens verlässt. Aber was ist ein Freischärler auf Prisenfahrt ohne den Mut zum Risiko? Unsere einzige Waffe ist die gesammelte Erfahrung, und das erleichtert uns die Entdeckung von lieblichen Wesen. Wir entern die Herzen der Mädchen rasch mit Finesse und Galanterie und nehmen ihren bestgehüteten und allerkostbarsten Schatz als Geschenk mit Freuden an – und ziehen weiter zur nächsten Eroberung.

Sommerwind

Manche der Mädchen sind sehr neugierig auf das Landleben, finden die sommerliche Heuernte toll – der wohligen Wärme und der Sonnenbräune wegen. Sie wollen unbedingt dabei sein beim Heuwenden und Zusammenrechen der verwehten Heubüschel. Sie tragen luftige Kleidchen, weiß mit hellblauen und rot mit schwarzen Tupfen. So wie es die Modezeitschriften auf ihren hübschen Hochglanzfotografien zeigen. Junge dürre Models, mit einem Rechen in den zierlichen Händen und einem fröhlich erstarrten Lächeln in den ausdruckslosen Augen. Man sieht ihnen in ihrer statischen Pose im Studio-Scheinwerferlicht die harte Arbeit beim Heueinbringen nicht an.

Unsere hübschen Freundinnen in ihren getupften Sommerkleidchen haben ihr geschickt-dynamisches Rechenschwenken schnell beendet und ihr Lächeln bald abgelegt. Die zerrinnende Wimperntusche schwärzt ihre rotglühenden Wangen und Schweiß rinnt über die sorgsam nachgezeichneten Brauen in die brennenden Augen. Die Angriffe der Stechmücken piksen schmerzhaft und ihre Stiche hinterlassen nachhaltige Schwellungen. Durst plagt die ausgetrockneten Kehlen der Schönheiten und es gibt nichts zu trinken. Daran hat wie üblich weder meine Mutter noch mein Vater gedacht. Außerdem herrscht die vorwiegende Meinung, dass Trinken das Schwitzen noch verstärkt und man dadurch sowieso noch mehr Durst bekommt. Die Mädchen haben es nicht weit bis nach Hause, sie legen die Rechen ab und verschwinden in der flimmernden Sommerhitze. Diese Liebelei ist zerronnen, ehe sie richtig begonnen hat, und der schöne Schein vom Landleben und der ländlichen Mode beim Heuernten ist zerplatzt.

Oswald Kolle bringt Filme in die Kinos über sexuelle Aufklärung, und die bunten Zeitschriften sind voll mit aufklärerischen Berichten. Er revolutioniert das sexuelle Tabuverhalten unserer Generation und bewirkt eine Freizügigkeit, wie sie so noch nie erlebt wurde. Partys in den eigens eingerichteten Partykellern sind sehr beliebte Treffpunkte unter Freunden und mitgebrachten Bekannten. Man muss sich nicht unbedingt lange gekannt haben, um Intimitäten auszutauschen. Neugierde und das Bestreben, nicht als Spießer abgestempelt zu werden, sind die Triebfeder für freizügigen Umgang untereinander. Die anerzogene Schamgrenze zerrinnt umso mehr, je öfter die Flaschen beim Flaschenroulette in Rotation gebracht werden. Aufpeitschende Beats aus dem batteriebetriebenen Kassettenrecorder lassen die letzten Hemmungen und Klamotten fallen. Das triebhafte Treiben endet oft in Orgien von Alkohol, seltsamen Rauchwaren und Sex. Diese unsittsamen Vergnügungen sind keinesfalls nur uns Jugendlichen zu unterstellen und anzukreiden. Die Boulevardzeitungen präsentieren täglich Berichte und die dazugehörigen Fotografien von Politikern, Prominenten und Superreichen, die in ihrer praktizierten Dekadenz ein Dolce Vita ohne Beispiel und völlig hemmungslos in der Öffentlichkeit ausleben.

Man munkelt, dass so mancher arglose Ehemann ein unsichtbares Hirschgeweih auf seinem stolzen Haupt trägt – sogar in unserer Gegend – und nur seine treue Gemahlin von dem Kopfschmuck weiß. Und oft sind dies die Männer, die wichtige Funktionen und Ehrenämter in der Gemeinde und in der Kirchenverwaltung übernommen haben. Sie sind allgemein sehr beliebt, besonders bei manchen anderen Männern, weil ihre schönen Frauen kaum öfter als einmal verweigern, worum man sie spitzbübisch und galant bittet. Aber niemand redet darüber. Und meine Freunde und ich verstehen, wie wichtig Diskretion ist.

Noch genieße ich eine Schonfrist. Mein militärischer Lebensabschnitt kommt immer näher. Das Kreiswehrersatzamt in Kaiserslautern setzt einen Termin, an dem ich mich zur Musterung zu melden habe. Militärische Musterung ist ein allgegenwärtiges Thema in meinem Freundeskreis und bei allen Jungs meines Jahrgangs in unserem Dorf und darüber hinaus.

„Du musst etwas Blut aus deiner Fingerspitze zu deiner Urinprobe tröpfeln, das lässt dich sterbenskrank wirken und dann wirst du hundertprozentig als „untauglich" eingestuft und vom Wehrdienst befreit!" Manche meinen sogar: „Mach einfach „den Depp", denn mit Deppen können die beim Barras nichts, aber auch gar nichts anfangen."

Ich erhalte mannigfache Ratschläge von Möchtegern-Wehrdienstverweigerern und ehemaligen Schulkameraden, welche, zu meinem großen Erstaunen, nicht einmal einen Musterungsbefehl erhalten haben. Sie reißen ihre Mäuler auf, geben wertlose Ratschläge und wissen nichts über das, was mich rührt und interessiert. Mit dem Musterungsbefehl kommt nämlich auch ein Hochglanzprospekt, in dem die verschiedenen militärischen Gattungen mit beeindruckenden Bildern und Beschreibungen vorgestellt werden. Heereseinheiten in Tarnkleidung und mit rußgeschwärzten Gesichtern, Panzer in Schussposition mit gewaltigen Feuerbällen vor dem Kanonenrohr, schneidige Luftwaffenpiloten in ihren Fliegerkombis vor ihren martialisch aussehenden Maschinen, die von angedockten Geschossen nur so strotzen. Muskelbepackte Pioniere, die mit riesigen Pontonfahrzeugen Brücken von Flussufer zu Flussufer schlagen können. Alles ist sehr spannend, aber nicht interessant genug, um mich für eine dieser Waffengattungen zu entscheiden. Es gibt nämlich noch eine weitere Waffengattung, die zur Wahl steht: die Bundesmarine. Meinen Wehrdienst an einem Standort an der norddeutschen Küste, vielleicht sogar auf einem

Fahrzeug der Bundesmarine inklusive eventueller Auslandseinsätze abzuleisten, könnte mir sicherlich gefallen. Also mache ich kurzentschlossen ein kleines Kreuzchen auf dem Feld „Wahl der Waffengattung" dort, wo „Bundesmarine" steht. Niemand weiß von meiner Entscheidung.

Der Einberufungsbefehl kommt per Post im blauen Kuvert. Das Geheimnis wird gelüftet. „Sie haben Ihren achtzehnmonatigen Wehrdienst bei der Deutschen Bundesmarine, dem Marineausbildungsbataillon 1 in Eckernförde abzuleisten. Ihr Anreisetermin ist der 8. April 1969. Eine Bahnfahrkarte zweiter Klasse liegt ihrem Einberufungsbefehl bei. Sollten Sie der Truppe fernbleiben und Ihren Wehrdienst nicht befehlsgemäß antreten, machen Sie sich strafbar und können mit Polizeigewalt zu Ihrem Dienstantritt gezwungen werden." Solcher Wortlaut mit Androhung von Strafe erregt mich sehr und ich verspüre ein Bedürfnis nach Widerstand, lange bevor ich meinen Wehrdienst antreten werde.

Die Zeit des Abschiednehmens von meiner Familie und von den Freunden naht. Die Abschiedsfeier am Vorabend meines „Einrückens" gleicht einer Orgie; einer meiner besten Freunde, ich nenne ihn C., hat nachhaltig daran zu knabbern. Die Schürfwunden, die er sich beim Nachhauserobben in der mit Pflastersteinen bestückten und jauchegefüllten Abflussrinne entlang der Dorfstraße zuzieht, heilen nur langsam. Die Steine sind kantig und die Haut seiner Hände und die seines Antlitzes ist gezeichnet von den harten Aufschlägen seines von zu viel Bier und zu viel Ratzebutz schwerfälligen Körpers. Wir, P. und ich, bringen C. nach Hause und ernten wüste Beschimpfungen von seiner besorgten Mutter. Wir können uns kaum noch auf unseren Beinen halten und bitten die Mutter des bedauernswerten „Vollsauf", so nennt sie ihn, um Gnade für den jämmerlich Gestrandeten. Wir helfen mehr schlecht als recht noch beim

Entkleiden unseres Freundes und dürfen die Kleidung des reuigen Delinquenten mit Fingerspitzen in die Waschküche im Untergeschoss seines Elternhauses bringen. Der Duft, der seinen Klamotten entströmt, belegt noch lange unsere Nasen und Riechzellen und ist nur mit dem Genuss von „Jim Bim“ und dem Inhalieren seltsamer Rauchwaren zu ertragen.

Einen Mangel an diversen Getränken und Rauchzeug haben wir dank unserer zahlreichen amerikanischen Freunde nicht. Diese sind noch blutjung, aber schon Vietnam-Veteranen. Sie leisten ihren militärischen Dienst jetzt in einer der Radarstationen auf den umliegenden Hügeln ab und bewohnen ein Haus im Dorf. Es gibt nichts für sie zu tun, denn sie werden geschont und sollen sich von den Schrecken des Dschungelkrieges erholen. Zwei GIs aus dieser kleinen Gruppe haben furchtbare Folter erdulden müssen; Griffith kann, sobald der Abend sich nähert, sein Leben nur noch im Vollrausch ertragen. Er betrinkt sich schnell und heftig. Zehn Pils und ein *„Jagersnitzel“*, von *Ms. Sneider* zubereitet, sind seine Abendration. Täglich. Und es sei ihm gegönnt. Er war tagelang in den Händen der Vietcong und in einen Bambuskäfig eingekerkert, der, so seine Schilderungen, an einer Kette in einem Fluss hing. Er musste ständig damit rechnen, dass man ihn entweder vollends in den Fluten ersäuft, indem man die Kette einfach etwas lockerte. Man hätte ihn auch einfach erschießen können. „Charlie“, so nennt man die kommunistischen Nordvietnamesen, kennen keine Gnade, und oft erschießen sie einen gefangenen GI einfach aus schierer Langeweile, gemischt mit Hass.

Und da ist Einhorn. Er kehrte, kaum neunzehnjährig, aus Vietnam zurück. Auch er ein Veteran, mit verstümmelten Fingerspitzen an seiner rechten Hand. Er geriet mit seinem Spähtrupp in einen Hinterhalt und man nahm ihn gefangen. Er erduldete unsagbare Schmerzen und höllische Angst, als Charlie ihm, so sagt er, Bambussplitter in der Größe eines Zahnstochers unter die Fingernägel schob, einige seiner Fingernägel seinen Fingerkuppen entriss und ihm Giftcocktails injizierte, um Auskünfte zu erpressen. Dann aber, nach Tagen und Nächten von durchlebter Todesangst und völliger Isolation von seinen mitgefangenen Kameraden, regnete es Tonnen von Agent Orange aus den Wolken über Südvietnam, was dazu führte, dass die Verstecke von Charlie entdeckt wurden und die Befreiung erfolgreich geplant und durchgeführt werden konnte. Dieses chemische Entlaubungsmittel versprühte die amerikanische Luftwaffe mit dem Ziel, dem Feind die Deckung zu rauben und die Reisfelder zu zerstören, um somit die Nahrungsgrundlage des Gegners zu vernichten. Dass das im Agent Orange enthaltene Dioxin als „Supergift" das Erbgut von Mensch und Tier schädigt und somit zu verheerenden Missbildungen führt, wie etwa zu fehlenden Gliedern und zu Gaumenspalten, hat man seitens des amerikanischen Department of Defense billigend in Kauf genommen. Auch den Lateralschaden an den eigenen Soldaten, die, egal in welcher Form, mit diesen teuflischen Substanzen in Berührung kamen. Jahre nach der ruhmlosen Beendigung des Vietnamkrieges leiden oder litten mehr als zweihunderttausend US GIs an einer nicht heilbaren degenerativen Erkrankung des motorischen Nervensystems, bezeichnet als Amyotrophische Lateralsklerose (ALS). Dass man sich erst viele Dekaden später um die nachhaltig erkrankte Bevölkerung Vietnams und um die geschädigten GIs kümmern wird, ahnt noch niemand, und sie alle sind sich selbst und ihrem Schicksal überlassen.

So auch der verstorbene Ehemann einer Freundin unserer Familie. K. hat das viel zu frühe und grässliche Sterben ihres amerikanischen Ehemannes Roger bis zu diesem Tag, an dem ich das schreibe, nicht überwunden. Wie auch? Die Erinnerungen an ihn sind allgegenwärtig in ihrem Haus und nichts und niemand könnte ihn je ersetzen.

Der Marschbefehl

Meine Abreise zu meinem Militärstandort steht unmittelbar bevor. Der Abschied von meiner Familie, von meinen Freunden, auch den amerikanischen, ist wegen meines Allgemeinzustandes mit Brummschädel und anderen der Abschiedsparty am Vorabend zu verdankenden Gebrechen wenig spektakulär. Nur die Ungewissheit über das, was mich an meinem Zielort, dem Marineausbildungsbataillon 1 in Eckernförde an der Ostsee erwartet, bereitet mir einiges Unbehagen, aber auch eine gewisse Anspannung. Die Zugfahrt über Mannheim, Hamburg nach Eckernförde dauert lang, ist aber keinesfalls langweilig. An den Bahnknotenpunkten begegnen wir Zügen, deren Abteile vollgestopft sind mit jungen Männern, mit Bierflaschen in der Hand und starrem, ausdruckslosem Blick. Die meisten sind stockbesoffen und können nur noch lallen. Und die Sätze, eigentlich sind es nur Wortfetzen, die sie von sich geben, sind bitterböse Phrasen, nur geeignet als widerwärtigste Beschimpfungen und Beleidigungen.

Wir erreichen Hamburg-Altona, das Tor zu Schleswig-Holstein. Der Bahnhof in Hamburg gleicht einem Hexenkessel von völlig entfesselten Reservisten, die gerade ihren Pflichtwehrdienst beendet haben. Offensichtlich ist die Mehrheit der johlenden und deftige Worte grölenden Horde gerade aus dem Marinedienst entlassen worden, denn sie schultern reich verzierte Paddel und tragen lustig geschmückte Mützen mit Stirnbändern ihres letzten Standortes oder Kommandos. Eine Vielfalt von Seeleuten, die auf den verschiedensten Fahrzeugen und Landstationen ihren Wehrdienst abgeleistet haben. Eine Mischung aus U-Boot-Fahrern und ehemaligen Zerstörer-Besatzungen, zu erkennen an ihren Stirnbändern, trifft auf kompromisslose ehemalige Kampfschwimmer und Minentaucher. Bald werde ich erfahren, dass diese Burschen in Eckernförde stationiert waren, also jenem Standort, an dem ich die Grundausbildung ableisten werde, und das bedeutet, wie sich sehr bald herausstellen wird: „Auf der Hut sein!“

Auf dem Bahnsteig wütet ein krawallartiger Tumult von kampflustigen Marine-Reservisten. Sie setzen ihre Paddel als Klatschen und Schlagwerkzeuge ein und eine wüste Rauferei ist im Gange; nur das beherzte Einschreiten der Bahnpolizei von Hamburg-Altona, unterstützt durch eine Gruppe herbeigeeilter Feldjäger, kann die Streithähne niederringen. So landen einige, die von den Feldjägern festgenommen werden, abermals gegen ihren Willen zur Ausnüchterung hinter Gittern in irgendeiner nahen Kaserne. In meinem Zugabteil befinden sich außer mir noch einige eingeschüchterte Landratten. Man verhöhnt uns als „Krummfinger“, und wir sind ohne Ausnahme entsetzt über das, was da draußen auf den Bahnsteigen geschieht. Zum Glück sind wir schon in unserem Zug in Richtung Norden nach Schleswig-Holstein über Ratzeburg und Kiel nach Eckernförde. Und endlich setzt der Zug seine Fahrt fort.

Ein Matrose mit drei schräggestellten gelben Balken an seinem Uniformärmel als Rangabzeichen über einem Anker, also ein Hauptgefreiter zur See, empfängt uns Neuankömmlinge auf dem Bahnsteig in Eckernförde. Seine Begrüßungsworte sind etwas derb, sogar ziemlich unfreundlich für mein Empfinden und zu allem Überfluss in schwäbischem Akzent. Bei dem der knappen Begrüßung folgenden Verlesen der Namen von uns neuen Rekruten spüre ich den Wind, der von nun an wehen wird. Das ist kein laues Lüftchen. Das gleicht eher einem drohenden Sturm. Sofort sollen wir auf den bereitgestellten Lastautos Platz nehmen, und der Hauptgefreite brüllt:

„Alles aufsitzen!“

Das funktioniert gar nicht so, wie er es will, und wir stehen, unschlüssig darüber, was wir denn nun machen sollen, völlig ungeordnet herum.

„Los, los, ihr Säckel, nehmt eure Koffer in die Wichsgriffel und hoch auf den Laster damit!“

Nichts dergleichen geschieht.

„Seid ihr taub? – In einer Reihe aufstellen und durchzählen! Ist das eine Reihe? – Ich sagte Reihe, nicht Haufen! – Durchzählen! Na also, geht doch. Los jetzt, auf die Lastwagen! Aber etwas zackig! Sie da, gibt´s hier was zu grinsen? Das wird Ihnen noch vergehen!“

Zu diesem Zeitpunkt und in der ausgebrochenen Hektik ist mir nicht bewusst, dass der Hauptgefreite mich meint.

Logbucheintrag

Schiffstyp: Einmastsegler
Besatzung: Skipper und Smutje in Personalunion

Proviant: Backskiste leer

Position: Baltische See 54°28 N 9°50' O

Leichter Wind aus SW. Mein Boot und ich haben es nicht eilig. Diesmal ist mein Ziel kein freiwillig gewähltes. Ich hätte mich schnellstens an meinem befohlenen Bestimmungsort einzufinden, um mich dort umgehend bei der Kommandantur zu melden. Befehle zu erhalten empfinde ich als Demütigung, Befehle ausführen zu müssen stört mein Selbstwertgefühl und dieses Gefühl empfinde ich als Schmach. Trotz dieses Zwiespalts beuge ich mich der militärischen Befehlsgewalt, gebe nach, setze die Segel und steche in See in Richtung meines befohlenen Zieles. Ich bin also gezwungen, für eine Weile meine eigens geplanten Unternehmungen aufzuschieben. Aber was gebe ich wirklich auf? Meine politische Meinung? Meinen Standpunkt über Recht und Unrecht in dieser Welt?

Ich gebe der Macht meines Staates nach und es macht mir nichts aus, weil ich mir der Stärke meines politischen Wissens bewusst und argumentationsfest bin. Ich vergebe mir nichts und ich vergebe meiner Sache nichts.

„Gut, mein Staat, ich werde tun, was du von mir erwartest. Ich werde mich für den Schutz des Volkes einsetzen und es macht mich froh, wenn ich das kann, auch weil ich das will. Und wenn nötig, werde ich mich den selbstsüchtigen Interessen eines Befehlenden widersetzen, weil ich das kann, auch weil ich das will, wenn die Befehle unsinnig und menschenverachtend sind. Ich werde der bleiben, der ich bin, und der Dienst bei der Deutschen Bundesmarine wird mich stärken und reifer werden lassen."

Der Süd-West schiebt mein Schiff auf langer Dünung nordwärts. Die nordfriesische Inselwelt liegt achteraus und in der Ferne blitzt das Leuchtfeuer von Kristiansand an der Südküste Norwegens in kurzen Intervallen auf. Wenn die etwas antiquierten Seekarten noch stimmen, müsste unsere Entfernung zu dem Punkt, wo über Steuerbord die Fahrstraße des Skagerraks in Richtung des dänischen Hirtshals auftaucht, etwa eine halbe Tagesreise ausmachen. Vorausgesetzt, die Wetterlage bleibt stabil und die Nahtstelle zwischen Nord- und Ostsee zeigt ihre Zähne nicht. Denn wenn die See erzürnt, die lange, ruhige Dünung sich urplötzlich in kurze, aber haushohe Wellenberge aufbäumt, dann kämpft das von den Gezeiten zurückgezogene Wasser der Nordsee mit dem kaum merklichen Tidengang der Ostsee. Dann brechen die Pforten der Hölle über dir auf. Dein Schiff wird emporgeschleudert, tanzt auf hohen, wild schäumenden Wellenbergen, um dann in einen abgrundtiefen Schlund, umgeben von gurgelndem Sog, in die Dunkelheit zu stürzen. Da kann es passieren, dass der Friedhof der Kaiserlichen Kriegsmarine und der Royal Navy sein Leichentuch für einen langen Augenblick hebt und die zerschossenen, stählernen Giganten freigibt. Tausende Seemänner, ja sogar Matrosenjungen im Kindesalter um die sechzehn oder siebzehn Jahre alt, fanden im Skagerrak einen schrecklichen Tod. Erstarrt und ertrunken im eiskalten Wasser, zerfetzt im Stahlhagel der krepierenden, einschlagenden Granaten oder verbrüht im Maschinenraum, als einbrechendes Seewasser die Dampfkessel bersten ließ und Berge von tödlicher Glut die Kohletrimmer unter sich begruben. Diejenigen, welche es nicht schafften, den sich schließenden Schotten noch zu entrinnen, verblieben im Bauch des Kolosses als – im stählernen Sarg – eingeschlossene Opfer. Todgeweihte! Denn es ist üb ich, dass sich bei einbrechendem Wasser die Schotten wasserdicht verschließen, um weitere Überflutungen möglichst zu verhindern. Menschliche Oper zählen da wenig. Das Schiff muss gerettet werden. Seine Kampfkraft muss aufrecht erhalten bleiben. Der Wert eines Menschen wird nicht an der Anzahl der versenkten Bruttoregistertonnen gemessen. Er wird reduziert auf seine Soldatenkennnummer. Den Überlebenden heftet man einen Orden an die Brust, den Vermissten und den Gefallenen baut man das Ehrenmal *Labō* in der Kieler Bucht zum Gedenken.

Labö! „Hut ab zum Gebet. Ruhm und Ehre der baltischen Flotte!“

Die Fahrt durch das Skagerrak verläuft ruhig, aber der immer noch aus Süd-West drückende Wind zwingt uns, gegen die Windrichtung zu kreuzen. Erst in der engen Passage zwischen Lolland und Langeland mit dem Großen Belt achteraus wird das Fahrwasser ruhiger und eine lange Dünung wechselt sich mit kurzen und harten Wellenschlägen ab. Wir passieren die Schleimündung und halten uns nach Steuerbord, um die Einfahrt in die Bucht von Eckernförde nicht zu verpassen. Meine Anspannung steigt mit jeder Meile, der ich meinem Zielort näherdümple. Ein letztes Anlegemanöver an der Hafenmole gelingt auf Anhieb dank eines freundlichen älteren Herrn, der mir die Trosse zum Festmachen über den Poller wirft. Wir sind angekommen.

Der Schleifer

Drei Monate Grundausbildung. Der Dienst in der Kaserne des Marineausbildungsbataillons 1 in Eckernförde unterscheidet sich wahrscheinlich nicht sehr von dem Grundausbildungsdienst bei den Heeresstreitkräften oder bei der Luftwaffe. Formaldienst auf einem riesigen asphaltierten Übungsplatz. In Reihe aufstellen und Augen geradeeee – aus! Im Gleiiiich-Schritt – marsch! Liiiinks-Schweeenk – marsch!

Vierzig Kilometer marschieren mit Koppeltragegestell, ABC-Schutzmaske und fünfzehn Kilogramm Gepäck. Dazu die Waffe. Die Knobelbecher sind gottlob schon ausgelatscht und drücken nicht. Aber die frischen Socken hätte ich lieber im Spind lassen und dafür die schon mehrfach benutzten anziehen sollen. Die stehen aber vor Schmutz starrend und ziemlich übelriechend in meinen Seestiefeln. Dabei weiß doch jeder, dass Käsesocken bestens geeignet sind für lange Marschstrecken, ohne Blasen an den Sohlen zu bekommen. Und es ist ja eine alte Soldatenweisheit, niemals frische Socken zum Marschieren zu tragen. Das rhythmische Stampfen auf hartem Asphalt erhitzt die Laufsohle, und die Haut der Fersen und der Fußballen gibt kläglich nach. Blasen füllen sich mit Wasser, platzen und laufen aus in die Wollfasern der Socken. Salziger Schweiß vermengt sich mit dem Wasser-Blut-Gemisch der aufgeriebenen Blasen und der Schmerz brennt wie Feuer.

Marschpause.

„Helm ab! Ist jemand fußkrank? Wer Blasen hat, Blasen aufschneiden mit dem Bordmesser! Hat doch hoffentlich jeder bei sich!“

Einer drückt ein wenig Augensalbe aus der Tube, die auch Teil der ABC-Schutzausrüstung ist, und schmiert damit seine Fußwunden ein. Sein augenblicklich einsetzender Schmerzensschrei lässt uns kaum aufhorchen; jeder ist mit sich selbst beschäftigt und leckt seine eigenen Wunden. Der Bedauernswerte jammert wie eine Memme, beruhigt sich aber schnell, als er merkt, dass ihm keine Gesten des Mitgefühls und des Bedauerns entgegengebracht werden.

„Helm aufsetzen, Marschgepäck aufnehmen, Kleidung richten! Sie, ja Sie, Ihr Schott achtern backbord dichtmachen!"

Das hört sich wahrhaftig lustig an: „Machen Sie Ihr Schott achtern backbord dicht." Dabei meint der Maat nur, dass an meiner olivgrünen Drillich-Hose die hintere linke Hosentasche nicht zugeknöpft ist. Also schließe ich gehorsam meine hintere Hosentasche. Sein Befehl wird prompt von mir als Befehlsempfänger ausgeführt und die Gesichtszüge des Befehlenden drücken Zufriedenheit und Wohlbehagen aus. Der Maat hat sein Erfolgserlebnis. Mein Erfolgserlebnis steht aber dem des Befehlshabers kein bisschen nach. Denn was er nicht wahrnimmt, ist mein offener Hosenschlitz. Kein einziger Knopf steckt in seinem vorgesehenen Knopfloch. Und die Klimaanlage funktioniert vorzüglich; das anfängliche Brennen auf der Innenseite meiner Oberschenkel, so ungefähr nach Kilometer sechzehn, hat sich erledigt. Kühle Luft durchweht meine Hosenbeine und hält die empfindliche Haut trocken. Kein „Wolf" kann mir etwas anhaben; die Knöpfe meines Hosenschlitzes bleiben in ihrer Stellung und meine umgehängte ABC-Schutzmaske baumelt bei jedem Schritt vor meinem Unterbauch. Natürlich ganz besonders dann, wenn der Zugführer sich etwas zurückfallen lässt und zufällig neben mir seinen Gleichschritt übt. Er bemerkt nichts. Und das ist gut so, denn zwanzig Kniebeugen mit der Waffe in den ausgestreckten Armen wären die übliche Strafe für eine Uffz-Verarschung.

Wir haben die kleinen Ortschaften Ascheffel, Fleckeby, Bonnert und Rieseby hinter uns gelassen und schlurfen jetzt ziemlich erschöpft durch Barkelsby. Die kleine, einladend aussehende Katenkneipe in der Mitte des winzigen Dorfes zeigt verlockend ihre einzige Biermarke auf einem Schild über dem Wirtshauseingang, doch der Uffz ist gnadenlos und treibt uns weiter an. Bestimmt mag er kein Holstenbräu. Vielleicht besteht ja der Inhalt seines obligatorischen Kampfgepäcks aus durstlöschendem „Flensburger" oder bestenfalls einigen Flaschen Alsterwasser. Einige von uns fragen sich nämlich, wieso sich der Zugführer gelegentlich etwas zurückfallen lässt und fast den Anschluss an unsere Marschformation verliert. Anzeichen von Durst sind bei ihm nicht zu erkennen. Anzeichen von Erschöpfung ebenso wenig. Der Kerl muss total fit sein. Kurz bevor wir völlig abgetakelt dahintrottend die letzten drei Kilometer in Angriff nehmen, kommt dem Uffz tatsächlich noch eine mehr als teuflische Idee in den Sinn:

„Fliegerangriff aus Steuerbord! Alle Mann in Deckung!"

Aber die einzige Deckung bietende Stelle neben dem aufgeweichten morastigen Waldweg ist ein Graben, bis zum Rand mit schlammigem Wasser gefüllt und vielleicht mannstief.

„Volle Deckung, ihr Penner!"

Und es bleibt nur der Sprung in den Schlammgraben und in die faulig stinkende, schlammige, aufgewühlte Brühe. Alle springen und ich springe auch. Der Graben ist bodenlos und ich tauche unter. Mein Gewehr, das haben wir längst eingedrillt bekommen, reiße ich hoch und es ragt aus dem Dreckloch.

„Alle raus aus dem Graben! In Marschformation aufstellen und ohne Tritt marsch. Wie seht ihr überhaupt aus? Ihr seid ja der reinste Dreckhaufen! Nach Backen und Banken ist Zeug-Dienst angesagt! Beim Stubendurchgang erwarte ich Klarschiff! Verstanden?“

„Jawohl, Herr Maat!“, tönt es aus unserer Formation.

Gemeint ist: „Blas mir den Hobel aus!“

Heute werden wir in den Gasbunker *gebeten*, angeblich um die Funktionstüchtigkeit der ABC-Schutzmasken zu prüfen.

„Also Männer, hier drinnen befindet sich ein Reizgas. Ihr geht jetzt da rein, dann werdet ihr ziemlich bald ein Brennen in den Augen spüren und die Luft bleibt euch weg. Sofort Maske aufsetzen und ruhig bleiben! Orientiert euch und folgt den auf die vier Wände gepinselten Pfeilen! Dann los, und dass mir keiner in die entgegengesetzte Richtung läuft! Und reißt euch bloß nicht die Maske von der Birne. Auch wenn einer kotzen muss, die Maske bleibt, wo sie ist! Verstanden? Im Ernstfall ist das tödlich!“

Neben dem Gasbunker warten gelangweilt einige Sanis mit ihrem San-Fahrzeug. Die hinteren Klapptüren sind offen und eine Tragbare „für alle Fälle“ harrt ihres Einsatzes.

Das Gas ist kaum sichtbar, aber es stinkt wie der Eingang zur Hölle. Eine Mischung aus Schwefel, faulen Eiern und weiß der Teufel, was noch, entströmt als kaum wahrnehmbarer Nebel den drei über den Raum verteilten Gaskartuschen. Die ABC-Schutzmaske hält ihr Versprechen nicht vollends und die Dichtheit des Luftfilters ist trügerisch. Schnell die Spanngurte anziehen und die Maske zurechtrücken. Das hilft ein bisschen. Langsam sehe ich wieder etwas und stolpere von Hindernis zu Hindernis. Über Holzkästen klettern und durch niedrige Tunnel kriechen. Die Maske baumelt bei jedem Schritt und schleift beim Kriechen und Robben am Boden. Die kleinen dreieckigen Sichtgläser sind längst blind. Angelaufen vom Schweiß, der aus allen Gesichtsporen quillt. Mein Kopf dröhnt und ich kann kaum noch denken. Ich folge den die Laufrichtung angebenden Pfeilen und schubse meinen Vordermann und werde von meinem Hintermann bedrängt. Immer weiter im Kreis herum. Über Kästen und durch Tunnels. Diese Übung scheint endlos zu sein und dann:

„Filterwechsel!"

Der Befehl des Übungsleiters kommt unverhofft.

„Weiterlaufen und Filterwechsel!"

Alle halten kurz in ihrem Rundlauf inne und kramen in ihrer ABC-Maskentasche nach dem Ersatzfilter. Wie das aber zwangsläufig mit Stauverursachern ist, stolpert einer über den anderen und jeder über jeden. Chaos im Gasbunker. Keiner, dessen Maske noch richtig sitzt. Matrose G. bricht zusammen. Er hat offensichtlich Panik bekommen und glaubt, ersticken zu müssen.

„Will keiner dem Kameraden helfen? Was seid ihr für ein erbärmlicher Haufen!"

Zwei Sanis beobachten die Szene und stürzen ohne Maske mit zugekniffenen Augen in den vergasten Bunker und schleppen G. hinaus. Später werden wir sehen, dass man ihm eine Sauerstoffmaske angelegt hat, um ihm frisches CO_2 zu verabreichen.

Wie aber soll man einem Kameraden helfen, dessen Schutzmaske nicht hält, was die Produktbeschreibung verspricht und die Herstellerfirma eidesstattlich versichert? Was kann ich für einen Kameraden tun, der gerade dem Ersticken nahe ist, während ich gleichzeitig damit beschäftigt bin, die Gasbunkerübung einigermaßen ungeschoren zu überstehen?

Bei der anschließenden Besprechung erklärt man uns, dass ein Ersatzfilter im Notfall einem Kameraden zwischen die Zähne gedrückt werden soll. Auch gegen seinen Willen. Wie das objektiv vonstatten gehen soll bei einem um sich schlagenden, in Panik geratenen Kameraden in akuter subjektiver Todesangst, ist mir bis heute schleierhaft und die Lösung eines solchen Problems liegt wohl in den undurchdringlichen Tiefen irgendwelcher NATO-Dienstvorschriften oder produktbezogenen Verwendungshinweisen. G. kommt Gott sei Dank wieder zu sich und kotzt schreiend und sich vor Magenschmerzen krümmend den letzten Rest Gallensaft aus seinen Eingeweiden. Später wird er sich nicht daran erinnern, dass er wie ein Berserker mit erhobenen Fäusten und wild schreiend auf die Sanis losgegangen ist.

„Oh Klaus, was machst du hier an diesem Ort der Unterwelt, der eigentlich dem Gott Hades vorbehalten sein sollte?“

Welch teuflisches Zeug hat man erfunden, um Menschen zu töten oder für immer zu verstümmeln?

Alles im Namen der Verteidigungs- und Wehrpflicht. Mit der Vereidigung besiegelt.

Der Zwischenfall mit einem unserer Kameraden ist ein angeblich folgerichtiger Grund, um am nächsten Tag sogleich eine neue Übung mit der ABC-Schutzmaske anzusetzen.

„Männer, das war gestern nichts. Aber ihr habt Gelegenheit, das heute besser zu machen. Und freut euch, es wird kein Gas eingesetzt."

Und wir freuen uns wie Kinder.

„Maske auf und im Laufschritt marsch!"

„Ich glaub´, der spinnt", höre ich es raunen. Oder bin ich es selbst, dem das herausfährt?

„Im Laufschritt marsch!"

Und unser Zug, bestehend aus etwa fünfundzwanzig Mann, trabt los. Die Maske schlägt bei jedem Schritt aufwärts und dann wieder abwärts. Zum Glück ist die Luft zum Atmen diesmal nicht gasgeschwängert. Und die Augen brennen noch nicht wie Feuer.

„Los, ihr Luschis, hoch auf den Hügel! Aber im Laufschritt! Nicht schlappmachen!"

Und wir laufen und wir kriechen und wir robben. Die Augen sehen trotz gasfreier Atmosphäre nichts. Salziger Schweiß verätzt die Pupillen und du musst die Augenlider aufeinanderpressen, um ein paar Tränen zu erzeugen, die etwas Kühlung bringen. Die angelaufenen Sichtgläser verhindern wie immer völlig die Sicht, aber das ist uns eigentlich egal. Wir kennen den Weg auf den Hügel und wieder hinunter längst auswendig und folgen nur noch den Befehlen des Ausbilders. Und das völlig willenlos und ohne Gegenwehr.

Noch tage- und nächtelang leide ich an den Folgen der Übung im Gasbunker. Mein Sehfeld ist stark eingeschränkt und es ist, als blicke ich durch einen hell aufblitzenden Feuerring. Aber im Innern des Feuerrings herrscht völlige Dunkelheit. Ich sehe also manchmal nichts außer einem grellen Lichtring, der sich unverhofft in eine Projektionsfläche umwandelt, die einem zerbrochenen Spiegel gleicht. Das alles ist sehr verwirrend, aber der Doc im Sanbereich sagt, dass das eine vorübergehende Erscheinung sei. Er sollte recht behalten.

Drei Monate Grundausbildung sind abgerissen. Ich habe Menschen kennen gelernt, an die ich mich gerne erinnere. An die meisten jedenfalls. Unsere Stube war ein Schmelztiegel aller Dialekte unseres Landes. Da traf Bayerisch auf Niedersächsisch mit dem Ergebnis, dass man anfangs völlig aneinander vorbeiredete. Einer aus dem Hunsrück verstand den Schwaben nicht und mein Pfälzisch muss sich irgendwie französisch angehört haben. Das erschien einigen nicht einmal besonders abwegig, meinten sie doch, dass alle Gebiete links des Rheines zu Frankreich gehörten. Für sie bestand Rheinland-Pfalz aus einem schmalen Streifen entlang des Flusses, wo Wein wächst und die stetig betrunkene Bevölkerung überwiegend mit roten und besonders dicken Riechorganen ausgestattet sei. Und man habe schon mal gehört, dass die Pfälzer ihre Geldbörse „Portemonnaie“ nennen und ihre Straßen sogar als „Chaussee“ bezeichnen würden. Und als ich nach einem Disco-Besuch in der Altstadt von Eckernförde zum Aufbruch aufforderte mit den Worten: „Alla hopp, geh mer“, war die Verwirrung vollends geglückt.

Heimaturlaub. Die Zeit der Grundausbildung in Eckernförde ist geschafft, ein neuer Törn zu anderen Ufern wird folgen. Zunächst aber gibt es den ersehnten Heimaturlaub. Die Heimreise ist in Uniform anzutreten. Der wachhabende Obergefreite bemängelt die weiße Fliege auf meinem dunkelblauen

Halstuchknoten und behauptet, dass sie in seinen Augen ein tiefschwarzer Lumpen sei, der die Ehre der gesamten Bundesmarine beschmutze. Mir fehlen die Worte und auch die Lust zum Streiten. Denn erstens hat ein Dienstgrad, der höher als meiner ist, immer Recht und zweitens wird mein Zug in Richtung Hamburg-Altona ohne mich abfahren. Also zurück auf die Stube und schnell eine neue Fliege gezaubert. Die Rolle mit dem Fliegenband als Textil-Meterware ist natürlich nicht auf Anhieb zu finden. Da entdecke ich aber einen winzigen Zipfel des weißen Stoffbands aus meiner Backskiste lugen. Ich schneide etwa zehn Zentimeter davon ab und binde eine winzige Schleife um den Halstuchknoten. Die beiden Zipfel des weißen Bands stehen nach oben, doch das wird dem wachhabenden Obergefreiten überhaupt nicht gefallen und er wird sich, seiner Macht über mich vollends bewusst, über meine unordentliche Uniform tierisch aufregen. Also werde ich einen altbekannten Seemannstrick an, um meine schlampig gebundene und lasche Fliege zu einem Paradestück von Knotenfliege umzuwandeln. Ein Stück Zeitungsrand, natürlich unbedruckt, aber gut durchnässt auf die Fliege gelegt und mit einem warmen, nicht zu heißen Bügeleisen gut angedrückt, befördert die Stärke aus dem Zeitungspapier in den Stoff meines Fliegenbandes. Das Ergebnis ist einzigartig. Die zu einem „Schwalbenschwanz“ geschnittenen Enden der Fliege stehen wie eine Eins und mein strahlend weißes Schmuckstück kann sich zum Glanz und zur Ehre der gesamten Baltischen Flotte der Bundesmarine sehen lassen. Davon bin ich fest überzeugt und trabe, mit der Gewissheit, einen Sieg davonzutragen, in Richtung Wachstube. Der Obergefreite, ich ahne es schon, beäugt meine Erscheinung mit seinem Respekt abverlangenden Blick und murmelt: „Na ja“, macht eine kleine Ewigkeit von fünf Sekunden dauernde Kunstpause und brüllt: „Landgang genehmigt, Weggetreten!“

„Na endlich, du Pflaume, steht in meinen Augen geschrieben. Aber der Hohlkopf von wachhabendem Uffz, der, außer die erlernten Befehle herauszubrüllen, zu nichts Anderem befähigt zu sein scheint, fühlt sich durch meinen zur Schau gestellten, beglückten Gesichtsausdruck übermächtig und gewiss auch generös und vielleicht sogar voll der Gnaden ob seiner Großherzigkeit, mich endlich in meinen ersten Heimaturlaub zu entlassen. Der Uffz ist nicht mehr der Jüngste, aber er trägt immer noch *„Wäsche hinten"*. Das sieht zwar lustig aus mit seinem typischen Matrosenanzug, ist aber auch ein Indiz für einen anhaltenden Beförderungsstau in einen höheren Dienstgrad.

„Danke, Herr Obergefreiter. Zu Befehl!"

Die Heimreise im Zug von Eckernförde bis in meine Heimat dauert gute fünfzehn Stunden. Also etwa so lange wie eine Flugreise an die Westküste der USA. Zu meinem großen Erstaunen werde ich in den großen Bahnhöfen von Hamburg und Frankfurt, sogar im Zugabteil, auf Drogen angesprochen. Meistens sind es junge Männer und Frauen mit seltsamen lustigen vielfarbigen Frisuren auf ihren fast kahl geschorenen Köpfen. Sie scheinen sich die Jungs in ihren Matrosenanzügen unter den Zugreisenden auszusuchen, um an Rauschmittel zu gelangen. Wieso denken die, dass ich Zeug wie Haschisch, Marihuana oder gar LSD bei mir habe und sogar verkaufen würde? Sie können nicht wissen, dass ich als Junge vom Land völlig ahnungslos in Bezug auf das Dealer-Treiben in größeren Städten bin.

Offensichtlich gibt es einen Bedarf und dadurch einen Markt, von dem ich keinerlei Ahnung habe, und das verwirrt mich sehr.

Die kurze Zeit meines ersten Heimaturlaubs ist, weil sie in den Sommer fällt, wiederum geprägt von „Arbeit auf dem Bauernhof". Natürlich habe ich gehofft, dass meine Eltern die Nebenerwerbs-Landwirtschaft aufgeben oder zimindest reduzieren würden, denn wenn die Kinder aus dem Hause sind und eigene Wege gehen, bleibt eben alles an den „Alten" hängen. Diese Logik geht aber nur schwer in die Köpfe der Eltern, denn es war schon immer so, dass Kinder immer da zu sein haben, wenn Eltern es wünschen, ja sogar einfordern. Aber die Zeiten ändern sich und dadurch auch die alt verwurzelten Gesetze. Patronatsherrschaft weicht der Einsicht, dass es „so wie früher" und nach dem Motto „du tust, was ich dir sage" nicht mehr weitergeht im Hinblick auf das Zusammenleben im selben Haus. Da muss über Bedürfnisse und Wünsche gesprochen werden und es müssen Standpunkte ausgelotet werden. Nicht immer lässt man mit sich reden:

„Ich habe da eine Idee, ich würde wirklich gerne. ."

„Hör mir auf mit deinen Ideen, die kenne ich, die haben andere schon vor dir gehabt! Das ist doch alles Utopie! Du mit deinen Ideen, Spinnereien sind das, sonst nichts..."

Mit einer harschen Unterbrechung und einer barschen Handbewegung werden meine Zukunftsvorstellungen und somit einige meiner wichtigen Standpunkte abgewunken.

„Aber ich würde wirklich gerne für eine Zeit lang in ein anderes Land, andere Menschen kennen lernen und andere Ansichten erfahren und..."

„Ja, ja, du und deine Ansichten! Ansichten, die nichts taugen! Es reicht!"

Ich resigniere ob dieser Verbohrtheit. Vielleicht ist es ja gar keine Verbohrtheit, sondern einfach ein Mangel an nötiger Weitsicht oder gar Fantasie, sich die Zukunft seiner Kinder und somit auch seine eigene Zukunft vorzustellen. Gerade jetzt, wo die Zeichen des erarbeiteten Wohlstands überall im Dorf sichtbar sind. Die Autos werden größer und Nobelmarken zieren die ehemaligen – jetzt fein gepflasterten – Stallmistgruben und bezeugen den Stolz der Besitzer. Die Häuser und vor allem die Autogaragen werden größer und ähneln Palästen in ihren Ausmaßen. Die Region profitiert von den anwesenden Besatzungsmächten und deren Bedarf an neuen großen Wohnungen. Es entstehen Arbeitsplätze in den Garnisons-Stützpunkten und der US-Dollar ist die härteste Währung zu dieser Zeit. Die Wirtschaft boomt.

Ich treffe meine Freunde in meiner Lieblingskneipe und stelle fest, dass die Dorfjugend einen neuen Aufenthaltsort gefunden hat. Die Kneipe ist sehr jugendfreundlich und das mögen die Jungs und die Mädchen sehr. Es ist ein Treffpunkt für die Jugend und das bedeutet, dass es gute Chancen für neue Abenteuer und Romanzen gibt. Die Gelegenheit, einen Spaziergang „zu zweit“ zu unternehmen, um sich „näher kennen zu lernen“, gibt es ganz nahe bei der Gaststätte. Die Bäume am nahen Waldweg sind Zeugen von verliebtem Händchenhalten und begieriger Leidenschaft und sie wiegen schweigend ihre Kronen. Die in die Baumstämme eingeritzten Buchstaben in mit Pfeilen durchbohrten Herzen erzählen Geschichten, doch die Wunden der Baumrinden verheilen schnell und lassen manche schmerzhafte Narbe in den entflammten Gefühlen der Pärchen für immer zurück. Es sind kleine Altärchen und sie zeugen von inniger Liebe, oft auch von kurzer, aber heftiger Verliebtheit. Die Verliebten wissen sich auf diesem Pfad so mancher verlorenen Tugend immer unter der Obhut der Schutzpatronin der Bergleute. Sie lächelt verständnisvoll und schaut milde herab auf die aufgewühlten Herzen, und eine immer brennende Kerze auf dem Altar im Innern der Kapelle spiegelt ihr flackerndes Licht in den glänzenden Augen der sich Umarmenden.

Das Mädchen, das ich bald kennen lerne, scheint mir von einem anderen Stern zu sein. Ihr Wesen ist anders als das der meisten anderen Mädchen. Ihr Onkel ist ein guter Bekannter meiner Familie und er macht sich große Sorgen um seine Nichte. Und er nimmt kein Blatt vor den Mund, wenn er etwas zu sagen hat. Er ist sehr direkt in seiner Wortwahl.

„Dass du mir die Kleine bloß nicht kaputt machst! Mach mir keine Schande! Hörst du?"

Ich respektiere den Onkel sehr, denn auch ich habe ihn, wie allgemein üblich unter guten Bekannten, Onkel genannt, als ich ein kleiner Junge war, und verspreche ihm in die Hand, dass ich keine Schande über das Mädchen bringen werde.

Ich halte mein Versprechen; sehr zur Zufriedenheit und Freude des Onkels, und ich verzehre mich in unerfüllter Sehnsucht.

Mein Heimaturlaub ist schnell, viel zu schnell vorbei und der Abschied, ein Abschied für lange Zeit, fällt mir schwer. Der Bahnsteig in Kaiserslautern ist meine letzte Oase vor dem unvermeidbaren Aufbruch in Richtung Norden und wir verharren in einer letzten Umarmung und in der letzten Berührung unserer Wangen. Der Schaffner bläst erbarmungslos in seine Signalpfeife und gibt dem Lokführer das Zeichen zur planmäßigen Abfahrt und der Lokführer gibt seinem Heizer den Befehl, ordentlich Kohlen nachzulegen.

„Achtung, Türen schließen, Vorsicht bei der Abfahrt!"

Ruckelnd setzt sich der Zug mit mir als Insassen in Bewegung. Für einige Sekunden kann ich den Blickkontakt mit meiner Liebsten noch halten. Der Zug nimmt Tempo auf und jäh zerreißt das letzte Band; was ich sehe, ist eine vorbeifliegende Landschaft, unterbrochen durch das Dunkel des Heiligenberg-Tunnels, und die heiße Luft flimmert über den Gleisen. Signalmasten, Böschungsmauern und die Fahrspur begleitende Telegrafendrähte heben und senken sich in einem rhythmischen Tanz entlang dem endlosen Schienenstrang. Fauchend und zischend stößt die Dampflokomotive ihr Gemisch aus Kohlenqualm und Wasserdampf aus dem kurzen Schornstein in den Fahrtwind und verdunkelt zuweilen die Gegend hinter den fast undurchsichtigen Fensterscheiben. Mit meinen Gedanken bin ich bei meinem soeben verlassenen Schätzchen und ich könnte heulen vor Trennungsschmerz.

In Mannheim steigen die anderen Jungs aus dem schwäbischen und bayerischen Raum zu und bald beginnt ein Gelage mit Hausmacher Leberwurst, Blutwurst und Schwartenmagen von der eigenen Hausschlachtung. Frisch gebackenes Brot, ebenfalls aus dem heimischen Backofen, dazu Paulaner, Tannenzäpfle oder Park Bräu. Einer aus dem fränkischen Bamberg hat Rauchbier dabei. Der rauchige Geschmack ist zwar sehr gewöhnungsbedürftig, aber wie jeder weiß, verliert auch das komischste Getränk seinen Schrecken nach der vierten oder fünften Flasche. Die Fahrstrecke ist lang und die mitgebrachte Wegzehrung wird weniger, je näher wir unserem Zielort Eckernförde kommen.

Die nächste Etappe meiner militärischen Laufbahn findet in der Marinefernmeldeschule Flensburg-Mürwik statt. Man nennt solch einen Lehrgang „Gastenlehrgang“. Da wird gelehrt und gelernt: Morsealphabet, Signalflaggen, Fernschreibmaschinen, sogenannte „Zerhacker“, um Fernschreiben zu verschlüsseln.

Wir lernen, Land-See-Verbindungen zu errichten und Land-Land-Funkpeilungen aufzubauen.

Diese drei Monate sind vollgepackt mit Unterricht, dem Absetzen von Fernschreiben in der NATO-Sprache, alles auf Englisch, Textverschlüsselungen und immer wieder Formaldienst. Da kommt mir das Angebot unseres KaLeu gerade recht. Es findet eine NATO-Großübung mit verschiedenen ausländischen NATO-Verbänden statt. Hauptaktionsgebiet sind der Oslofjord mit seinen vorgelagerten Inseln und der Bunnefjord. Die Überfahrt in das Operationsgebiet gleicht einem Seegefecht. Flugzeuge ziehen Schleppziele. Diese werden von Seefahrzeugen beschossen. Lenkwaffenzerstörer mit mehr als 69000 PS starken Dampfturbinen wie D185, Lütjens, gerade neu in Dienst gestellt, werden begleitet von einem Fregattenverband. Das nächtliche Geschützfeuer der Lütjens malt gleißende Lichtkugeln in den mondlosen Nachthimmel; kurz nach ihrem Erlöschen vernimmt man ein fernes „Wumm" für jede einzelne Lichtkugel, und ein leichter Windstoß begleitet das Grollen. Tender versorgen die Kampfverbände mit Treibstoff für die Diesel und mit Verpflegung für die Besatzungen. Die Übernahme von Schweröl wird bei schwerer See geübt. Und immer wieder kommt der Alarm:
„Feuer im Maschinenraum!"

Speziell ausgebildete Einsatztrupps gehen das Feuer an mit schwerem Atemschutz und Asbestanzügen, die zur üblichen Schutzausrüstung gehören. Pseudo-Verletzte mit täuschend echt aufgemalten Verbrennungen und furchtbar schreiende Verwundete verursachen Chaos in den engen Gängen unter Deck. Rettungsmannschaften mit Tragbahren und angelegten Sauerstoffmasken nehmen „verbrannte" Kameraden auf und schaffen sie, über ihre eigenen Seestiefel stolpernd, in den Sanitätsbereich.

„Meldung an Eins-O – Wassereinbruch steuerbord in Deck zwei! Vermutlich Granateneinschlag!“

Hektik setzt ein, der Trupp für Wassereinbruch stürzt mit Hämmern, Bohlen, geöltem Takelwerk und Holzkeilen zu der beschädigten Stelle. Der Schaden ist bald behoben; Kanthölzer sind verkeilt und das aufgesprühte „Einschlagsloch“ ist fast dicht. Wassereinbruch gestoppt.

„Meldung an Eins-O – Wassereinbruch gestoppt, Lenzpumpen noch in Aktion!“

„Danke, gut gemacht! Weitermachen!“

Gottlob ist dies eine Übung, denn einen Wassereinbruch zu stoppen und ein Loch in der Bordwand unterhalb der Wasserlinie abzudichten, ist kaum möglich. Seewasser schießt unter hohem Druck in das Schiff, das einströmende Wasser schleudert die Kanthölzer weg und sie bersten in Splitter. Menschliche Körper werden herumgewirbelt und die Havarie fordert oft die Finger, gar Arme und Beine der eingeschlossenen Matrosen. Nur hydraulische Pressen, fachmännisch eingesetzt, vermögen dem gigantischen Druck der Wassermassen die Stirn zu bieten.

Die Hetze und die Hektik auf unserem Tender reißen nicht ab. Unser Kommandant und Bootsführer im Range eines Fregattenkapitäns hat noch nicht genug. Er hegt, so glaube ich, eine unheilvolle Animosität gegen seinen Oberfähnrich zur See. Er nutzt jede Gelegenheit, diesen jungen Offiziersanwärter „zur Sau“ zu machen. Vielleicht will er ihn aber auch nur abhärten gegen Schikanen eines Vorgesetzten. Wie stabil ist der junge Offizier? Hält er den Druck eines Ranghöheren auf Dauer aus?

Das Logbuch unseres Tenders hat noch leere Seiten; der Kapitän will noch mehr aus seiner Besatzung herausholen. Das ist gut für seine Karriere, er wird Lob einheimsen und einen weiteren Lehrgang absolvieren und dann vom „Fregattenkapitän" zum „Kapitän zur See" aufsteigen. An seiner Uniformjacke werden somit vier dicke goldgelbe Streifen mit einem goldenen Stern prangen und seine Verantwortung wird noch mehr gefordert sein.

„Mann über Bord! Alle Maschinen stopp! Rettungsinsel auslösen!"

Diese überraschend angesetzte Übung erfordert nochmals die geballte Konzentration aller an der Rettung beteiligten Seeleute. Letztendlich darf weder der Mann noch das Rettungsgerät verloren gehen. Diese Übung ist ein echter Kampf gegen Kälte, Erschöpfung und Kräfteverschleiß. Nicht zu unterschätzen ist die Zeit, die es braucht, um einen Mann aus dem eiskalten Wasser der Ostsee zu retten. Denn du hast nicht viel Zeit im vier Grad kalten Wasser, bis dich eine fast wohltuende Schwere befällt. Die See bekommt eine Konsistenz von Brei, die Beine ermüden schnell und du lässt sie einfach baumeln. Du spürst nichts mehr. Keine Schmerzen, keine Kälte, nichts. Deine Arme sind steif wie die Äste eines froststarren Baumes und die lästige Schwimmweste um deinen Nacken lässt deinen Kopf mit jeder Wellenbewegung umherschlagen. Dann aber spürst du, dass diese Weste die einzige Rettung vor dem Ertrinken für dich bedeutet, und du hoffst, dass man dich schnellstens aus dieser steifen, eisgekühlten salzigen Suppe herausfischt.

„Übung beendet! Bringen Sie den Kerl in den San-Bereich! Warme Decken und heißen Tee, das müsste reichen! Und dass mir keiner über Bord geht! Habt ihr verstanden?"

Alle, die an der Übung beteiligt sind, vor allem der „über Bord" Gegangene und auch die „Zuschauer" haben den Ernst der Übung verstanden. Ich setze meinen Lagebericht an das COMBALTAP, Oberkommandierender der Baltischen Seestreitkräfte, direkt nach Beendigung der Übung ab und ich bin mir nicht sicher, ob meine Meldung ein Übungs-Fake ist oder ob sie im NATO-Jargon einen echten Empfänger erreicht.

Die Einfahrt in den Zielstützpunkt in dem Oslofjord erinnert an die Hochglanzprospekte der Agenturen für Nordkap-Reisen. Ruhige blaue See mit dahingeworfenen kleinen Inseln. Paradiesisch. Hier könnte man einige Zeit verbringen, so denke ich mir. Aber der Oberbootsmann, zuständig für das adrette Aussehen der Mannschaften, will ein sauberes Schiff in den norwegischen Marinestützpunkt fahren sehen. Und der Befehl zum Schrubben, Entrosten und Farbe auftragen erschallt durch den Bordlautsprecher. Diese nicht gerade angenehmen Tätigkeiten bleiben dem Decksdienst vorbehalten. Meistens sind es Jungs mit technischen und praktischen Berufen, die sie im normalen Leben auf Baustellen, Fabriken und im Handwerk ausüben. Sie haben die Drecksarbeit an Deck, aber auch unter Deck zu leisten. Das ist nicht immer angenehm, Wetter spielt dabei kaum eine Rolle. Bei schönem Wetter aber verbringen sie viel Zeit bei Freiwachen auf Deck, singen oft nicht ganz stubenreine Shanties, auch selbst erfundene. Und die Damenwelt in den düsteren Gassen des Flensburger Hafenviertels hätte ihre helle Freude an den Lobgesängen, die ihre Liebeskünste preisen.

Es gibt aber auch weniger aufmunternde Pflichten für einen, der Decksdienst leisten muss. Dann hat er sich gefälligst sein Ölzeug überzuziehen und sich nach unten in die tiefsten Tiefen des Schiffsrumpfes zu begeben. Denn dort liegen Schätze, die geborgen werden müssen. Ein großes Problem stellt aber die

Ortung dieser Schätze dar. Du kannst sie nämlich nicht sehen. Du musst lauschen. Bei jeder stampfenden Bewegung des Schiffsrumpfes versuchst du den begehrten Gegenstand, der so dringend geborgen werden muss, mit deinem Gehör wahrzunehmen. Ein dumpfes Klirren, manchmal ein bedrohliches, geisterhaftes Klopfen in mehreren Intervallen lässt dich ahnen, an welcher Stelle in dem Gewirr von heißen Rohren, Ventilen, Pumpen und rotierenden Antriebswellen das Objekt der Begierde deines Maschinen-Maats umherschlingert. Mit den Schuhen versuchst du den geschätzten Drehmomentschlüssel zu ertasten. Hast du endlich deinen Fuß auf dem Stück Werkzeug, dann heißt es abtauchen und, wenn möglich, den Kopf über dem stinkenden und vor Ölschlieren schimmernden Brackwasser zu halten. Ist die Stelle, an der sich das elendige Stück verfangen hat, tiefer als die Länge deiner Arme, dann möchte man die Marine mit all ihren schönen Werbeprospekten einfach nur noch verfluchen. Augen zu, Luft anhalten, mit Daumen und Zeigefinger die Nasenlöcher zusammengedrückt und rein in die Brühe, Werkzeugstück greifen und dann schleunigst auftauchen zum Luftschnappen. Gelingt dir das auf Anhieb, kannst du dich glücklich schätzen.

„Befehl ausgeführt, Herr Obermaat!“

„Danke! Wie sehen Sie überhaupt aus? Weggetreten zum Zeugdienst!“

In den Mannschaftsräumen erzählt man sich Geschichten, dass es zuweilen vorkomme, dass übelgelaunte Vorgesetzte, vor allem die mit noch niedrigeren Dienstgraden als Unteroffiziersanwärter, gelegentlich Gegenstände vor allem in den Maschinendecks einfach einmal fallen lassen. Dann ist eben ein Null-Dienstgrad, also meistens ein einfacher Matrose, dem man aus

Gründen der militärischen Disziplinargewalt das Rangabzeichen eines Gefreiten zur See schon kurz nach dessen Erwerb von der Uniformbluse abgerissen hat, den Launen des despotischen Vorgesetzten ausgeliefert.

Mein Rangabzeichen als Gefreiter zur See hat sich bald nach dem sorgfältigen Aufnähen auf alle Ärmel meiner blauen und weißen Matrosenblusen in Luft aufgelöst. Die kleine Nagelschere aus der Utensilienkiste unseres Spießes verrichtet ihr gemeines Werk und durchtrennt den von mir so mühevoll und akkurat vernähten Faden, der mein Dienstgradabzeichen würdevoll auf meinen Ärmeln gehalten hat. Denn ein Schnitt, ein Riss von der Hand des grobschlächtigen Obermaats ausgeführt, dem ich einen nach meinem Empfinden unsinnigen Befehl verweigert habe, beraubt mich meiner Gefreiten-Würde. Widerspruch einzulegen gegen das „Diszi“ sei zwecklos und würde mir nur weitere Unannehmlichkeiten bereiten. Also Maul halten und abtreten.

Das breite und tiefste Zufriedenheit ausdrückende Grinsen im Gesicht des meine Degradierung vollziehenden vorgesetzten Soldaten ist ein Spiegel seiner Gesinnung. Er weiß, dass ich seinen wiederholten Befehl, einen Text – ungefähr eine DIN-A4-Seite – aus dem „Reibert“, dem Handbuch für Soldaten, einhundertmal abzuschreiben, verweigern muss. Mein Vorschlag, als Strafe für meine Verfehlung – wiederholte Missachtung seines nach meiner Auffassung unsinnigen Befehls – einen Aufsatz zu verfassen mit dem Thema: „Störung des Unterrichts und die Folgen“ hat der Lehrgangsleiter völlig ignoriert. Er wiederholt seinen Befehl beharrlich und ich wiederhole meine Absicht ebenso hartnäckig, seinen unsinnigen Befehl nie und nimmer auszuführen. Er hat mich arglistig in eine Falle gelockt, indem er seinen Befehl einfach wiederholt. Das tut er mehrmals.

Dass in der unmittelbaren Folge daraus eine mehrfache Befehlsverweigerung wird, erkenne ich nicht auf Anhieb. Schon in der kurz darauffolgenden großen Pause werde ich zum Kompaniechef befohlen, der mir auf väterliche Art meine Verfehlung erklärt.

„Junge, was machst du für Sachen? Warum hast du den Obermaat geärgert? Du weißt, dass ich dich wegen deiner wiederholten Befehlsverweigerung bestrafen muss! Ich kann nicht anders. Und woher kommst du überhaupt? Bist du vielleicht Pfälzer, Westpfälzer aus der Gegend um Landstuhl oder Ramstein? Dein Dialekt verrät es."

„Aus Bann, Herr KaLeu, einem Dorf nahe Landstuhl."

„Ich hab's doch geahnt, Bub, aus Bann also! So so, ein Bännjer! Na ja."

Und er zieht seinen rechten Mundwinkel etwas nach oben, was wohl einem freundlichen Grinsen Ausdruck geben soll. Ich staune, als er unvermittelt in seiner Spesbacher Mundart, denn das ist sein Heimatort in der Pfalz, zu mir spricht:

„Also, ... du ziescht jetz dei „Erste Geige" an, und dass du mir bloß den Mützendraht net vergesse duscht! Du werscht nochher, wann die „Groß Nato-Paus" is, uff dem Exerzierplatz dreißich Schritt vor dei Lehrgangsgrupp befohl un „schtrammstehe". Ich wer dann dei Verfehlung und denne Grund vun deiner Disziplinarstrof vor deiner Grupp vakinde. Ich muss das mache – zur Abschreckung vor weitere Uffmüpfigkeite. Ich kann net annersch! Hasch du das vaschtann?"

Ich verstehe sehr wohl und fühle mich selbst auch von ihm verstanden. Natürlich muss der Spesbacher KaLeu seine dienstgradmäßige Souveränität vor der Truppe demonstrieren und er verdeutlicht seine Befehlsgewalt mit unnachgiebiger Härte.

„Gefreiter Lehnen, Sie werden wegen wiederholter schwerer Befehlsverweigerung mit dem sofortigen Verlust Ihres Dienstgrades „Gefreiter" bestraft und zum einfachen Matrosen zur See degradiert. Mit dem Verlust Ihres erst kürzlich erworbenen Dienstgrades wird auch Ihr Wehrsold wieder auf den Sold eines Matrosen reduziert."

Dann wendet er sich an den „niederträchtigen Fallensteller", Obermaat E. mit dem Befehl:

„Unternehmen Sie das Nötige bezüglich der Kürzung des Wehrsolds! Sehen Sie von einer weiteren Bestrafung in Form der üblichen fünf Tage „Bunker" ab!"

„Kompanie ohne Tritt weggetreten!"

Für einen kurzen Augenblick glaube ich einen verächtlichen Blick des KaLeu in Richtung des Obermaats zu erkennen. Vielleicht ist es aber auch nur eine Täuschung als Resultat meines Wunschgedankens.

Manchmal, so eine dahingesagte Phrase, kommt immer alles auf einmal. Noch am selben Tag, an dem ich als Diszi-Empfänger unrühmlich in die Annalen der Marine-Fernmeldeschule Flensburg-Mürwik eingehe, kommt Heimatpost. Endlich der längst ersehnte Brief. Er wird mich über die soeben erlebte Schmach hinwegtrösten, wird mir ein Trostpflaster sein und meine miese Stimmung aufhellen.

Auf dem Weg von der Postausgabestelle in meine Mannschaftsunterkunft ertaste ich in dem noch immer verschlossenen Briefkuvert einen kleinen Gegenstand in Form eines Armreifes. Es wird wohl ein kleines Geschenk sein, um unser gemeinsames Bündnis zu festigen. Voller Vorfreude entnehme ich dem Umschlag den kleinen Gegenstand und spüre sofort das nahende Unheil. Der Armreif ist kein Geschenk für mich. Ich erkenne ihn sofort wieder. Er war einst ein Geschenk von mir an mein Mädchen. Nun ist er mir zurückgegeben worden, wo er doch ewige Liebe bezeugen sollte. Und ich erahne die unheilverheißenden Zeilen des Briefes. Und meine Traurigkeit ist grenzenlos.

Meine Stubenkameraden spüren die Katastrophe, die mich unverhofft ereilt hat, und der Zug durch die Kneipen des Flensburger Hafenviertels betäubt den unsäglichen Schmerz des Verlassenen.

Ausgemustert

Ein neuer Standort wartet auf mich. Lübeck-Blankensee. Hier kann man sich nicht mit Ruhm bekleckern. Angefangen von dem Standortkommandeur über die Offiziere und die Uffze herrscht hier ein Chaos, wie ich es in dieser Form noch nicht erlebt habe. Lähmende Langeweile füllt die Tage. Es gibt nichts zu tun. Auf das Drängen der Mannschaften, endlich etwas Sinnvolles anzuordnen, um uns zu beschäftigen, hören wir die wiederkehrenden Antworten wie: Dieser Standort hat nicht das nötige Budget, um euch zu belustigen. Es wird keine Feldübungen geben und es wird auch an keinen Seeübungen teilgenommen. Dieser Standort ist kaltgestellt, vergessen von den Befehlshabenden der Bundesmarine – wahrscheinlich auch vom Ministerium für Verteidigung. Diese haben kein Interesse, finanzielle Mittel in einen „Sauhaufen“ von alkoholabhängigen, rotnasigen Säufern mit Offiziersrang zu pumpen. Von den Unteroffizieren ganz zu schweigen. Das sind die Übriggebliebenen, die es nicht in einen höheren Dienstgrad geschafft haben. „Not selected“ heißt es im Nato-Jargon. Und unser Bootsmann, schon weit über die Vierzig, jammert ununterbrochen über die harten Lebensbedingungen als Alleinernährer von Frau und vier Kindern. Sein Bootsmanns-Gehalt sei karg und somit sei auch die notorische Leere seines Kühlschranks begründet, klagt er unaufhörlich.

Zwei Kameraden und ich beschließen, den eintönigen Speiseplan seiner Familie mit Wildbret zu bereichern. Was eigentlich strengstens verboten und mit hohen Strafen geahndet wird, geschieht natürlich nachts, meistens zwischen der Zwei-Uhr- und der Sechs-Uhr-Wachablösung. Das ist nämlich die Zeit der

Wildwechsel und jetzt, zur Zeit der Brunft, haben die Rehböcke nur noch den verlockenden Duft der Ricken in ihren hochgestülpten Oberlippen und Nüstern. Sie sind blind und taub vor Erregung. Die Geißen sind wählerisch und liefern sich mit den Böcken lange Verfolgungsjagden. Kaum hat der erfolgreiche Rehbock seine arterhaltende Pflicht getan, visiert er schon die nächste Geiß an. Der liebestolle Bock ist weiter auf Brautschau und nimmt wahrscheinlich nicht einmal den gewaltigen Knall des abgefeuerten Gewehrs wahr.

Die Kugel erlöst ihn von seinem kräftezehrenden Liebesrausch. Die Munition für die Erlegung des Wildbrets stammt aus der Waffenkammer, und natürlich wird die Anzahl der Geschosse pflichtgemäß und nach den extrem peniblen Angaben und Richtlinien der Dienstvorschrift bei jedem Wachwechsel auf der Wachstube im Beisein des meist schlafenden, aber diensthabenden Wach-Unteroffiziers durchgezählt! Wie durch ein Wunder stimmt die Anzahl der „Bullets" immer. Oft erhält man beim Durchzählen sogar einen Überschuss an Munition, der dann logischerweise aussortiert werden muss, um die Entnahmen buchhalterisch korrekt im Wachprotokoll zu dokumentieren. Gelegentlich fallen nächtens ein oder zwei Schuss. Dann sind es natürlich Warnschüsse in die Luft, weil ein Matrose mit seinem geschulterten G3 auf Wachstreife entlang eines längst stillgelegten Militärflugplatzes aus dem Zweiten Weltkrieg eine verdächtige Person bemerkt haben will, mit der arglistigen und bösen Absicht, den Schutzzaun zu überwinden, um in das militärische Sperrgebiet unseres Standortes zu gelangen. Dass der Spionagedienst der „Sowjetischen Militärmission" in dem Gebiet um Lübeck, welches direkt an die Grenze der Deutschen Demokratischen Republik stößt, ständig um Chancen zum Eindringen in militärische Standorte der Bundeswehr und der NATO bemüht ist, kommt unserem Jagdtrieb sehr entgegen.

Der anschließend sorgfältig formulierte Bericht im Wachbuch konstatiert: „Im Zuge der Abwehr feindlicher Kräfte, welche sich unerlaubten Zutritt zu der militärischen Anlage verschaffen wollten, sind zwei Warnschüsse in die Luft abgefeuert worden; die feindlichen Kräfte unbekannter Herkunft konnten weder gefasst noch in Arrest genommen werden... und haben sich mit unbekanntem Ziel entfernt."

Der „heimtückische nächtliche Angriff" auf unseren Standort konnte erfolgreich verhindert werden, der Kühlschrank des tief beeindruckten Bootsmanns wird diese Nacht um ein Kaninchen und einen in seinem Liebesglück taumelnden, aber leider verstorbenen Rehbock reicher.

Es ist Herbst im Jahre 1969 und die technischen Errungenschaften versetzen die Menschen in Staunen. Raketen vom Typ „Saturn" befördern Astronauten mehrmals zum Mond. Dort fahren sie sogar mit geländegängigen Fahrzeugen herum. Und sie nehmen Bodenproben auf der Suche nach seltenen oder vorher nie entdeckten Erden. Erden? Mondgestein! Sternenstaub!

Die Astronauten befördern die mit einem Greifroboter geborgenen Gesteinsbrocken in ihre Mondlandefähre „Eagle". Kurz nach dem geglückten Abheben von der Mondoberfläche dockt die Fähre wieder an die den Mond umkreisende Weltraumkapsel an und bringt die Besatzung samt Beute zurück zur Erde. Sie landen im Pazifik und werden von dem amerikanischen Flugzeugträger USS Hornet aus dem Wasser gefischt. Die Ausflüge verlaufen unfallfrei und die Mondfahrer kehren, sich ihrer Heldentaten durchaus bewusst, heim zu ihren Familien. „That's one small step for a man... one... giant leap for mankind." „Ein kleiner Schritt für einen Menschen, aber ein großer für die Menschheit." Diese Worte, ausgesprochen von Neil Armstrong, als er als erster Mensch seinen mit Moonboots geschützten Fuß auf den Erdtrabanten setzt, werden zum Ansporn für weitere Weltraumabenteuer. Der Himmel über dem Kennedy Space Center in Florida ist erfüllt von den Kondensstreifen gestarteter Trägerraketen und die Journalisten und Fernsehreporter bekommen steife Hälse vom „in die Luft gucken".

Ich aber sitze an der Hafenpier in Lübeck mit aufgewühltem Gemüt und Heimweh in meiner Brust, denn ein letzter Urlaub vor meiner Entlassung aus dem Militärdienst in wenigen Monaten kommt immer näher.

An den hoch vorüberziehenden Formationen der Kraniche erkenne ich, dass der Winter bald die Herbstzeit ablösen wird. Ich sehe die pfeilförmigen „Keile" von über fünfzig Tieren, die sich über mir neu formieren. Eine Schar entscheidet sich, in Richtung Südosten zu ziehen. Die Vögel werden über der ungarischen Puszta niedergehen und sich die Kröpfe und Mägen füllen. Denn sie brauchen Kraft und Ausdauer für ihren Weiterflug über den Bosporus Richtung östliches Nordafrika.

Eine andere Formation, auch keilförmig, entscheidet sich, die südwestliche Richtung einzuschlagen. Diese Kraniche werden quer über Deutschland und über meine Heimat in der Westpfalz fliegen. Und genau dann, wenn die kreischende Schar über mein Dorf und die nahe Stadt Landstuhl schwebt, wird etwas sehr Seltsames zu beobachten sein. Die Kraniche werden mehrmals über unserer Gegend kreisen, als wüssten sie nicht mehr, wohin die Reise gehen soll. Ihre Fähigkeit, sich am Erdmagnetismus zu orientieren, scheint ihnen völlig abhandengekommen zu sein. Ihr angeborener Instinkt und ihr anerlerntes Wissen scheinen zu versagen.

Aber warum? Eine mögliche Antwort ist diese:

Ihr körpereigenes Orientierungssystem wird von dem flugtechnischen Radarsystem und den Radiowellen der nahegelegenen Air-Base überblendet. Die Kraniche entscheiden sich, in der Landstuhler Moorniederung zu landen. Das Schauspiel, das sich dann dem Beobachter bietet, ist grandios. Wie groß die Vögel sind! Und wie sie tanzen! Es ist immer ein Pärchen, das da hüpft und sich synchron um die eigene Achse dreht. Sie machen Hochzeit! Die vielen anderen Vögel aus der Gruppe der Kraniche zeigen kein Interesse an dem Balzverhalten ihrer Artgenossen und scheinen – im Gegensatz zu den Vogelbeobachtern – von dem Geschehen nur wenig beeindruckt. Nur wenn ein Paar einem anderen auf dem sumpfigen Tanzboden in die Quere kommt, dann werden die Schnäbel als Waffen eingesetzt. Die Regeln stehen bald fest, die Vögel gehen sich aus dem Weg, denn sie wissen, dass gegenseitige Verletzungen des Federkleides tödliche Folgen haben können.

Am nächsten Morgen dann, wenn die Nebelschwaden des Feuchtgebietes langsam von der Sonne aufgesogen werden und die Luft erwärmt in die Höhe steigt, spüren die Kraniche, dass sie jetzt ihren nächtlichen Ruheplatz aufgeben müssen. Die Rastwiese wird zur Startbahn für ihren Weiterflug. Sie rennen alle in die gleiche Richtung. Ihre mächtigen Flügel drücken die Luft in Richtung Boden und über ihren Flügeln bildet sich ein Vakuum. Sie heben ab und kreisen in gigantischen Spiralen immer höher, aber nur wenige hundert Meter. Nicht zu hoch, denn dort würde der Radarstrahl der Air-Base ihr Ortungssystem erneut stören und sie müssten abermals landen, um sich wieder zu orientieren. Die Vögel sind schlau. Sie fliegen eine Weile in geringer Höhe, ziehen ihre Bahn weiter in Richtung Südwesten und verschwinden rasch aus dem Blickfeld. Sie werden Frankreich diagonal und teilweise der Länge nach durchqueren und an dem Südostrand der Pyrenäen die Grenze nach Spanien überqueren. Bald danach werden sie die Straße von Gibraltar überfliegen, dann sind sie in ihrem Winterquartier in den nordafrikanischen Küstengebieten.

Mit Wehmut beobachte ich das Schauspiel am Himmel über der südlichen Ostsee. Graugänse aus noch nördlicheren Gegenden werden den Kranichen folgen. Ich aber muss ausharren an diesem Ort, fern meiner Heimat. Ich sehne mich nach Hause, aber die Kraniche und die Graugänse wissen nichts von meiner Sehnsucht, endlich wieder einmal meine Familie zu sehen. Die Vögel folgen lediglich einem uralten Instinkt. Ihre Heimat ist überall dort, wo sie Nahrung finden, sich fortpflanzen und überwintern können.

Sogar die Enten und Gänse in den Dorfteichen und Parkanlagen werden vom Reisefieber gepackt. Sie vernehmen die schrillen Schreie und beäugen die Flugkünste ihrer nordischen Artgenossen mit schiefgelegtem Kopf, und laufen aufgeregt mit schwerfälligen Flügelschlägen an der Zaunbegrenzung ihres Pferchs entlang. Vergebens. Sie können nicht mit auf die Reise in den Süden. Sie hüpfen, aber heben nicht einmal vom Boden ab.

Einigen meiner Kameraden geht es kein bisschen anders als mir und ich sehe die Traurigkeit in ihren melancholisch blickenden Augen. Äußerlich geben sich manche stark und hart gegen innere Gefühle, aber sie verwechseln die Unterdrückung ihrer Gefühle mit Charakterstärke. Ich aber halte nichts vom Verheimlichen meiner Sehnsucht und spreche aus, was mich bewegt. Das nahe Ende unserer Freundschaft, das spätestens dann eintritt, wenn wir Entlassung feiern. Der Abschied von dem Bootsmann, dessen Kühlschrank nie genug an Lebensmitteln beinhaltet, um seine Familie endlich satt zu bekommen. Die liebgewonnenen Gegenden um Lübeck, Flensburg oder um Eckernförde! Die Übungsfahrten an Bord unseres Verbandes, bestehend aus Zerstörern, Schnellbooten, Tendern und Minensuchern der Bundesmarine, hinauf nach Norwegen, um dort in einer riesigen NATO-Bunkeranlage eine „See-Land-See"-Funkverbindung aufzubauen. Die jungen Norwegerinnen, die in dem Bunker ihrer täglichen Arbeit als Zivilangestellte nachgehen und mich und einige andere von uns Jungs gelegentlich zu einem Drink in eine Bar in der Osloer Altstadt eingeladen haben. Das alles hat nachhaltige Wirkung auf meine Gemütslage und ich schwanke zwischen Weiterverpflichtung bei der Bundesmarine als Zeitsoldat und meiner Sehnsucht nachzugeben, endlich wieder meine Heimat zu sehen und meine wegen des Militärdienstes unterbrochene Arbeit wieder aufzunehmen. Denn noch ist es Zeit, mich weiter bei der Bundesmarine zu verpflichten oder meinen Pflichtdienst nach Ablauf meines achtzehnmonatigen Wehrdienstes zu beenden.

Mein letzter Urlaub vor meiner Entlassung hat endlich begonnen. Der Lübecker Bahnhof an diesem Morgen ist fast menschenleer, denn die Pendler in die umliegenden Vorstädte und Industriegebiete sind schon weg. Sie gehen geschäftig ihrer Arbeit nach und wissen nichts von meiner inneren Zerrissenheit wegen des Zwangs, mich entscheiden zu müssen. Sie ahnen nichts von meinen Hoffnungen, aber auch nichts von meiner Spannung auf das, was mich zuhause erwarten wird. Wie sollten sie auch? Sie kennen mich nicht und ich kenne keinen einzigen von denen, die wortlos und zeitunglesend, manche noch dösend, an Busstationen und Bahnsteigen ihrer Weiterfahrt harren.

Nur einige wenige Fernreisende warten geradeso wie ich auf den aus Putgarden kommenden Zug. Die Heimreise dauert, wie zuvor schon, eine kleine Ewigkeit; denn immer noch sind es Dampflokomotiven, kohle- oder ölbefeuert, die die Fernzüge durch das Land schleppen. Hamburg, Hannover, Kassel, Frankfurt am Main, Mannheim. Mannheim ist ein Knotenpunkt. Dort nehme ich den Zug mit dem Zielbahnhof Paris und verlasse mein Abteil in Kaiserslautern. Ich bin zurück in meiner Pfalz und warte auf den Zug über Kindsbach, Landstuhl nach Kusel. Es ist das „Kuseler Lottchen", das in Kindsbach Station macht. Dort verlasse ich den Bummelzug, schultere meinen Seesack, wandere durch den Ort in Richtung „Bärenloch" und steige durch die felsige Schlucht hinauf in Richtung meines Heimatdorfes „Bann". Ich mache oft Halt auf dem steilen, steinigen Weg, denn ich sehe die altbekannten Wegemarkierungen, die immer schon da gewesenen maroden Ruhebänke am Rande des Weges und ich sehe die Fußspuren der Wanderer, die hier erst kürzlich eine Rast eingelegt haben. Sogar der von dem „Verschönerungsverein" an der Ruhebank aufgestellte Abfallbehälter ist wie gewöhnlich schon übergelaufen und der Unrat weit um den Kübel verstreut. Die Füchse, vielleicht auch ein Dachs, die im Bärenloch ihre Höhlen haben, finden hier reichlich Beute. Sie haben gelernt, dass sich innerhalb und außerhalb der Abfalleimer allerlei Leckereien finden lassen.

Unter der überhängenden Felsklippe am oberen Ende der Schlucht ist noch der Rest eines Lagerfeuers auszumachen. Diese kleine Höhle war schon immer ein beliebter Treffpunkt für nächtliche Zusammenkünfte im Freien. Einen kurzen Blick in Richtung des Felsens werfend, wandere ich weiter in Richtung Bann. Ich bleibe stehen, um mich etwas auszuruhen, denn mein Seesack wiegt schwer. Und mein Blick sucht den Baum mit dem in die Rinde geritzten, pfeildurchbohrten Herzen. Die zwei Buchstaben inmitten des Herzens sind gerade noch zu erkennen. Doch mit der Zeit heilt der Baum seine Wunden selbst und bald wird von dem Zeichen einer innigen Verliebtheit und den Schwüren ewiger Treue nur noch eine verwachsene Narbe zu erkennen sein. Meine Hand berührt die verholzte Wunde und fährt die Buchstaben nach. Ich trenne mich von dem Baum, denn es scheint mir kindisch, einer Symbolik zu verfallen, an der nichts mehr zu deuteln ist, und ich gehe weiter. Noch etwa fünf Minuten die Landstraße entlang und ich mache mir langsam Gedanken, wie ich wohl meinen Urlaub zuhause verbringen werde. Werde ich meine alten Freunde wieder treffen? Was hat sich während meiner Abwesenheit zugetragen? Da gibt es vieles, was mich beschäftigt.

Fünfzehn Monate fern der Heimat mit nur zwei Unterbrechungen wegen „Urlaub von der Truppe“ und ich stelle fest, dass sich so gut wie nichts verändert hat. Diese Wahrnehmung trifft zumindest auf das Landschaftsbild zu. „Was ist mit den Menschen hier in der Gegend“, frage ich mich, „haben sie sich nicht auch etwas gewandelt, haben sich die Geschehnisse in der Welt außerhalb ihres Dunstkreises nicht auf sie ausgewirkt?“

In meinem Elternhaus hat sich nur wenig getan. Der Viehbestand ist geschrumpft und in den Schweinekoben tummeln sich jetzt Kaninchen. Die Kühe sind auch schon längst weg, nur noch ein Ochse belebt den Stall und er erhält so viel Zuneigung, wie man einem Ochsen eben zukommen lassen kann. Er wird gemästet und täglich gestriegelt und gebürstet. Der Ochse fühlt sich wohl. Er ahnt nicht, dass er für den Gang zur Schlachtbank vorbereitet wird. Wenn er es wüsste, wäre es ihm vielleicht sogar egal. Jetzt aber geht es ihm gut, und wenn meine Mutter ihn bei seinem Namen ruft, dreht er seinen massigen Schädel in ihre Richtung und brummt zufrieden. Bald wird er seinen Opfergang antreten und der Dorfmetzger wird unseren

„Hans“, denn das ist sein Name, mit der Behutsamkeit, wie sie einem Schlachter eigen ist, an einem Nasenring aus dem Stall und in das Schlachthaus führen. Hans scheint spätestens dann sein Schicksal zu erahnen, doch seine instinktiven Abwehrreaktionen werden mit einem Elektroschocker neutralisiert werden und der unvermeidliche Weg in das Schlachthaus wird nicht mehr zu verhindern sein. Mutter kann diesem Treiben nicht beiwohnen, denn ihr ist Hans ans Herz gewachsen und sie beschäftigt sich in der Küche. Sie räumt auf, wo nichts aufzuräumen ist, sie liest die Zeitung zum wiederholten Male und sieht nicht einmal die gedruckten Zeilen. Sie trauert um Hans, so wie sie immer schon beim Wegbringen eines unserer Tiere zum Metzger getrauert hat. Sie leidet.

Nichts hat sich verändert, außer dass es im Haus ruhiger geworden ist.

Noch am Tag meiner vorübergehenden Heimkehr mache ich den üblichen Abstecher in meine Stammkneipe wenige Meter von meinem Elternhaus entfernt. Es ist Wochenende und die Männer haben die Arbeit auf den Baustellen der vielen Neubauten eingestellt. Der Lohn ihrer Mühen wandert direkt in die meist schwarzen Hosentaschen ihrer zerschlissenen Maurerkluft und von dort oft ohne Umwege in die Kassen der Gaststätten und in so manchen privaten Bierkeller. Zum Feierabendbier wird die „Sportschau“ kostenlos serviert und die anschließenden Debatten finden immer noch genau so heftig statt wie vor meinem Abschied zum Militär. Zumindest in dieser Richtung hat sich nichts verändert.

Aber etwas ist doch anders. In meiner Stammwirtschaft ist hoher Betrieb, die Küche der Wirtschaft ist im Umkreis bekannt für hervorragendes Essen, und die Portionen können sich auch sehen lassen. Da werden die hungrigsten Mäuler nach langer und harter Arbeit satt, und das ist es, was zählt. Der Gastbetrieb läuft auf Hochtouren und die Wirtsleute können den allabendlichen Andrang kaum bewältigen. Die Küche benötigt Aushilfskräfte und hinter der Ausschanktheke wird von dem Gaststättenbesitzer unaufhörlich gezapft und ausgeschenkt. Das Bier läuft ununterbrochen und die Fässer leeren sich schnell. Das ist gut so und freut den Wirt. Außerdem bleibt bei hohem Umsatz kein Restbier in den Leitungen stehen, da wird kein Tropfen schal. Die vollen Gläser können gar nicht schnell genug an den Mann gebracht werden. Die Männer vom Bau sind durstig und der eingesogene Staub eines langen und harten Arbeitstages muss hinuntergespült werden. „Bedienung, noch ein Bier!"

Und dann sehe ich die junge Frau, die mit vollem Tablett die überschäumenden Schoppengläser gekonnt durch die Stuhlreihen der durstigen Zecher balanciert. Ihr schulterlanges brünettes Haar ist zu einem Pferdeschwanz gebunden und doch machen sich ein paar lustig gekräuselte Löckchen über ihrem Haaransatz an ihren Schläfen selbstständig und sie kann sie kaum bändigen. Immer wenn sie an die Ausschanktheke kommt, um die leeren Gläser abzustellen und eine neue Ladung gefüllter Schoppengläser in Empfang zu nehmen, streicht sie sich schnell über ihre Stirn, um die lästigen kleinen Locken wieder in Ordnung zu bringen. Die durstige Meute im Schankraum verlangt nach Bier und M., denn schnell erfahre ich ihren Namen, kontert die derben Sprüche und zweideutigen Bemerkungen der durstigen Proleten mit zynischem Witz.

Ich stehe an der Theke mit meinem Glas in der Hand und beobachte das Geschehen. Der Stammtisch, sonst immer von unserer kleinen Freundesgruppe besetzt, ist nun von einer Handvoll Skatspielern eingenommen. Keiner meiner Freunde ist hier. „Na gut", denke ich, „die wissen nicht, dass ich auf Urlaub bin. Vielleicht treffe ich morgen einige der Kameraden." Mein Blick streift durch die Tischreihen. Vielleicht gibt es noch einen freien Platz an irgendeinem Tisch. Aber das Gezeter und die Diskussionen über das verlorene Fußballspiel unseres 1. FCK interessieren mich wenig, eigentlich gar nicht. Also beschließe ich, mein Gläschen Cola-Bier an der Theke zu genießen. Das gefällt M. aber überhaupt nicht, denn ich behindere sie angeblich beim Übernehmen der vollen Tabletts aus der Hand des Chefs und ich könnte doch sehen, wie es hier zugeht.

„Ja, Ja, natürlich, entschuldigen Sie bitte", murmle ich, zahle meine Zeche und trolle mich nach Hause. Ein Gefühl, etwas verloren zu haben, befällt mich und macht mich traurig. Was ist geschehen innerhalb der vergangenen fünfzehn Monate? Wo sind meine Gefährten von früher? Wo und wie verbringen sie ihre freie Zeit? Es ist Samstagabend und kein einziger ist aufgetaucht. Dass mein alter Kumpel und Seelenfreund W. nicht hier sein kann, ist klar; er hat sich längst beim Grenzschutz für mehrere Jahre verpflichtet. Ach ja, da fällt mir wieder ein, dass es eine neue Kneipe am anderen Ende unseres Dorfes gibt. Ich beschließe, die neue Schänke am nächsten Tag aufzusuchen.

Es ist später Nachmittag des folgenden Tages, als ich den neuen Jugendtreff ansteuere, und ich merke schon, dass sich etwas ganz wesentlich verändert hat. Die Schar der Gäste ist noch sehr jung, fast noch Kinder sind es, und sie kauen an den Plastik-Strohhalmen, die in den Hälsen ihrer Cola-Flaschen auf- und abtanzen. Sie lassen sich mit dem Trinken Zeit, denn ihr Taschengeld ist knapp bemessen, und ohne etwas zu verzehren, hat man keinen Grund, einen Platz in einer Gaststätte zu besetzen. Hier ist aber keiner meiner Freunde, außer einigen wenigen, die auch in meinem Alter sind und die ich ganz gut kenne. Das ist aber kein Anlass, hier zu verweilen. Kein Platz zum sich Wohlfühlen. Jedenfalls nicht heute, an diesem Abend. „Vielleicht hat sich ja doch einer meiner besten Buddies in unserer Stammkneipe eingefunden“, denke ich und gehe schnurstracks dorthin. „Klaus, warum bist du so ziellos, was oder wen suchst du?“, geht mir ununterbrochen durch den Kopf und ich bemerke, dass meine Schritte schneller werden, je näher ich meiner Stammkneipe komme. Wird M. heute wieder da sein, wird sie mir diesmal wenigstens ein Lächeln schenken, auch wenn ich ihr wieder beim Bedienen der Gäste im Weg stehen und sie an der Theke behindern werde? Denn wenn wieder keiner meiner Kumpels erscheint, dann wird die Thekenecke abermals der Platz meines Kneipenaufenthalts sein. Und ich werde mein Cola-Bier langsam trinken, denn auf keinen Fall möchte ich im beschwipsten Zustand unangenehm auffallen. Nicht in Anwesenheit von M., denn ich spüre, dass mich etwas zu ihr hinzieht. Ich möchte sie näher kennen lernen und weiß sogleich, dass das ein Hirngespinst ist. Ja, ich bin mir ganz sicher, dass mein Wunsch, M.s Aufmerksamkeit zu bekommen, auch wenn es nur ein mehr zufällig von ihr zugeworfener Blick sein sollte, vielleicht sogar mit einem freundlichen Lächeln behaftet, nichts weiter als ein frommer Wunsch bleiben wird. Eine unerreichbare Oase in meiner Gefühlswüste. Und ich weiß, bald muss ich wieder fort, denn ich habe noch einige Monate an Wehrdienst abzuleisten und ich bin mir völlig im Klaren darüber, dass ich mir gegenüber M. nichts von meinen Gefühlen und meinen Hoffnungen anmerken lassen darf. Wie auch, schließlich kennen wir uns überhaupt nicht. Und es gibt wahrhaftig keinen Grund für mich, auch nur den leisesten Hauch einer Hoffnung auf ihre Zuneigung zu mir zu haben. Allein der Gedanke, dass sie ausgerechnet mit mir eine Beziehung eingehen möchte, scheint mir mehr als absurd. Also unterlasse ich jegliche Art von Annäherungsversuchen. Ich bemühe mich nicht einmal, ihr zu imponieren.

Denn Imponiergehabe liegt mir nicht. Ich finde dieses gockelhafte Herumstelzen mit aufgeblähter Brust nicht nur lächerlich, ich empfinde es als animalischen Versuch der Werbung um ein Weibchen, der nur den einen Wert hat, die Potenz des Kontrahenten auf einem Balzplatz wie auf einer Tanzfläche abzuschätzen. Erst nahezu ebenbürtige Imponiergegner, die sich wechselseitig nicht einzuschüchtern vermögen, messen im konkreten Zusammenstoß ihre Kräfte, bis einer aufgibt und die Flucht ergreift. Das funktioniert in der Tierwelt hervorragend, geht es bei Tieren doch hauptsächlich um die Fortpflanzung und den Erhalt der eigenen Art. Aber sollten wir Menschen uns nicht daran messen lassen, wieviel Vertrauen in eine gemeinsame Zukunft und die dazu gehörende Verantwortung man einzusetzen bereit sein kann und will? Ich bin mir meiner selbst in diesem Punkt weder sicher noch bin ich gefestigt. Also unterlasse ich auch den allerwinzigsten Schritt in diese Richtung. Niemand, auch M. nicht, merkt mir meine innere Zerrissenheit an.

Mein Abschied naht und ich mache einen kurzen Zwischenstopp in meiner Stammkneipe auf meinem Weg zur Bushaltestelle. Welch ein Glück, M. ist da und sie schleppt wie immer Tabletts voller Bierkrüge zu den Tischen mit Skatspielern, Hitzköpfen und Prahlern. Ich stecke in meiner Marineuniform, die ich zur Reise nach Lübeck angelegt habe, und bekomme gute Reisewünsche: „Na, Seemann, geht´s wieder los, wie lange musst du denn noch ableisten?“ Ich aber habe nur Augen für M. und präge mir ihr Bild ein. „Also tschüss dann, ich muss jetzt wohl gehen, der Bus wartet nicht!“, sage ich beim Bezahlen meiner Zeche zu M. und sie erwidert: „Ja, also dann..., gute Fahrt!“ Mit einem „Danke, bis bald!“ lasse ich die Dorfwirtschaft hinter mir und mache mich auf meine Reise zu meinem fernen Marinestandort an der Ostsee.

Keine meiner Reisen zurück zum Dienstantritt ist mir so verhasst wie diese letzte. Nichts zieht mich dorthin. Alles in meinen Sinnen signalisiert: „Bleib hier“, denn es gibt eine Kraft, die mich daran glauben lässt, dass es mit M. und mir etwas werden könnte. Und dabei denke ich nicht an eine Liebelei für einen gewissen Zeitraum und dann „Ade“! Nein, diesmal ist mein Empfinden nicht nur ein Gefühl, wie es eines Tages kommen könnte. Ein Gefühl, das mein Herz zum Pochen bringt und in einer großen Sehnsucht endet. Aber meine Sehnsüchte waren immer sehr wechselhaft und hielten nicht lange an. Ich war oft verliebt und mein Leben glich einer rasanten Fahrt auf einer Achterbahn. Verlieben kann man sich unzählige Male und manchmal sogar in mehrere Mädchen gleichzeitig. Da ist die hübsche Kollegin, um die alle Kollegen buhlen, und die Freundin der Freundin, sie ist auch nicht zu verachten! Ich denke über meine Liebschaften nach und erkenne, dass mein Gefühl von Verliebtheit sehr viel mit Egoismus behaftet war und ich mein Bedürfnis, geliebt zu werden, damit verwechselt habe, etwas zu bekommen. Ich wollte etwas nur für mich haben und habe Liebe mit Besitzanspruch vertauscht. Ich liebte die Mädchen so, wie ich sie mir erträumte und wünschte, und nicht, wie sie wirklich waren. Ihre Ängste und ihre Bedürfnisse interessierten mich nur oberflächlich. Ich war verliebt, wollte alles, aber mit Verantwortung hatte das wenig zu tun.

Auf der Hutablage über meinem Sitz im Zugabteil liegen diverse Magazine und der spezielle Fahrplan meines Zuges. Diesen kenne ich mittlerweile schon auswendig, so oft habe ich den Plan während der langen Fahrt studiert. Bei jedem Bahnhofshalt prüfe ich die Uhrzeit und somit die Pünktlichkeit des Zuges. Dabei ist es völlig egal, ob der Zug pünktlich ankommen oder ob er verspätet sein wird. Mein Ziel wird mir nicht weglaufen. Und wieder blättere ich gelangweilt durch die abgegriffenen Magazine. Plötzlich erregt ein Artikel, den ich während

meiner langen Fahrt sicherlich schon mehrmals überblättert habe, meine Aufmerksamkeit. Die Überschrift heißt:
„IN WAHRHEIT LIEBEN“
und ist verfasst von einem französischen Geistlichen, einem Pfarrer an einer Pariser Kirche. Ich lese den Artikel wieder und wieder und lasse die Thesen des Pfarrers lange in meinem Kopf kreisen. Was redet der da von „sich verlieben“ und „in Wahrheit lieben“? Und allmählich verstehe ich den Sinn der beiden Begriffe und entdecke die wesentlichen Unterscheidungsmerkmale. Da spüre ich zum ersten Mal, dass es bei „wahrhaftiger Liebe“ um eine Willensentscheidung geht. Eine Entscheidung, in der ich eine Wahl treffe. Eine freie Erwählung, die mir eine Verantwortung abfordert. „Ja, ich möchte mit Dir zusammen sein, aus freier und reiflich überlegter Entscheidung. Eine Entscheidung für immer, solange ich lebe. Das darf keine Wahl sein für drei Wochen, sechs Monate oder höchstens ein Jahr. Wenn man heiratet, wird der Standesbeamte nicht fragen: „Und, seid ihr verliebt, wie lange wollt ihr zusammenbleiben?“ Er wird fragen: „Willst du?“ „Ja ich will!“ Diese Worte bedeuten ein Eheversprechen. Ich kann sagen: „Ja, ich liebe dich, auf immer und ewig, solange wir leben“. Ich kann aber nicht sagen, dass ich immer in das Mädchen oder die Frau meiner Wahl verliebt sein werde. Keine Frau und kein Mann kann das versprechen. Das wird schwanken zwichen Momenten verrückter Verliebtheit und Leidenschaft und schwierigen Zeiten, in denen es dem Partner oder der Partnerin schwerfällt, verliebt und leidenschaftlich zu sein. Da gibt es Enttäuschungen und Frustration des erstrebten, aber nie erreichten Wohlstands wegen. Gefühle und die gemeinsame Zeit der Zweisamkeit werden der Karriere geopfert. Das sind nur einige Feinde der Liebe. Aber man kann versprechen, dass man ein Leben lang lieben will. Das ist der Unterschied zwischen dem Verliebtsein und dem Lieben. Aber es braucht Zeit, um zur Liebesfähigkeit zu gelangen. Oh nein, das ist nicht nur eine Sache des Kopfes, das Herz

spielt hier die Hauptrolle und ist doch so verletzlich. Und meine Gedanken, Hoffnungen und Ängste schwirren mir durch den Kopf. Und ich höre mich unablässig fragen: „M., wirst du noch da sein, wenn ich wiederkomme?“ Ich weiß nicht einmal ihren Familiennamen, nicht einmal, wo sie wohnt. Ich weiß nur, dass sie eine berufliche Ausbildung als Kinderpflegerin macht und sich ein wenig zusätzliches Geld mit der Tätigkeit als Kellnerin hinzuverdient. Ich habe sie nie gefragt, auch nicht zu fragen getraut, wo ihr Zuhause ist, was sie während ihrer freien Zeit tut und was ihre Interessen sind. Ich stelle fest, dass ich ein Feigling, ein alberner Schwärmer bin, dem es nicht anders gehört!

Mein Zug kommt endlich in Lübeck an und mein Grübeln über das Verliebtsein und die Liebe werden jäh durch das harte metallische Kreischen der Bremsen unterbrochen. In dem Standort hat sich kaum etwas verändert; nur der Standortkommandeur ist ausgetauscht worden. Der „Alte“ hat sich totgesoffen, man fand ihn unter einem der Tische in der Offiziersmesse. Es soll ein Gelage gegeben haben mit den besten Speisen, die die Kombüse hergeben konnte, und Getränken, da würde uns Matrosen das Herz übergehen, sagt man. Vielleicht war es ja ein schöner Abgang für unseren Kommandanten, denn einige Damen des „leichten Gewerbes“ hätten ihm in der schwülstigen Atmosphäre der O-Messe noch einige körperlichen Freuden bereitet. Dann sei er plötzlich, aber völlig unerwartet dahingeschieden. Sein Schiff ist angekommen im Hafen ohne Wiederkehr und die Bundesmarine wird ihm ein ehrendes Andenken bewahren.

Ich aber bin zurück im wahren Leben eines Marinesoldaten im Kreise meiner Kameraden. Die nächsten Wochen halten einige Überraschungen für unsere Crew bereit, denn endlich gibt es etwas Abwechslung für unseren Haufen: Wir laufen nach kurzer Vorbereitung aus. Mit einem Konvoi von Schnellbooten und Minensuchern – um bewegliche Ziele zu simulieren – fahren wir hinaus durch die Lübecker Bucht, dann nordwärts. Unsere Boote haben große Pontons mit hölzernen und textilen Aufbauten am Haken und die Achterleine muss ständig beobachtet werden. Auf keinen Fall darf sich die Trosse in der Antriebsschraube und schon gar nicht im Ruder verheddern. Das gliche einer Katastrophe.

Starfighter im Tiefflug sind angesagt. Und dann sind sie plötzlich da. Man sieht sie kommen – etwa dreißig Meter über dem Wasser, zuerst lautlos, denn sie eilen dem Geräusch ihrer einstrahligen Triebwerke weit voraus. Dann aber entfacht sich ein Inferno von lärmenden und tosenden Feuerbündeln aus den Düsen der Jagdflugzeuge, dass einem schwindelig werden kann; aber da ist die Jagdstaffel auch schon steil nach oben ziehend in den hochschwebenden Wolken über der Ostsee verschwunden. Unsere im Schlepptau dümpelnden Attrappen achteraus sind „Trojanische Pferde" für sie, und die erste Aufgabe der Piloten besteht darin, diese Ziele zu fotografieren. Dann, nach einer kurzen Weile, sind sie wieder da. Die Flieger haben ihre Ziele erfasst und ein Hagelgewitter von Granateinschlägen zerfetzt und versenkt unsere Schlepplast. Die Starfighter-Piloten haben ihre Aufgabe erfüllt, eine nachträgliche Bestandsaufnahme bestätigt ihren Erfolg.

Doch einer der Piloten wird nicht zu seinem Fliegerhorst in Schleswig Jagel zurückkehren. Es ist ein erfahrener Pilot und er ist der Sohn des Bundestagspräsidenten und früheren Verteidigungsministers Kai-Uwe von Hassel. Seine Maschine hat den Belastungen bei diesem Flug nicht standhalten können und sich in der Luft zerlegt. Der Pilot hatte keine Chance. Er hinterlässt seine Frau und zwei Kinder im Alter von sieben und gerade einmal drei Jahren.

Die Seemanöver werden abgeblasen und unser Verband kehrt an seinen Ausgangspunkt zurück, immer in Begleitung eines Minensuchers der NVM, die Seeübungen beobachtend.

Der tödliche Absturz von Joachim von Hassel, Oberleutnant zur See, ist der siebenundfünfzigste von insgesamt einhundertacht Abstürzen von Starfightern der Luftwaffe und der Marineflieger. Man wird feststellen, dass das Fluggerät eklatante Qualitätsmängel aufweist. Ausgetauschte Navigationsausrüstung und andere technische Veränderungen machen das Flugzeug schwerer, instabiler und dadurch komplizierter in seiner Bedienung. Grund für die häufigen Abstürze sind weiterhin Ausfälle und Defekte in allen Bereichen des Flugzeuges. Vor allem Elekronik, Triebwerk und damit verbunden die Hydraulik sorgen für Probleme. Erstaunlicherweise lieben die Piloten ihr Fluggerät, weil sie endlich etwas unter ihrem „Arsch" haben, was den Kampfjets der Sowjetunion ebenbürtig ist. Zumindest in Bezug auf Geschwindigkeit und Wendigkeit, aber nicht in puncto Zuverlässigkeit.

Da wird bekannt, dass der ehemalige Verteidigungsminister Strauß als Verfechter der atomaren Aufrüstung Deutschlands ein Flugzeug haben wollte, das Atomwaffen „bis zum Ural" tragen kann. Jedoch ist Paris nicht zu einem deutsch-französischen atomaren Bündnis bereit. Die Amerikaner dagegen versprechen Strauß, im Ernstfall auch nukleare Sprengköpfe zur Verfügung zu stellen. Es wird außerdem bekannt, dass *Lockheed* beim Export des „Starfighters" in andere Länder Schmiergelder an höchste Regierungsvertreter zahlt. Da auch Strauß vor seinem Besuch bei Lockheed noch die französische Mirage favorisiert und sich nach seiner Rückkehr für die F-104 ausspricht, kommt schnell der Verdacht auf, dass der deutsche Minister bestochen worden sei (Lockheed-Skandal). Ein entsprechender Untersuchungsausschuss des Bundestags kommt aber zu dem Schluss, dass sich eine Bestechung nicht nachweisen lässt. Der Vorwurf wird daher fallen gelassen.

Auf dem Vulkan

Die Übung mit Schleppzielen in den Gewässern um Fehmarn ist das letzte erlebnisreiche Event in meinem Dasein als Soldat der Bundesmarine. Dass meine Bundeswehrzeit fast gleichzeitig mit dem tragischen Ende eines Marinefliegers, Ehemannes und Vaters zusammenfällt, beschäftigt mich lange, und Fragen der Sinnhaftigkeit von militärischer Aufrüstung generell, egal ob NATO oder Ostblock, quälen mich heftig, und man muss sich zwischen den Zeilen politischer Randnotizen oder Kommentare in den – angeblich unabhängigen – Zeitungen oder Wochenzeitschriften hindurchnavigieren, um auch nur ansatzweise die Beweggründe für immer weiter vorangetriebene Hochaufrüstung zu verstehen. Dass die Menschen in meiner Heimat – der Gegend um die „Sickinger Höhe" – oder dem Geburtsort meines Vaters im Zentrum schlafender Vulkane auf einem Pulverfass leben, macht mir große Sorge. Denn das beschauliche Städtchen Ulmen liegt nicht nur in einer herrlichen Landschaft mit von Grundwasser gefluteten Maaren und Hochmooren – es liegt auch in unmittelbarer Nähe des Fliegerhorsts „Büchel" in der Vulkan-Eifel und ist die Heimat meiner Verwandtschaft väterlicherseits. Und die Lunte des hochbrisanten Sprengstoffs in den Munitionsbunkern ist schon am Glimmen, und es ist ohne Zweifel klar, dass sich zu Zeiten des „Kalten Krieges", in dem wir uns ja befinden, Arsenale mit nuklearen Waffen, atomaren Sprengköpfen und sogar unterirdische Bunker mit chemischen Kampfstoffen längst in der Zielelektronik der ballistischen SS-20-Raketen des Ostblocks einprogrammiert sind. Und der Wirkungsbereich dieser Waffen reicht weit über die Ziele in unserer unmittelbaren Heimat hinaus. Als Gegengewicht und Abschreckung werden Pershing-Raketen installiert. Die Streitkräfte des Westens und des Ostens stehen sich bis an die Zähne bewaffnet gegenüber und sind jederzeit bereit, einen nuklearen „Erstschlag“ auszuführen.

Ich suche gesprächsinteressierte Menschen in meinem Bekannten- und Freundeskreis und möchte das Thema „Aufrüstung“ und deren Sinnlosigkeit diskutieren.

Es stellt sich heraus, dass dies eine sehr schwierige Sache ist. Das Thema spukt in allen Köpfen herum. Viele meiner Bekannten sehen die Bedrohungslage, in der es keine Gewinner, sondern nur Verlierer geben kann, zwar genauso wie ich, aber sie wollen nicht so wie ich „schwarzsehen“. „Sei nicht so pessimistisch und hör´endlich mit dem Thema auf! Erzähl´ doch mal was Schönes! Schau mal, uns geht´s doch prima hier mit all den ausländischen Streitkräften der NATO in unserer Gegend... und mit den Franzosen in Kaiserslautern und in Landau und in Trier und...“ „Ja, die nicht mehr Teil der NATO sind...“, kann ich noch hinzufügen, aber dann werde ich auch schon unterbrochen: „Na gut, die halt auch...! Natürlich! Aber die leben ja überwiegend in ihren Kasernen und wohnen nicht zur Miete“, ist ein gängiges Gegenargument auf meinen Einwurf. „Was ist denn mit dir los, wieso hast du was gegen die Anwesenheit ausländischen Militärs? Die sorgen doch für unseren Wohlstand und überhaupt, du arbeitest doch bei denen! Du müsstest doch der Erste sein, der froh ist, dass die Amis da sind! Oder läufst du auch mit einem Schild in der Gegend herum mit dem Slogan „Ami go home“?

Und wieder stelle ich fest, dass es schwer ist, den eingefahrenen Spuren und Meinungen entgegenzusteuern. Die Siebziger Jahre bescheren den Menschen meiner Heimat einen wachsenden Wohlstand. Immer mehr zivile Angehörige der NATO-Entsendestaaten begleiten ihre Ehemänner oder ihre Ehefrauen in Uniform. Bald dürfen die „dependents“ meistens sind es die Ehefrauen der Soldaten, einen bezahlten Job bei den Streitkräften annehmen, denn bisher konnten sie nur eine Arbeit auf Volontär-Basis verrichten: in den Militär-Kindergärten, in den Militär-Schulen und anderen Einrichtungen des Militärs. Jetzt aber rollt der Dollar über die Verkaufstheken der Einzelhändler, der ortsansässigen Geschäfte und vor allem der Gaststätten. Der Dollar steht hoch im Kurs, und ein Schnitzel mit Beilagen kostet nicht mehr als acht Deutsche Mark. Gerade mal zwei Dollar. Da lässt sich´s gut leben und alle, nein, nicht alle, aber die meisten Menschen, die etwas zu verkaufen haben oder eine Wohnung oder gar ein ganzes Haus zu vermieten haben, verdienen prächtig. Das Geld ist im Umlauf, die Nachfrage nach Umbauten, Anbauten und neuen Häusern wächst stetig. Das macht die Menschen in meinem Dorf und auch in den umliegenden Gemeinden froh und wohlhabend.

Doch trotz des schwer erarbeiteten Wohlstands sind die Menschen nicht zufrieden. Der Wohlstand ist nicht gerecht verteilt, hört man an den Stammtischen der Wirtschaften und eine Atmosphäre von Neid und Missgunst macht sich unter der Dorfbevölkerung breit. Familien verkrachen sich untereinander, sie treffen sich vor Gericht und die gegnerischen Parteien kommen beide als Verlierer aus dem Gerichtssaal. Zwar hat eine Partei den Prozess gewonnen, aber das Miteinander und das Zusammenleben in der Gemeinde ist oft auf Jahre nachhaltig zerrüttet. Angesichts solcher verworrenen Zustände bin ich glücklich darüber, dass es in meinem Elternhaus keine Möglichkeit zum Vermieten einer Wohnung gibt. Der Heuschober und die Stallungen sind unter einem Dach zusammen mit unserem Wohntrakt, und ein Abriss dieses Teiles unseres Hauses kommt nicht in Frage.

Ich bin also wieder zuhause und bewohne mein Jugendzimmer wie vor meiner Einberufung zum Militärdienst. Alles ist noch so, wie es vor meinem Abschied war. Nur die uralte wurmstichige Wanduhr aus dem Nachlass meiner Oma steht still. Ich ziehe sie wie immer schon, seit ich die Uhr-Ruine – denn es fehlen einige Teile des Uhrgehäuses – auf Omas Dachboden unter allerhand Gerümpel entdeckt habe, mit genau zehn Schlüsselumdrehungen auf. Ein leichter Schub an das Pendel bringt das Uhrwerk des Regulators in Bewegung. Die Uhr tickt wieder und ein vertrautes Geräusch erfüllt mein Zimmer mit anheimelnder Glückseligkeit. Das rhythmische Ticktack ist im Gleichklang mit meinen Herzschlägen und mein Empfinden ist ausgeglichen und zufrieden und ein klein wenig Hoffnung keimt auf, endlich mit M. zusammenzutreffen.

Ich besuche wie früher meine Stammkneipe – und M. ist auch schon bei der Arbeit in dem Lokal! Zumindest an den Wochenenden oder wenn sonst irgendetwas in der Wirtschaft los ist, wird sie gerufen, um die Gäste mit Getränken und Speisen zu versorgen. Und wenn M. da ist, bin auch ich da. Ich verfolge jeden Schritt, jede Bewegung von ihr und mein größter Wunsch ist, endlich mit ihr in ein Gespräch zu kommen, mehr von ihr zu erfahren. M., wer bist du? Was denkst du, Was machst du? Was interessiert dich? Was macht dir Sorgen? Was macht dir Angst? Was macht dir Freude? Könnten wir beide jemals zusammen glücklich sein?

Meine Gedanken sind ohne Unterlass bei ihr und ich wünsche mir so sehr, dass zwischen uns beiden ein Augenkontakt entsteht. Denn ich merke, der kleinste Augenkontakt zwischen ihr und mir lässt mein Herz höher schlagen. Ich bin im Gespräch mit meinen Kumpels, aber ich höre ihnen nicht zu und meine irrwitzigen Einwürfe hätten mit dem Gesprächsverlauf überhaupt nichts zu tun, finden sie. Sie beäugen mich mit zusammengekniffenen Augen und gerunzelter Stirn und schnauzen mich wortgewaltig an:

„Hey, sag mal, wo bist du denn? Träumst du vielleicht? Was ‘n los mit dir? Bist du noch ganz dicht im Kopf? Du warst doch früher ganz normal! Ist Dir nicht gut? Mannomann, mit dir ist wirklich nix mehr anzufangen!“

„Ist gut, alles klar, worum geht´s denn, hab´ ich was verpasst?“, schaue ich fragend in die Freundesrunde.

Alle Augen meiner Kumpels sind auf mich gerichtet und in ihren Pupillen sind Fragezeichen und Ausrufezeichen zu sehen: „Bist du vielleicht in die Bedienung verknallt? Kannst du vergessen, da hast du keine Chancen! Keiner von uns hier! Schlag dir das aus dem Kopf!“

Logbucheintrag

Schiffstyp: Einmastsegler

Besatzung: Skipper und Smutje in Personalunion

Lage an Bord: ausgeglichene, hoffnungsvolle Stimmung

Position: Atlantik
48° 7' 19,2" N, 2° 46' 8,4" W

Wir lassen die Küstengewässer Dänemarks achteraus und segeln entlang der norwegischen Küste hoch bis auf die Höhe von Stavanger und weiter bis in die Küstengebiete um Bergen. Ein wichtiger und erlebnisreicher Törn über einen langen Zeitraum von anderthalb Jahren ist geschafft. Mit leichten Blessuren am Material treten wir die Reise an in der Hoffnung, dass das arg zerschlissene Segel den zu erwartenden Winden standhält. Es treibt mich hinaus. Ich muss in See stechen, denn ich habe ein neues Ziel. Das liegt zwar in weiter, weiter Ferne an einer von heftigen Stürmen zerklüfteten Felsenküste und ist der westlichste Punkt Europas am „Ende der Welt". Ein vorgelagerter Leuchtturm am Pointe du Raz wird mir mit seinem Leuchtfeuer hoffentlich die Richtung weisen und mich in sicheres Fahrwasser geleiten. Ich kenne die Gewässer um die bretonische Halbinsel und ich weiß um die tückischen und gefährlichen Strömungen zwischen der Landspitze des Finistère und der vorgelagerten Ile de Sein. Während der Gezeitenwechsel gleicht die

See an dieser Stelle einem reißenden Fluss. Es gibt nichts, was ich machen könnte, um meine Schiff sicher durch dieses Nadelöhr zu manövrieren. Ich kann mein Gefährt lediglich dem Willen der schnell strömenden Flut von bis zu sechs Knoten Fließgeschwindigkeit auf Gedeih und Verderb überlassen und auf gut Glück hoffen. Viele Fischkutter haben die rasante Wasserfahrt mit einer Geschwindigkeit von mehr als zwölf Kilometern pro Stunde nicht überstanden und man kennt unzählige Schicksale von verschwundenen Schiffen und für immer verschollenen Seefahrern. Noch nie wurden zwischen den scharfkantigen Granitfelsen in der Nähe des sturmgepeitschten Leuchtturms Wrackteile der zerborstenen Schiffe oder die zerschlagenen Körper der Fischer angelandet. Die Kraft, die die Wassermassen zwischen dem Pointe du Raz und der weiter draußen liegenden Insel hindurchpresst, reißt alles mit sich, sie hinterlässt kein sichtbares Grab und die aufspritzende Gischt verweht in die der Strömung entgegengesetzten Richtung – wie flatternde Fahnen im Gegenwind. Nur die Funksprüche der in Seenot geratenen Wagemutigen belegen im Nachhinein ihre letzte Position, bevor sie für ewig verschwinden.

Dorthin will ich mit meinem kleinen, aber immer noch seetüchtigen Gefährt. Denn ich habe die Hoffnung auf ein Wiedersehen mit M. Ich weiß nicht, ob sie da sein wird. Ich muss die Fahrt wagen. Und dennoch habe ich das mulmige Gefühl, dass meine Hoffnungen enttäuscht werden könnten. Was dann?

Die See ist spiegelglatt und wir dümpeln ohne das geringste Anzeichen von Wind auf der Stelle. Der Peilung nach müssten wir uns etwas südlich von Helgoland befinden. Üblicherweise ist die Nordsee um Helgoland immer in Aufruhr. Aber schon seit den frühen Morgenstunden tut sich in puncto Fahrt nichts. Absolute Flaute! Nicht der kleinste Lufthauch bewegt das Segel. Die Trossen der Takelage hängen durch; sie haben nichts zu halten. Sogar die sonst immer im leisesten Windhauch surrende Achterstagtrosse ist verstummt. Die Zeit scheint stillzustehen – wie in Blei gegossen. Kein Windhauch, der die Top-Fahne bewegen könnte. Nicht einmal die leiseste Welle schlägt an den Bug meines Seglers. Ringsum Stille, Totenstille. Allein das Rauschen meines zirkulierenden Blutes in meinen Gehörgängen gaukelt mir leises Windsäuseln vor. Eine akustische Täuschung. Die See schläft und auch der Wind schlummert. Nur die Sonne brennt unvermindert aus wolkenlosem Himmel. Und meine Stimmung gleicht meinem erschlafften Segel. Müde und traurig, aber innerlich wütend, weil ich meinem so sehnsuchtsvoll erwünschten Ziel kein bisschen näherkomme. Mein Schiff treibt ohne Fahrt und ist manövrierunfähig.

Ich döse vor mich hin und warte. Die Luft ist milchig und duftet nach Jod. Über dem regungslosen Wasser der Nordsee liegt eine tiefe Ruhe – und diese absolute Flaute ist so ungewöhnlich, dass sie mir ein wenig Angst einflößt. Es ist wie in einem Haus, in dem alles in Ordnung ist, aber auch in einem Haus voller Ordnung gibt es immer etwas, das knarrt, ächzt oder knarzt.

Was war das? Urplötzlich lässt mich ein leises, aber gut hörbares Geräusch aus meiner Lethargie aufhorchen. Ich blinzle um mich und da entdecke ich die kleine Wiesenheuschrecke auf den Decksplanken zappeln. Wo, um alles in der Welt, kommst du denn her? Ich reibe meine salzverkrusteten Augen, und bevor ich richtig sehen kann, knallt das nächste Insekt in das schlaffe Segelleinen. Was ist das? – Ist das ein Zeichen? Aber schon wieder prallen einige Heuschrecken in das schlaffe Segeltuch. Und erneut befällt mich das dunkle Gefühl, ein Gemisch aus Freude und Besorgnis, dass mir jemand von weit her etwas zurufen, eine Botschaft senden will. Ist das eine Vorahnung oder nur Spürsinn? Nichts bewegt sich, es ist genauso still wie vorher. Und doch hat mir eine höhere Macht einen Hinweis, eine Warnung zugeweht. Ich vermute, was mich erwartet.

Weder die schlafenden Wellen der See noch der eingefrorene Wind geben mir die geringsten Anzeichen. Aber ein paar Insekten und einige Halme dürren Gestrüpps auf den Decksplanken haben mir etwas zugeraunt – und ich ahne Böses. Ich erhebe mich schwerfällig von der Tampenrolle und prüfe rings um mich den dunstigen Horizont. Und ich habe recht, ja, es wird bald losbrechen. Warum sonst prallen die Heuschrecken in mein Segel – zig Meilen von den spärlich bewachsenen Dünen der nordfriesischen Inseln und den Feldern im Landesinneren entfernt? Winzige Beweise, dass es weit im Norden einen Orkan gab, der über Land und See gewütet hat und seine Trümmerfracht bis hierher schleudert. Und ich wäre töricht, wenn ich das nicht wüsste: Ich weiß genau, jetzt holt der Himmel einige Minuten lang tief Luft und dann wird sein Atem abermals seufzend eine Botschaft von fernen Küsten zu mir herüberwehen. Und nach nochmals einigen Minuten völliger Stille wird sich mein Segel schlagartig mit einem lauten Knall aufblähen und mein Boot mit sich reißen. Wir werden zusammen in windgepeitschter See auf schaumigen Gischtkronen über das Meer eilen und Grausen befällt mich.

„Gott, willst du mich bestrafen, weil ich so schnell wie möglich ein Mädchen treffen will, in das ich alle meine Hoffnungen gesetzt habe? Sie ist mein Halt und mit ihr sehe ich eine Zukunft! Willst du verhindern, dass wir uns näher kennen lernen? Es gibt ja schon genug Widerstände gegen unsere Zweisamkeit! Hörst Du mich? Willst Du mir nicht beistehen?“

Brecher von gewaltigen Ausmaßen überfluten mein Boot, geben es für einen Augenblick wieder frei, um es erneut zu überrollen. Plötzliche Windböen fegen über das Deck meines Seglers und die aufschäumende See überspült das Bug-Schanzkleid. Jede neue Welle reißt einen Teil meiner Ausrüstung als Beute mit sich hinaus in die tosenden Fluten; mein Bootsdeck wird gegen meinen Willen aufgeräumt. Was nicht festgezurrt ist, geht über Bord und ist verloren. Um mich herum wird es finster; der Sturzregen aus den tiefhängenden Wolken gleicht einem undurchsichtigen Vorhang der rasend schnell auf uns zurollt.

Die paar Heuschrecken, die sich für nur einen Moment auf meinem Boot einfanden, sind nicht mehr zu sehen. Sie haben wohl den Sturmwind ausgenutzt, um ihre Reise über die aufgewühlte See fortzusetzen.

Der Orkan hat das Kommando übernommen und ich kann nur noch hoffen, dass mein Schiff nicht querab schlägt. Denn das wäre fatal für mein Boot und auch für mich mitten in dieser aufgepeitschten See.

Junge Familie

Ein kaum merklicher, aber doch spürbarer Gegendruck von M.s Hand in meiner bedeutet, dass soeben meine Hoffnungen erfüllt wurden. Ich habe gerade das Herz eines Mädchens erreicht, mit dem ich mir vorstellen kann, mein zukünftiges Leben zu verbringen. Die Qualen weichen nun einem Glücksgefühl, und als M. mich fragt, ob ich sie liebe, antworte ich: „Ja, so sehr, wie ich noch nie ein Mädchen zuvor geliebt habe." „Aber wie kann ich dir glauben, wie kann ich sicher sein, dass ich nicht eine von vielen bin?" M.s Fragen irritieren mich, denn ich möchte keine Floskeln plappern, die nach und nach ihre Bedeutung verlieren. Ich möchte auch keine Worte sagen, die zwar meine Verliebtheit ausdrücken, aber nicht heißen, dass ich meine Liebe damit beweisen könnte. Denn ich habe erfahren, dass man den Satz „Ich liebe dich" nur dann sagen darf, wenn man sich sicher ist, auch sagen zu können: „Ich erwähle dich. Ich erwähle dich für immer. Ich möchte mit dir von nun an mein Leben teilen. Ich möchte mit dir eine Familie gründen und in dieser Familie glücklich sein. Ich hoffe, dass auch Du mit mir eine Familie gründen möchtest."

M. und ich reden viel über das Verliebtsein und wahrhaftige Liebe und stellen sehr bald fest, dass Liebe nur beständig ist, wenn sie immer wieder erneuert wird. Geduld und die Bereitschaft, Kompromisse einzugehen, scheinen die Essenz des Zusammenlebens zu sein. Aber geduldig und kompromissbereit zu sein kollidiert mit den Erfordernissen in der Welt draußen vor der Wohnungstür. Oft werden die Geduldigen überrannt und die Kompromissbereiten beiseitegeschoben. Man sieht sie als Verlierer. Da gilt es, einen Spagat zu machen zwischen den

Erfordernissen in einem Familienleben und den Anforderungen im Berufsleben: zuhause ein zärtlich liebender Ehemann und Vater – geduldig, weich und doch etwas borstig –, aber im Berufsleben ein zielstrebiger, durchsetzungsfähiger Hardliner, unnachgiebig, fordernd und trotzdem immer freundlich.

M. und ich sind uns einig, was unsere Zukunft betrifft. Wir wollen zusammenbleiben und planen unsere Vermählung.

Und dann stirbt M.s Mutter. Sie leidet an einer heftigen Herzerkrankung und überlebt den letzten von drei hintereinander auftretenden Herzinfarkten nicht. M.s Vater ist schwer kriegsbeschädigt und bedarf unserer beider Unterstützung bei seinen täglichen Verrichtungen.

M. und ich werden ein Paar und ein Jahr später meldet sich Nachwuchs an. M.s Schwangerschaft geht mir sehr nahe, denn sie kommt nicht um die üblichen Begleiterscheinungen herum. Meistens geht es nach der ersten Tasse Kaffee am Morgen schon los. Sie muss sich – kaum, dass sie den ersten Schluck genommen hat – übergeben. Und ich leide mit ihr und fühle mich genauso elend und schwanger wie M.; der Kaffee will wieder raus und heftige Magenkrämpfe begleiten mein Erbrechen. Danach ist alles wieder gut und ich verabschiede mich zur Arbeit. So geht das einige Wochen lang. Es gibt Tage, an denen M. überhaupt keine Übelkeit verspürt oder sonstige Probleme mit ihrer Schwangerschaft hat, dann geht es ihr gut, und wenn sich unser noch ungeborenes Kind mit heftigen Bewegungen bemerkbar macht, ja, dann fühlen wir uns als kleine Familie.

Wir sind zu dritt! Unser erstes Kind – K. – ist auf die Welt gekommen und wir schreiben das Jahr 1974. M. unterbricht ihre berufliche Tätigkeit als Kinderpflegerin, um sich nun voll und ganz der Betreuung und Erziehung unserer Tochter zu widmen. Diese Entscheidung hat Auswirkungen auf unsere wirtschaftliche Lage – so wie in vielen jungen Familien – und das ist ein Motivator, dafür zu sorgen, dass das Familieneinkommen nicht nur steigt, sondern auch dauerhaft gesichert ist. Für mich ist klar, ich muss nachlegen. Um in eine höhere Gehaltsgruppe zu kommen, muss ich mehr Verantwortung an meinem Arbeitsplatz übernehmen. Die unabdingbaren Voraussetzungen dafür sind, mein Fachwissen über das Finanzwesen meines Betriebes voll und ganz zu durchschauen und das Wissen weiterzugeben. Also suche ich nach fachbezogenen Kursen und Fernkursen, aber auch nach Schulungen im Inland sowie im Ausland. Manche dieser Schulungen dauern mehrere Wochen und es kommt vor, dass ich vor Heimweh – so weit weg von zuhause und meiner jungen Familie – fast verrückt werde. Denn mehrmals schon, nach meiner Rückkehr aus Amerika, erkennt mich unsere Tochter K. nicht wieder. Sie wendet sich jammernd von mir ab, als ich sie auf meinen Arm nehmen und an mich drücken will. Und K. sucht flehend ihre Mutter. Das gibt M. und mir zu denken und schürt Zweifel in uns beiden, ob meine gelegnetlich längere Abwesenheit unserem Familienleben schaden könnte. Wir reden lange über diese für uns völlig neue Situation und beschließen, dass ich weiterhin die betrieblichen Reisen unternehme, aber öfters nach Hause telefoniere.

M. und ich schließen uns mit anderen jungen Familien zusammen und bilden Gesprächskreise, organisieren Familienfeste und engagieren uns in unserer Kirchengemeinde. Meinungen und Ansichten variieren zwischen den verschiedenen Paaren und es ergibt sich, dass sich unsere Wohnküche in einen beliebten Versammlungsort verwandelt. Manche der zahlreichen Zusammenkünfte sind endlos und ziehen sich bis in die frühen Morgenstunden hin. Und immer ist H. dabei. Er hat herausgefunden, dass sich sein Hobby mit meinem deckt, dem Fotografieren. Ich lege mir eine Spiegelreflexkamera zu, und H. erscheint am nächsten Tag mit der gleichen Kamera. Er verreist gerne und oft, dabei fotografiert er alles, was ihm ablichtungswert erscheint, und er findet viele Motive. Er produziert Hunderte von Dias. Er hat sein Hobby gefunden und er perfektioniert seine Lieblingsbeschäftigung. M. und ich freuen uns, dass H. unsere kleine Familie als engste Freunde gewählt hat und einen Großteil seiner Freizeit bei uns und mit uns verbringt. Er ist da, wenn er gebraucht wird – denn es gibt viel zu tun, am Haus, im Haus oder bei der Brennholzbereitung – und er merkt, wenn es an der Zeit ist, sich zu verabschieden – bis auf den nächsten Tag.

Wir schreiben das Jahr 1976 und mein beruflicher Aufstieg bahnt sich an. Ich lerne meistens bis spät in die Nacht hinein. Neue Methoden und die Anfänge elektronischer Datenspeicherung haben die alten mechanischen Buchungsmaschinen abgelöst. Lochkarten halten Einzug in die Büros und nun sind völlig neue Tätigkeiten und mit den neuen Aufgaben auch neues Wissen notwendig. Für die einen eine äußerst lästige Veränderung der Routinehandlungen, für die anderen und auch für mich eine sehr interessante, weil neue Herausforderung. Und mit den neuen Aufgaben werden auch mein Ehrgeiz geweckt und neue Tatkraft initiiert. In meinem Arbeitsumfeld geschieht alles in englischer Sprache und mein fachlicher Wortschatz erweitert sich unaufhörlich. Ich bin auf der Erfolgsspur und das bestätigt meinen Einsatz und beruhigt M. in puncto wirtschaftlicher Sicherheit.

M. trägt ein Kind unter ihrem Herzen – unser zweites Wunschkind. Und es wird ein Junge sein, das haben uns die Ärzte bei der Vorsorgeuntersuchung schon verraten. Unsere Freude ist grenzenlos und wir beide kämpfen mit den üblichen Unannehmlichkeiten wie bei M.s erster Schwangerschaft. Und dann kommt der Tag einer weiteren Vorsorgeuntersuchung. M. strauchelt auf dem Weg in die Arztpraxis und ich kann sie gerade noch auffangen. Aber dann stammelt sie mit dem tiefsten Seufzer, den ich jemals von einem Menschen vernommen habe: „K., ich glaube, dass ich soeben unser Kind verloren habe und…“ Aber da sackt sie vollends zusammen und ich kann sie nur mit großer Mühe in die nahe Apotheke schleppen. Die Beschäftigten in den Apothekenräumen kümmern sich sofort um M. und sie tun das mit größter Freundlichkeit. Ein Krankenwagen wird gerufen, der M. in das Städtische Klinikum fährt. Ich bin völlig verwirrt und sehr nervös und äußerst angespannt. „Was wird jetzt mit M. geschehen? Bedeutet das, was soeben passiert ist, dass wir unser Kind verloren haben? Und wenn das so ist, wie sagen wir K., dass ihr kleines Brüderchen nicht in unsere Familie kommen wird?“ Fast blind von wässrigen Augen beeile ich mich, M. im Krankenhaus anzutreffen. An dem Anmeldeschalter des Klinikums weiß man nichts von einer Kranken-Einlieferung. Ich verliere fast die Neven:

„Aber meine Frau ist doch soeben hier eingeliefert worden! Wieso weiß man nicht, wo meine Frau jetzt ist? Ist sie vielleicht in der Notfallambulanz? Oder ist sie vielleicht in der gynäkologischen Abteilung? Irgendwo muss sie doch sein!“

„Beruhigen Sie sich und machen Sie kein Theater hier, Sie sind in einem Krankenhaus. Es wird sich schon alles regeln.“

Diese Antwort macht mich rasend, aber auch stumm. Der Warteraum vor der Notfallambulanz ist ein öder Ort mit leeren Stuhlreihen an den Wänden und längst vergriffenen Zeitschriften. Und endlich, nach einer Ewigkeit von einer halben Stunde, kommt eine Ärztin aus dem Behandlungsraum. Sie trägt ihre

Brille auf der Nasenspitze und schaut mich über ihren Brillenrand mit gerunzelter Stirn an. Und ich ahne, dass dieser Gesichtsausdruck nichts Gutes bedeutet.

„Tja, also, Sie sind Herr Lehnen, ja?“ Ich nicke. „Tja, also..., Ihre Frau hat ihr Kind verloren. Ihr Kind ist tot und sie wissen, dass es ein Junge war?“

Und ich nicke abermals – wortlos – denn in diesem Moment habe ich keine Worte. In meinem Kopf drehen sich Windräder und ich verliere fast den Verstand. Bilder ziehen wie eine Fata Morgana durch meinen Kopf: „Wie haben wir uns gemeinsam auf unser Kind gefreut. Und M. wollte unbedingt, dass unser zweites Kind ein Junge wird. Und er sollte Michael heißen. Ach, es sollte nicht sein. Aber warum nur?“

Alles ist gut. Unsere kleine Familie ist wohlauf. Wir haben viele junge Paare kennen gelernt, die uns in ihren Freundeskreis aufgenommen haben, und wir verbringen sehr viel unserer freien Zeit gemeinsam mit ihnen. Wir haben Gesprächspartner und können unsere – oft sehr unterschiedlichen – Meinungen miteinander austauschen. Das gibt uns ein Gefühl, dass wir nicht alleine sind, und unsere Probleme gleichen denen der Freunde. Wir gestalten gemeinsame Unternehmungen und feiern zusammen. Das tut uns allen gut.

Und Gott, wir danken dir, dass du uns teilhaben lässt an gesellschaftlichen Interessengruppen und kirchlichen Veranstaltungen, und wir fühlen uns wohl im Kreise unserer Freunde. Aber es gibt für M. und mich auch Gründe, die uns an deiner Güte zweifeln lassen. Wir reden im Freundeskreis über unsere Enttäuschung und über dich, denn ich hadere mit dir.

„Denn du hast unseren ungeborenen Jungen ganz plötzlich zu dir geholt! Und du hast uns nicht einmal auf deine Tat vorbereitet. Unter uns Menschen würde ich deine Tat als Untat und Frevel verabscheuen und verurteilen. Wie sollen wir weiter an deine Liebe glauben und an dem Glauben festhalten, dass du ein gnädiger und barmherziger Gott bist? Warum hast du uns unser ungeborenes Kind weggenommen? Reichen dir deine Engel denn nicht? Warum erlegst du uns diese Prüfung auf? Unser Leben ist doch eh kein Zuckerschlecken und leicht haben M. und ich es uns bis jetzt auch nicht gemacht. Du gehst sehr streng mit uns um. Du gabst M. Eltern, die schon sehr früh erkrankten, und du hast M.s Mutter im frühen Alter von neunundfünfzig Jahren zu dir geholt. Du hast ihren Vater, als er im Krieg war, nicht beschützen können. Du hast erlaubt, dass er verwundet wurde, und ihn für den Rest seines noch jungen Lebens in den Rollstuhl verbannt. Warum? Du hast es bis heute nicht vermocht, dass meine eigenen Eltern einen liebevollen und verständnisvollen Umgang mit meiner Frau M. pflegen. Na gut, mit einigen wenigen Ausnahmen vielleicht! Und Gott, weißt du, wie schwer diese Bürde auf M. und mir lastet? Nein, du weißt es nicht! Wie sonst kannst du jetzt noch zulassen, dass unser zweites Kind nicht leben darf? Du bist angeblich ein liebender Gott. So steht es in der Heiligen Schrift. Aber hast du nicht auch Hiob bis auf sein Blut gequält, ihm alles genommen und dann noch verlangt, dass er dankbar zu dir aufblickt? Gott, ich sage dir, das, was du geschehen lässt, ist grausam und lässt mich an deiner Gnade zweifeln. Meiner kleinen Familie ist auf die eine Wange geschlagen worden und nun sollen wir die andere auch noch hinhalten; so will es dein Sohn Jesus Christus. So sagt er es im Neuen Testament. Und M. und ich wissen, dass wir gegen deinen Willen nichts unternehmen können. Täglich geschehen schreckliche Unglücke. Väter und Mütter werden ihren kleinen Kindern entrissen. Menschen erkranken und leiden an fürchterlichem Siechtum – und du verlangst, dass ein

Gedemütigter auch die andere Wange hinhält. Und wärst du nicht Gott der Allmächtige, würde ich dich ernsthaft fragen, ob du noch ganz bei Sinnen bist, und mich von dir wenden. Aber du bist mein Gott und ich weiß, dass mein Begehren hochmütig ist, und ich weiß auch, dass wir, meine kleine Familie und ich, demütig erdulden müssen, was du für uns bereitet hast. Gott, du sollst wissen, dass ich in meiner übergroßen Verzweiflung und den vielen Fragen ohne Antworten eine für mich plausible Erklärung suche."

Ich suche nach erklärenden Aussagen in den Schriften von Qumran. Die Schriftrollen, die lange versteckt in den Felsenruinen nahe dem Nordwestufer des Toten Meeres lagen, beschreiben das Wirken Jesu zu seiner Zeit. Nur wenige Passagen aus den umfangreichen Zeitzeugnissen des frühen Christentums werden der Öffentlichkeit zugänglich gemacht und nur eine kleine Gruppe von Angehörigen des Vatikans hat Zugang zu den Relikten. Der Vatikan besitzt die Hoheit über diese Schriften und die Bibel müsste vielleicht neu geschrieben werden, würde das gesamte Werk einer breiten Öffentlichkeit zugänglich gemacht werden.

„Das Wissen darüber, dass es diese Schriften gibt, und die Tatsache, dass das gesamte Werk unter der Obhut des Heiligen Vaters und somit in den geheimen Tresoren das Vatikans der Öffentlichkeit vorenthalten wird, gibt mir zu denken und verhindert, dass meine Zweifel über deine göttliche Gerechtigkeit und die Unfehlbarkeit deines obersten Dieners, des Papstes, in bedingungslosen Glauben umzuwandeln sind."

Erst viele Jahre später wird ein großer Teil der bis dahin geheim gehaltenen Schriften veröffentlicht werden.

Die Trauer um unser verlorenes Kind ist unendlich und dennoch bleibt die Welt nicht stehen. Alles nimmt seinen gewohnten Lauf. Unser ach so großer Verlust hat die Welt nicht zum Innehalten gebracht. Niemand hat es bemerkt außer einigen Ärzten und den freundlichen Apothekenhelferinnen. Sie machten wenig Worte, denn sie wussten, wie sich das Sterben unseres ungeborenen Kindes auf uns auswirkte. Und ihre liebevollen Gesten und ihre verständnisvollen, aber hilflosen Blicke gaben uns Trost und die Hoffnung, dass es Gottes Wille war, unser ungeborenes Kind zu sich zu nehmen. M. darf bald das Krankenhaus verlassen. Und K. will wissen, warum ihre Mutter einige Tage im Krankenhaus verbringen musste. Sie versteht natürlich nicht, dass das erwartete Brüderchen für immer wegbleiben und sie deshalb ohne Geschwister sein wird. Die Plüschtiere, welche sie für ihr kleines Brüderchen schon in die vorbereitete Babywiege gelegt hat, landen wieder auf dem Regal in ihrem Kinderzimmer und da bleiben sie auch. Lange sitzen sie dort unbenutzt.

Meine Arbeit bestimmt unseren Tagesrhythmus und M. muss sich viel um ihren Vater kümmern. Er benötigt oft Hilfe bei seinen täglichen Verrichtungen und immer wieder muss auch ich einspringen. Meistens zu nächtlicher Zeit, wenn er Unterstützung braucht. Aber ich spüre, dass es ihm sehr peinlich ist, meine Hilfe in Anspruch zu nehmen oder gar einzufordern. Und immer dann, wenn M. das Bedürfnis hat, sich auszusprechen oder auch auszuweinen, dann kann sie ihren Bruder, der in München studiert, anrufen und sich ihm anvertrauen. Das tut M. gut und zwischen M. und ihrem Bruder L. entsteht eine Vertrauensbasis ohnegleichen.

Ich habe wieder einmal eine Fortbildung auf dem Plan, diesmal in der Mc-Craw-Kaserne in München. Das Thema ist Finanzplanung und Budgetierung. Der Stoff ist leicht für mich, denn ich habe diverse Schulungen dieser Art schon als Fernkurse absolviert. Also sehe ich keine Notwendigkeit, am Abend den Stoff zu büffeln, um am nächsten Morgen die Tests zu bestehen. Die Prüfungsfragen sind ein Kindespiel für mich und der Zwei-Wochen-Kurs erscheint mir wie Urlaub in München. Und genauso verbringe ich auch meine Zeit in dieser Stadt. Ich darf in der Wohnung meines Schwagers L. übernachten und jeden Abend, wenn er seine Anwaltskanzlei verlassen hat, treffen wir uns im Englischen Garten am Chinesischen Turm zur Brotzeit. Eigentlich ist es gar keine Brotzeit; es ist vielmehr eine Maß-Zeit. Denn das Paulaner fließt ohne Unterlass und der Nachhauseweg ist auch nicht immer einfach. Und trotzdem finden wir stets wie blind den Weg aus dem Englischen Garten, quer durch Schwabing, ein Stück die stark bevölkerte Leopoldstraße entlang, um endlich in L.s Wohnung einzutreffen. Denn es ist Fußball-Weltmeisterschaft-Zeit und wir wollen unbedingt die Spiele sehen. Aber das Paulaner war gut und etwas zu viel – die Fußballer spielen um die Meisterschaft und anstatt unseres Applauses hört man höchstens unser Schnarchen vor der Glotze. Zwischendurch wacht der eine oder der andere von uns zweien auf, fragt verschlafen nach den Ergebnissen und bekommt die Antwort: „Keine Ahnung! Hast du nicht geschaut? Ich denke, du interessierst dich für das Spiel!“ Und schon fallen uns die Augen wieder zu. Dieses Ritual vollzieht sich jeden Abend genau so und sorgt für lustigen Gesprächsstoff in Freundesrunden.

Mir gefällt es gut in München und L. nimmt sich viel Zeit bei unseren Exkursionen durch die Stadt. Dass München auch eine unrühmliche Geschichte hat, ist mir bekannt und deshalb möchte ich mir die Örtlichkeiten, an denen sich Schreckliches während der Zeit des Nationalsozialismus zugetragen hat, ansehen. Und L. kennt alle Gebäude, alle Plätze und Aufmarschalleen der Nazis. Er macht mich aufmerksam auf die kleinen Plaketten an den Häuserwänden, den Zeichen an den bewusst stehen gelassenen Ruinen der zerbombten oder gesprengten Paläste, in denen die Nazischergen ihr unheilvolles Wesen getrieben, Pläne geschmiedet und menschenverachtende Befehle beschlossen haben. Er zeigt mir auch die Museen, Galerien und sonstigen Stätten der Kultur des Altertums und der Neuzeit. Ohne L. würde ich sicher vieles nicht zu Gesicht bekommen. Nun ja, das „Deutsche Museum" ganz sicherlich, denn das ist jedem bekannt und die „Alte Pinakothek oder die „Neue Pinakothek" bestimmt auch, aber ansonsten?

Ich liebe die Wanderungen kreuz und quer durch München und vor allem durch die Altstadt und L. wird nicht müde, mir all die Sehenswürdigkeiten zu zeigen. Auch in den folgenden Jahren, wenn wir mit der gesamten Familie den *„Münchnern"* einen Besuch abstatten, führt uns L. durch die Stadt. Und immer wieder sind die Spaziergänge interessant und lehrreich.

Ich liebe diese Stadt und fühle mich wohl in der Gesellschaft von L., seiner Frau C. und deren Tochter L. Und ich schätze die Bekanntschaft mit L.s Freunden und Kollegen. Es sind alle höchst liebenswerte Menschen und sie lassen uns ihre geistige Überlegenheit nicht spüren. Und doch ist das Terrain, auf das wir, M. und ich, uns wagen, nicht ungefährlich. L.s Freunde sowie Kollegen und Mitinhaber seiner Anwaltskanzlei sind hochgebildet, haben akademische Titel, nennen sich „Doktor" und „Professor", sind Soziologen oder Erfinder und Firmeninhaber – für uns ein soziales und kulturelles Minenfeld. Aber sie sind sehr tolerant, übersehen großzügig unsere Defizite und interessieren sich sehr für unsere Herkunft, für unseren Lebenslauf, unsere Arbeit und vor allem für unser alltägliches Zusammenleben in der Familie. Ich ahne, dass einige von L.s Freunden unsere „Einfachheit" und gelebte „Offenheit" zu schätzen wissen. Und ich glaube auch, dass wohlgemeinte Kommentare über M.s und meine Persönlichkeit durchaus ehrlich gemeint sind.

Die Zeit schreitet voran, beruflich läuft alles gut und wir wünschen uns immer noch ein zweites Kind. K. hat mittlerweile verstanden, dass sie kein Brüderchen haben wird. Da kommt auch bald M. von einem Arztbesuch nach Hause mit der Botschaft, dass ein Kind unterwegs ist. Unsere Freude ist übergroß, denn zum einen wollen wir den Altersunterschied zwischen K. und unserem zweiten Kind so klein wie möglich halten, und zum zweiten wollen wir unbedingt, dass sie ein Geschwisterchen hat. M.s Schwangerschaft verläuft gut – die ersten drei Monate.

So ungefähr in der Mitte des vierten Monats fällt das kleine ungeborene Menschenkind – es ist ein Mädchen – eine folgenreiche Entscheidung: „Ich will hier raus! Ich fühle mich schon fast fertig und will endlich das Licht dieser Welt erblicken! Ich will sehen, was da draußen los ist. Ich höre verschwommen, was ihr in meinem Beisein sagt. Ich spüre und registriere jede deiner Bewegungen. Alles ist gedämpft um mich herum. Als wäre ich in einer Taucherglocke viele Meter unter Wasser, so vernehme ich alles, was ich höre. Wenn du gehst, schwinge ich mit, so als würdest du mich in deinen Händen wiegen. Es ist schön hier drinnen in deinem Leib. Aber ich habe keine Zeit zu verlieren, denn ich bin viel zu neugierig auf eure Welt. Und ich will endlich teilhaben an eurem Leben. Ich ahne, dass ich eine Schwester habe, und vielleicht teilt sie ja ihre Spielsachen mit mir... Ich werde mich jetzt auf den Weg machen und schauen, wie ich am schnellsten meinen Kokon verlassen kann."

Bei M. setzen die Wehen ein. Viel zu früh – im vierten Monat ihrer Schwangerschaft. Wir sind nicht nur völlig überrascht von dem „Aufbruch“ in das Leben, sondern auch mehr als irritiert von der Ungeduld unserer ungeborenen Kleinen. M. muss sofort ins Klinikum. Dort beeilt man sich, einen gynäkologischen Eingriff zu machen, um das Vorwärtsstreben unseres ungeborenen Kindes zu unterbinden. Der Eingriff ist nicht ungefährlich und bedroht das Leben von M. Sie übersteht den Eingriff einigermaßen gut, muss aber ab sofort höchste Vorsicht bei all ihren Verrichtungen walten lassen. Sie darf sich nicht viel und ganz und gar nicht heftig bewegen. Sie muss sich schonen, um weitere Wehen zu verhindern und einer viel zu frühen Niederkunft vorzubeugen. K. bekommt sehr viel mit von den Problemen um M.s Schwangerschaft. Und sie bringt sich ein in die täglichen Hausarbeiten. Sie hat verstanden, dass ihre Mutter plötzlich nicht mehr jederzeit abrufbar ist. Und da sehe ich, wie K. einen Küchenstuhl an die Spüle schiebt und Wasser in das Spülbecken einlaufen lässt. Sie spült das Frühstücksgeschirr. Niemand hat sie aufgefordert, und als ich sie frage, warum sie das tut, schaut sie mich mit den größten Kinderaugen, die ich je gesehen habe, an und ich bemerke, wie winzige Tränen aus ihren geröteten Augen perlen und an ihren glühenden Wangen abtropfen. Mir zerreißt es fast das Herz in diesem Moment und ich gehe auf leisen Sohlen an M.s Bett, um ihr die gerade erlebte Situation zu schildern. Ich rufe K. zu uns und wir nehmen sie in unsere Mitte und umarmen uns innig. Und so sitzen wir, halb liegend auf M.s Bettrand und verharren lange in dieser Stellung. Und zu K. sagt M.: „Ach, mein Kleines, was bist du schon für ein großes Mädchen! Du kannst der Mama schon so viel helfen, du bist so ein gutes Kind!“

Unser kleines Ungeborenes drängelt weiter und wird immer ungeduldiger. Eines Nachts ist seine Ungeduld zu Ende, Wehen melden sich mit aller Macht und wir fahren mit Dauerhupen, um ja die Straße vor uns freizuhalten, in das Klinikum. Dort erwartet man uns schon, denn E. hat unsere Ankunft schon per

Telefon angemeldet. M. wird mit einem Rollstuhl an der Klinikpforte abgeholt und sogleich in den vorbereiteten Kreißsaal gefahren. Dann beginnt das Warten. Ich fühle mich wie ein Tiger im Käfig, möchte wissen, wie es M. und dem Kind geht. Aber es kommt niemand. Die Tür zum Kreißsaal ist verschlossen und von außen nicht zu öffnen. Aus Sicherheitsgründen. Was kümmert mich das, ich will endlich wissen, was los ist, und hämmere mit meinen Fäusten gegen die verriegelte Tür. Diese öffnet sich einen Spalt breit und eine strenge Stimme ruft mich zur Ordnung: „Lassen Sie das, wir tun, was wir können!"

Gedanken jagen durch meinen Kopf, was wohl gerade in dem Kreißsaal vor sich geht, und die Angst, dass etwas schiefgehen könnte, macht mich schier besinnungslos. Da wird plötzlich die Tür des Kreißsaals aufgerissen und eine Krankenschwester kommt herausgerannt, den langen, kalten Flur entlang. Sie trägt etwas in ihren zu einer Schale geformten Händen. Und das Etwas ist in Aluminiumfolie eingewickelt. Es ist unser soeben geborenes Kind. Ein Winzling von gerade einmal eintausend Gramm Gewicht und viel zu früh gekommen. Die rennende Krankenschwester mit ihren schützenden Händen bringt unser Kind in das Zimmer mit den Inkubatoren und Wärmebettchen. Die Inkubatoren sind fest installiert und mit allerlei Kabeln und Versorgungsschläuchen verbunden und daher nicht mobil. Allein der Weg vom Kreißsaal in das Inkubatoren-Zimmer ist schon eine Gefahr für das Leben eines Frühgeborenen Kindes. Es könnte an Unterkühlung sterben, wenn man nicht dafür sorgt, dass das Kind warmgehalten wird. „Gehen Sie jetzt nach Hause, wir tun alles, um Ihr Kind am Leben zu erhalten. Versprechen können wir Ihnen nichts, aber es gibt immer eine Chance, dass ein im siebten Monat geborenes Kind auch überlebt. Ihrer Frau geht es den Umständen entsprechend gut. Sie können sie und Ihr neugeborenes Kind in den Morgenstunden besuchen", beruhigen mich die Ärzte.

M. liegt entspannt in ihrem Krankenbett, als ich sie nach ein paar Stunden noch ziemlich verzagt und völlig durcheinander besuche. Leise trete ich an ihr Bett heran und ich kann sehen, dass sie noch schlummert. Und vielleicht träumt sie gerade einen schönen Traum, denn ihr Gesicht ist entspannt und ich glaube sogar zu erkennen, dass ein leichtes Lächeln die Sorgenfalten auf ihrer Stirn geglättet hat. Sie bemerkt mein Dasein, wie sie immer schon meine Anwesenheit bemerkt hat, wenn ich frühmorgens an ihr Bett geschlichen bin, um nachzusehen, ob sie schon wach ist und einen Kaffee möchte. Sie schaut mich an und ich sehe, dass sie noch ziemlich schwach ist. Die Geburt unseres voreiligen Kindes sei sogar für die Hebamme eine ziemliche Herausforderung gewesen, hat man ihr gesagt. Das Kind kam so schnell, dass das Kreißsaal-Team nicht einmal Zeit hatte, die Geburt, wie allgemein üblich, einzuleiten. Das hat unser Kind von ganz alleine bewerkstelligt und sich einfach auf den Weg nach draußen gemacht. M. durfte unser Kleines – für eine kurze Weile nur – in ihr Bett nehmen und es sich auf ihren Bauch legen lassen. Das wollte die Stationsschwester unbedingt selbst in die Hand nehmen, denn ein so kleines Wesen ist so zerbrechlich. Und dann sind da ja auch die Versorgungsschläuche. Da ist selbst die zarteste Berührung schon mit Risiken verbunden. Und ein Kind mit einem Gewicht von knapp eintausend Gramm ist nur eine Handvoll Mensch und sehr verletzlich! Aber trotz seines geringen Gewichtes ist unser Kind sehr vital; es sucht sofort den Hautkontakt, wenn M. ihre Hand durch die Versorgungsöffnung des Inkubators streckt, um es zu berühren. Unser Kind will leben und alle Schwestern der Geburtsstation sagen, dass es einen sehr starken Willen hat, und das sei ein gutes Zeichen! Und deshalb geben wir unserem Mädchen den Namen, der ausdrückt, dass sie eine starke Persönlichkeit ist. Wir nennen sie C. – die Starke –, und es dauert nur wenige Tage, bis sie den Brutkasten verlassen darf und in einem „Wärmebettchen“ ihre Zeit bis zum Einzug in ihr Elternhaus überbrückt. Die Kunde über die plötzliche Ankunft C.s ist für die gesamte Verwandtschaft eine große Überraschung, und unsere Nachbarn und Freunde sind sehr besorgt darüber, ob das Kind denn auch gesund sei.

C. darf endlich zu uns nach Hause kommen und K. teilt ihr Kinderzimmer mit ihr. Und fortan bestimmt C. M.s Tagesablauf und meine Nächte. Natürlich benötigt C. wegen ihres sehr geringen Geburtsgewichtes viel mehr Zuwendung als ein Baby, das schon bei der Geburt mindestens drei oder gar vier Kilogramm gewogen hat. M. muss ihr sehr oft das Fläschchen reichen, denn es sind höchstens fünfzig Milliliter, die C. als Mahlzeit zu sich nehmen kann; und das immer in kurzen Zeitabständen. M., K. und ich fahren unsere kleine C. bei jeder sich bietenden Gelegenheit aus und K. will dabei unbedingt den Kinderwagen schieben. Es hat sich in unserer Straße herumgesprochen, dass unser Kind als Frühgeburt auf die Welt gekommen ist. Und C. verschwand fast in meinen Händen, so winzig war sie bei ihrer Geburt. „Darf ich euer Kind sehen, darf ich mal in den Kinderwagen schauen? Euer Kind soll ja so niedlich sein!“ Und dann: „Ach, wie süß, und ach Gott, ...die kleinen Strampler!“ „Ja“, sagt M. dann, „wir haben nicht einmal Babykleidung für unsere C. bekommen, was sie anhat, sind die Strampler von K.s Puppe.“

Logbucheintrag

Schiffstyp: Einmastsegler

Besatzung: Skipper und Smutje in Personalunion

Lage an Bord: Angespannt, aber nicht hoffnungslos

Position: Ringsum Wasserwüste, 67° 46′ N 23° 8′ W

Wir haben die Gewässer südlich von Island passiert und segeln mit starkem Wind aus achtern in Richtung Straße von Dänemark östlich der vereisten Südküste von Grönland. Der kalte Ostgrönlandstrom fließt durch die Meerenge nach Süden in den Atlantik und verbindet ihn mit dem Nordpolarmeer. Auf dem Grund der Dänemarkstraße in 4000 Metern Tiefe liegt die Grönland-Island-Schwelle, welche die Tiefseebecken der Irmingersee und der Grönlandsee voneinander trennt. Und mein Segler verhält sich sehr ungewöhnlich. Denn hier, direkt unter uns, befindet sich der „größte Wasserfall der Erde“, wo in jeder Sekunde etwa 3.000.000 Kubikmeter kaltes salzreiches Wasser aus einer Tiefe von 600 auf 4000 Metern hinunterstürzen. Hier gilt es wachsam zu sein. Denn auf dem tiefschwarzen Grund dieser eisigen Wasserwüste warten einige stählerne Särge auf gruselige Gesellschaft. Und einer der größten Giganten, der seit dem 24. Mai 1941 auf dem Meeresgrund ruht, ist der britische Schlachtkreuzer HMS *Hood.* In einer gemeinsamen Aktion zusammen mit dem Schlachtschiff HMS *Prince of*

Wales beabsichtigte die britische Admiralität das deutsche Schlachtschiff *Bismarck* und den Schweren Kreuzer *Prinz Eugen* auf ihren Fahrten in den Nordatlantik aufzuhalten. Im Zuge dieses Gefechts wurde die *Hood* vernichtet und sank. Die *Bismarck* wurde drei Tage später von einem anderen britischen Kriegsschiffverband ebenfalls versenkt.

Im Brausen der Sturmwinde meine ich die klagenden Rufe der Untergegangenen zu vernehmen. „Help, help!" Und der Funkmaat der Hood brachte sein Morsegerät zum Glühen:

– – – . . . – – – / – – – . . . – – – / – – – . . . – – – /..., S O S, save our souls! Save our souls..."

Nur sechs Minuten dauerte das Artillerieduell zwischen der „Bismarck" und der „Hood", dann traf die fünfte Salve die Munitionskammer des englischen Schiffes. Wie ihre Vorgänger in der Skagerrak-Schlacht hatte sich die Deckpanzerung als zu leicht erwiesen. Nach mehreren Explosionen versank der Schlachtkreuzer. Nur drei der 1418 Besatzungsmitglieder überlebten die Katastrophe. Die „Prince of Wales" konnte entkommen. Zwei Tage später traf es die „Bismarck": Nachdem ein Fliegertorpedo die Ruderanlage getroffen hatte, funkte ihr Admiral Günther Lütjens an Hitler: „Wir kämpfen bis zur letzten Granate. Es lebe der Führer." Dann erlag das für unsinkbar gehaltene Schlachtschiff der Übermacht. Nur 115 der 2221 Mann Besatzung überlebten.

Als wenn der Tiefenstrom nicht schon genügte, um meinem Boot den Garaus zu machen, bereitet mir die Sichtung großer eisiger Seemonster noch größere Sorgen. Ihr Anblick ist so gewaltig und so unendlich schön; hier zeigt sich die göttliche Schöpfung in ihrer ganzen Erhabenheit und Allmacht. Doch das

Grauen verbirgt sich in den bläulichen und smaragdenen Farben des treibenden Eises. Denn nur etwa ein Siebtel der gesamten Eismasse befindet sich sichtbar über Wasser. Unter der Wasserlinie aber lauert ein unberechenbares Ungeheuer, jederzeit bereit, mein Boot und alles, was sich darauf befindet, in das eisige Grab zu rammen.

Ich lenke mein kleines Segelschiff in Richtung SW, um den immer häufiger auftauchenden Eisbergen auszuweichen. Ihre Anzahl wird größer und die Abstände zwischen ihnen werden immer geringer. Zwischen den Eisgiganten schieben sich dicke Eisplatten gegen- und übereinander. Es ist das nach Süden driftende polare Treibeis, das jetzt dichter wird, und mein Schiff ist bei Gott kein Eisbrecher. Im Gegenteil, eine dieser Platten kann unversehens über die niedrige Reling schlagen und zu einem Schiffbrecher werden.

Die Küstenlinie von Neufundland und Labrador taucht schemenhaft aus dem nicht weichenden Nebel und ein eiskalter Wind aus Nord beschert mir schnelle Fahrt in Richtung Süden. Auf der Höhe von Nova Scotia verschwinden die nun kleiner gewordenen Eisberge unversehens und ich passiere die Grenze zwischen Kanada und Nordamerika. Nur noch Tage trennen mich von meinem Zielort. Diese Reise hat mir bis jetzt einige harte Aufgaben gestellt und mich oft an den Rand des Verzagens gebracht. Aber ich verspüre eine Kraft in mir, die mich vorantreibt. Ich weiß nicht, was diese Kraft ist und woher sie kommt. Aber ein innerer Drang lässt mich den nächsten Schritt wagen; dabei höre ich mich sagen: „Das ist zu viel, ich kann nicht mehr.“ Dann erinnere ich mich an einige grundlegende Gedanken über „können“ und „wollen“ und ich entscheide mich, ohne lange über die Risiken und Nachteile meines Unterfangens nachzudenken. Niemand hat mich zu dem gezwungen, was ich mir vorgenommen habe und was ich gerade im Begriff bin zu tun. Und mir wird klar, dass ich die für mich einzig richtige Entscheidung getroffen habe. Meine Antwort auf meine Zweifel heißt: „Ich will das so, genauso und nicht anders." Dann habe ich einen Punkt erreicht, an dem ich mich frei fühle. Frei von Selbstzweifeln, frei von Angst, frei von Schuld; ich fühle mich losgelöst.

Die Metamorphose

Ich habe eine weitere Phase meiner Entwicklung hinter mir. Denn ich merke, meine Stimme und meine Meinung werden gewichtiger und mein Gang ist bewusster auf meinen Wegen. Und ich meide die ausgetretenen Pfade, verfolge aber die Spuren derer, die ich zu schätzen gelernt habe und deren Andenken ich bei mir trage. Aber ich gehe meinen eigenen Weg. Das schwer und mühevoll Erlernte ist jetzt gefragt und ich sammle für viele Jahre die Früchte meiner Arbeit. Aber ich weiß, auszuruhen auf den Lorbeeren des Erfolges bedeutet Stillstand. Stillstand in meinem Bestreben nach Wissen und dem Verstehen von neuen Techniken bedeutet den Anschluss zu verlieren und beruflich abgehängt zu werden. Das kann und darf nicht mein Ziel sein. Fortbildungskurse ohne Unterbrechung müssen absolviert werden und immer mit dem Ziel: Erfolgreich abgeschlossen! Und jeder erfolgreich abgeschlossene Fortbildungskurs zieht den nächsten nach sich – auf einer höheren und schwierigeren Ebene. Diese Erfolge haben ihren Preis: lernen, wenn die Kinder im Bett sind und im Hause Ruhe eingekehrt ist. Dann ist es meistens schon spät nachts, aber das Lernpensum muss abgearbeitet werden. Mehr Wissen und mehr Erfahrung in der beruflichen Tätigkeit werden belohnt. Die Belohnung ist an ein System gebunden: Mehr Wissen und mehr Erfahrung sind die Voraussetzung dafür, mehr Verantwortung zu übernehmen, Verantwortung für die Qualität der zu leistenden Arbeit und die erarbeiteten Ergebnisse. Aber auch Verantwortung für die Menschen, die in ihrer Individualität weder vernachlässigt noch überfordert werden dürfen. Jeder einzelne Mensch muss in einer Gruppe von Individuen als einzigartig und keinesfalls als stereotyp gelten. Das heißt aber auch, dass althergebrachte Umgangspraktiken, so wie ich sie zu Zeiten meiner schulischen und beruflichen Ausbildung erlebt habe, nicht nur überholt, sondern auch voll und ganz unzulässig sind. Und die Personalratsgremien und die Gewerkschaften warten nur darauf, dass sie einen willkommenen Grund haben, ihre Macht zu demonstrieren, indem sie den Abteilungsleitern oder den Ressortchefs ein menschliches Fehlverhalten im betrieblichen Umfeld nachweisen können. Je eklatanter das Vergehen ist, umso größer ist die Genugtuung der streitbaren Wächter über das Arbeits- oder das Betriebsverfassungsrecht.

Meine glücklichen Tage an meinem Arbeitsplatz sind die Tage, an denen ich technische und theoretische Probleme bearbeiten und zu einem erfolgreichen Ergebnis führen kann. Als abscheulich empfinde ich die Tage, an denen es zwischen den Beschäftigten Streit gibt. Wenn sich ganze Gruppen von Mitarbeiterinnen und Mitarbeitern gemobbt fühlen und gleichzeitig diese Unart kollegialer Zwistigkeiten zu ihrer allgegenwärtigen Befindlichkeit machen und diese auch pflegen, dann benötige ich Trost in meiner Enttäuschung über meine Mitmenschen und empfinde tiefe Traurigkeit. Dann hört sich M. mein Klagen an und ich verzweifle ob der Albernheiten, die mir tagsüber entgegengebracht wurden, und sinniere über Menschen, die keine Rangordnung kennen und auf einen Mitarbeiter neidisch sind, weil dieser sie in etwas übertrifft, und sich so bemühen, ihn ihrer eigenen Mittelmäßigkeit anzupassen. Aber welche Freude und welches Wohlbehagen können sie aus dem Unfrieden schöpfen, den sie gestiftet haben?

Die Jahre gehen ins Land und das Land verändert sein Gesicht. Immer mehr der einst mit dem Einsatz von Zugtieren und schierer Muskelkraft der Menschen gerodeten und danach bepflanzten Felder liegen nun verlassen und sind dem Verderb preisgegeben. Es sind Brachen, die entweder als wüstenähnlich verwehte Schachen veröden oder wegen üppig wucherndem Gestrüpp unzugänglich werden. Verlorenes Land. Verlorenes Kulturland. Unrentabel seien sie, diese Flecken; sie werfen nicht mehr den erforderlichen Gewinn ab. Nur dort, wo sich der Einsatz von Maschinen lohnt, werden unermesslich große Flächen zum Anbau von Nahrungsmitteln mit schweren, PS-starken Traktoren – Geräteträgern sagt man jetzt – ausgestattet mit Pflug und Grubber und Egge, bearbeitet. Ackerflächen, auf denen nur noch Maispflanzen in Reih und Glied stehen, liegen wie grüne Teppiche über dem Land. Beipflanzen wie Melde, Quecke oder Disteln sind unerwünscht und werden chemisch vernichtet. Der Mais gedeiht prächtig auf „verbrannter Erde“, aber die Erde ist vergiftet. Das Gift verwandelt die Bäche und Flüsse in ätzende Laugen. Das Meeresgetier ist krank; Säuren zerfressen die Planken meines Schiffes.

Dann sehe ich mich als Jugendlichen, den Einscharpflug durch die Ackerfurchen führend. Über die eigenen Füße stolpernd, weil ein Bein immer in der frisch gepflügten Furche gehen muss, das andere aber auf der noch zu pflügenden Ackerfläche. Schritt für Schritt und Furche für Furche, bis das Feld sich frisch und jungfräulich zeigt – bereit zur Aufnahme von frischem Saatgut. Jedes einzelne Korn, Brotsamen, das auf fruchtbaren Boden fällt, erinnert sich seiner Werte und seiner Bestimmung. Eine neue Generation von Getreide entsprießt dem in jedem Korn eingeschlossenen Keim. Das Korn hat seine Aufgabe erfüllt. Das Kornfeld erscheint als leuchtende bunte Welt für Schmetterlinge, die in Mohnblüten taumeln, und fleißigen Hamstern, die noch schnell ihre Vorratslager auffüllen, bevor die Ernte beginnt. Und Rebhühner, die schreckhaft in großen Scharen aufflattern, und sich nach kurzer Strecke wieder niederlassen, um sogleich weiter die verlorenen Körner aufzupicken. Jetzt vermisse ich das schrille Rebhuhn-Gezeter. Dann frage ich mich, wem das Brot mitsamt einigen eingeschlossenen und mitgebackenen Mohn- oder Distelsamen geschadet hat.

Die Zeit geht ins Land und an den Produktionsstätten und in den Fabriken übernehmen Maschinen die harten und gefährlichen Arbeitsprozesse. Ein Segen für die Menschen. Aber die Maschinen verdrängen auch viele von ihnen von ihren Arbeitsplätzen. Die Arbeitslosigkeit steigt rasant und stetig an, dann ist ein sozialer Abstieg die unausweichliche Folge. Die Unzufriedenheit im Lande wächst. Existenzangst befällt die Herzen vieler Menschen, deren Arbeitsplatz wegrationalisiert worden ist, und ehemalige Freunde erstarren in unseligem Neid untereinander. Wo wird diese Reise hinführen? Denn das Rad der Geschichte dreht sich weiter. Dann sehe ich, wie Menschen in die Fabriken strömen, starres Eisenerz zu Brücken, Eisenbahnschienen und Kränen veredeln und die Wirtschaft vorantreiben. Der gewaltige industrielle Aufschwung bringt Wohlstand in das Land und unter viele Menschen. Und die Begehrlichkeiten nach einem „Mehr, Größer und Schöner“ wuchern ins Uferlose. Die Bauwirtschaft boomt, auch wegen des Wohnraumbedarfs der ausländischen Besatzungsmächte; so sprießen gewaltige Wohnpaläste – in den Dörfern noch mehr als in Städten – empor und versiegeln die Flächen. „Asbest“ ist der Baustoff der Zukunft, aber auch das Ende des gefahrlosen Hantierens mit Bau- und Dämmmaterialien. Man hätte der altgriechischen Bedeutung von Asbest doch etwas mehr Aufmerksamkeit schenken sollen: „Asbestos“ – „unvergängliches, faserförmiges Silikat-Mineral“; noch lange ein Krebsrisiko, denn man wird die einst eingeatmeten Partikel nicht mehr los und die winzigen Fasern zerstören unbarmherzig die Lunge des Todgeweihten. Lacke und Farben werden benötigt für den Erhalt der schönen Fassaden, auch für einen schönen Schutzanstrich meines Seglers. Die beigemischten Zusatzstoffe nagen an dem Rüstzeug und den Nägeln meines Schiffes. Die Segel bekommen Löcher und ich muss meine Flickhandschuhe und Marlspieker zum Segelflicken hernehmen. Was ich sehe, gibt mir Grund zum Nachdenken, und Zweifel am Sinn und Unsinn all dieser krankmachenden Stoffe und Materialien befallen mich.

Ich sehe als Kind, wie Kolonnen von Knappen, deren nackte, verschwitzte Oberkörper mit schwarzem Staub bedeckt und deren Lungen von kleinsten Kohlepartikeln verstopft sind, das heißbegehrte „Schwarze Gold" den Tiefen des Berges entreißen und dieses sodann von Kohlentrimmern in den Dampfkesseln großer Schiffe verheizt wird oder in den Hochöfen der saarländischen Eisenhütten das starre Erz zum Schmelzen gebracht wird. Aber ich sehe auch, wie Menschen – auch aus meinem Dorf – dem Berg am Füllort, im „Stoß", zum Opfer fallen und mit grässlichen Verstümmelungen oder gar tot aus dem Schacht getragen werden. Es waren „Schlagende Wetter", die Onkel Anton unter sich begraben und eines seiner Beine eingefordert haben. Und sein übrig gebliebener Beinstumpf zuckt auf und ab, wenn seine bei dem Unfall zerquetschten Zehen höllisch schmerzen. Und das, obwohl sein Unterschenkel und ein Stück seines Oberschenkels längst amputiert sind. Es ist der Phantomschmerz, der ihm so schwer zu schaffen macht. Am liebsten möchte er sich das abgesägte Bein ausreißen, damit die unsagbaren Schmerzen endlich aufhören. Danach schnallt er sich die hölzerne Prothese wieder mühsam an seinen Oberschenkelstumpf an, klopft dann, wie er es immer macht, bevor er seine Tabakspfeife erneut mit einer Prise frischen Landewycks stopft, seinen „Rußkolben" gegen den hölzernen Unterschenkel. Dieser klingt hohl und hat an der Stelle, die immer wieder von dem Pfeifenkopf beim Ausklopfen der verkohlten Tabakasche mit Resten von Tabakglut getroffen wird, ein kleines Loch mit einem versengten Rand. Das sieht aus wie eine kleine Brandwunde. Und als ich mit fragendem Blick darauf zeige, sagt er zu mir: „Das hat der Specht gemacht!“ Sein Gesichtsausdruck ist dabei besonders ernst und als kleiner Nachbarsjunge finde ich diese und ähnliche Geschichten von Onkel Anton sehr spannend. Meistens darf ich dann noch sein kaltes Holzbein, das von dem Manchesterstoff seines Hosenbeines schon ganz glattpoliert ist, kneifen und da schreit er auf, dass ich vor Schreck jedes Mal zusammenzucke. „War nur Spaß, hat nicht weh getan“, beruhigt er mich mit einem freundlichen Grinsen und schickt mich mit etwas Geld in den Dorfladen, um eine neue Tüte Landewyck Silber zu besorgen.

Als Kind habe ich nie verstanden, was der Begriff „Schlagende Wetter“ bedeutet. Später als Jugendlicher sehe ich die Verkrüppelten, die Arm- und Beinamputierten, und ich verstehe das Leid der Zerschlagenen und die Hilflosigkeit derer, die durch das Einatmen von giftigem Kohlengas eine Hirnschädigung erlitten haben.

Ikarus

Ein mehrwöchiger Kurs steht an. Das Ziel ist das Erlernen von neuem Prozedere. Es ist Anfang April im Jahre 1980 und es ist meine erste Flugreise nach Amerika, genauer gesagt, nach Indianapolis im Staate Indiana.

Diese Reise hält einige Überraschungen für mich bereit, deshalb möchte ich meine Erlebnisse mit Ihnen, liebe Leser, teilen:

Zwei gute Freunde aus der hiesigen Gruppe der Kolpingfamilie, N. und S., übernehmen meinen und M.s Transport zum Rhein-Main-Flughafen. Mein Flugticket ist bei der PAN AM Fluggesellschaft gebucht und gilt für den Flug von Frankfurt/Main nach Kennedy Airport, New York, USA. Alles läuft planmäßig ab. Beim Einchecken gibt es keinerlei Probleme; mein VISA-Eintrag in meinem Reisepass ist noch ganz frisch, mein Gepäck ist schwer, hat aber kein Übergewicht. Ich bekomme meine Boarding-Card und treffe mich wieder mit M., N. und S. in einem Bistro ganz in der Nähe des PAN AM Schalters. Die Zeit des Abschieds von M. und unseren gemeinsamen Freunden kommt immer näher und irgendwann muss ich mich in Richtung Flugsteig begeben. Das Handgepäck wird durch einen Scanner geschleust und alle Vorgänge des Eincheckens laufen völlig normal und unaufgeregt ab. Endlich bin auch ich an der Reihe und das Kontrollpersonal des Flughafens ist entspannt und freundlich. Am Flugsteig der PAN AM Airlines warten schon mehr als hundert Fluggäste und immer mehr treffen dort ein. Am Ende werden es mehr als dreihundert Passagiere sein, die mit diesem PAN AM Flieger mit dem Namen „Clipper Washington“ nach New York reisen möchten. Der Flugsteig gleicht einem

Schmelztiegel vieler Nationalitäten. Hier versammeln sich Europäer, Araber, Asiaten und vor allem Amerikaner. Und alle wollen mit diesem Flieger nach New York oder via New York in andere Staaten und Städte der USA reisen. Dann endlich schallt es aus dem Lautsprecher des Flugsteigs: „Dear passengers, very shortly we will start boarding the aircraft. Please be prepared and have your boarding-pass available."

Gleich darauf werden die Passagiere der Hecksitzreihen des Fliegers aufgerufen, um sich via Gangway in das Flugzeug zu begeben. Endlich bin auch ich an der Reihe. Mein Platz befindet sich auf der Höhe der rechten Tragfläche des Jumbos. Der Fensterplatz neben meinem Sitz ist schon besetzt. Eine junge dunkelhäutige Amerikanerin ist noch mit dem Verstauen ihrer zahlreichen Habseligkeiten beschäftigt. Ihr Baby liegt in einem Baby-Tragekorb; dieser steht auf meinem Sitz. Ich frage die junge Mama, ob sie es mir wohl erlaube, das Kind mitsamt dem Korb auf meinem Schoß abzustellen, denn ich muss mich auf meinen zugewiesenen Platz setzen, um niemanden beim Boardingprozedere zu behindern. Natürlich erlaubt sie es mir, ohne zu zögern, und so kann sie in Ruhe ihre Sachen in den Ablage-Bins über den Sitzreihen verstauen. Sogar als sie schon ihren Platz eingenommen hat, ist sie noch mit Umräumen ihrer Taschen, ihres Babykoffers und diverser Behältnisse für Babynahrung und -hygiene beschäftigt. Offensichtlich hat sie keinen Plan, denn sogar als unser Flieger endlich auf die Startbahn geschleppt wird, ist sie immer noch am Taschenwühlen.

Aus dem Lautsprecher ertönt das übliche „Ging-Gong" und der Flugkapitän wendet sich mit einer Information an die Fluggäste: „Dear passengers, thank you for flying with PAN AM today. Our flight will take approximately ten hours and thirtyfive minutes. Weather is fine across the atlantic and temperature in the city of NEW YORK is about seventy degrees fahrenheit.

Converted to Celsius, this is 21 degrees Celsius. It will be slightly windy but we expect no turbulences. Again thank you for chosing PAN AM airlines. Cabin crew, please get prepared for takeoff!"

Die vier Turbinen des Fliegers drehen auf Hochtouren und die noch gebändigte Wucht bringt den gesamten Flugkörper zum Zittern. Dann lösen die Piloten die Bremsen. Eine gewaltige Kraft schiebt das tonnenschwere Fluggerät nach vorne, die Fliehkräfte drücken meinen Körper in die Sitzschale und das Baby in seinem Tragekorb wiegt schwer auf meinem Brustkorb. Noch nie zuvor habe ich eine solche Schubkraft am eigenen Körper verspürt, die Unebenheiten der betonierten Rollbahn übertragen sich über die Räder auf den gesamten Rumpf des Fliegers. Alles um mich herum vibriert, das Baby in seinem Korb schlummert mit einem zufriedenen Gesichtsausdruck. Im Gegensatz zu mir und einigen anderen Fluggästen in meiner unmittelbaren Nähe verspürt es wohl überhaupt keine Anspannung. Ich merke, dass meine Atmung schneller wird und wie sich Schweißperlen auf meiner Stirn bilden. Und ich sage mir: „Halb so schlimm, das ist normal; ist ja auch das erste Mal, dass du in so einem Vogel sitzt. Viele vor dir haben das sicher auch so erlebt, aber alle sagen, dass es nichts Schöneres als Fliegen gibt. Ob das wirklich so ist?" Und die Boeing 747 nimmt Geschwindigkeit auf, wird immer schneller, und das Bugrad löst sich von der Rollbahn, die Maschine hebt ihre Nase und – da sehe ich auf der rechten Tragfläche unseres Fliegers einen Gegenstand, der mir wie der Verschlussdeckel eines Tanks erscheint. Das Ding bewegt sich in seinem Scharnier auf und ab und meine Augen bleiben an dem auf- und abwippenden Gegenstand haften. Und die Mama des mir anvertrauten Babys ist immer noch mit dem Verstauen ihrer Utensilien beschäftigt. Ich kann meine Augen nicht von dem deckelähnlichen Gegenstand auf der auf- und niederschwingenden Tragfläche lösen.

Und dann sehe ich, was niemand, der in einem startenden Flugzeug sitzt, sehen will: Es ist eine gelbliche Flüssigkeit, die da unter dem Deckel hervorschwappt: Kerosin, Flugbenzin! Und noch während sich meine Vermutung erhärtet, kann ich das Flugbenzin riechen. „Das ist nicht gut!", schießt es mir durch den Kopf, und gerade als ich meinen Nachbarn auf dem gegenüberliegenden Sitz auf die ungewöhnliche Situation aufmerksam machen will, hebt der Vogel immer steiler seine Nase in Richtung Himmel. Offensichtlich gerät dabei die Tankfüllung in den Tragflächen in Bewegung, denn ein Schwall öligen Kerosins fegt über die Außenseiten der Fensterscheiben neben meiner Sitzreihe und den etwas weiter hinten liegenden Sitzreihen. „What the hell is this?" Ein Mann mit groß aufgerissenen Augen starrt mich an und zeigt auf die öligen Fensterscheiben. „Aircraft fuel, Kerosin!", sage ich und spüre, dass soeben eine Denkblockade bei mir einsetzt. Ich weiß, irgendetwas wird in den nächsten Sekunden passieren, aber ich weiß nicht, was.

Der Flieger ist voll besetzt mit Passgieren und alle, ausnahmslos alle, mitsamt dem Flugpersonal und dem Kabinenpersonal, sind dem Können und den Fähigkeiten der Piloten und der Technik des Fluggerätes ausgesetzt. Es gibt nichts, überhaupt nichts, was man als Passagier in dieser Situation zur Katastrophenabwehr tun könnte. Außerdem halte ich immer noch das Baby auf meinen Beinen und die Mutter kramt weiter in ihren Taschen, unbeeindruckt von dem, was da draußen auf der Tragfläche unseres Fliegers geschieht. Sie kriegt nichts mit!

Plötzlich geht ein furchtbarer Ruck durch den Flugzeugrumpf. Das Doppelbugrad des Jumbos knallt heftig auf den Asphalt, der Aufschlag löst die Klappen der Sauerstoffmasken, die sich über jedem Sitz befinden, und die Ablage-Bins öffnen sich ganz von selbst bei dem harten Aufsetzen. Die Piloten nehmen eine

Vollbremsung vor und schalten die vier Triebwerke auf Umkehrschub, dadurch schüttelt sich das Flugzeug so, als wolle es allen Ballast abwerfen. Jetzt werden die Körper der Passagiere in Richtung Vordersitze gedrückt; Das Baby droht mir mitsamt dem Tragekorb zu entgleiten. Panik bricht unter den Passagieren aus und durch das Rütteln lösen sich die Gepäckstücke in den Ablage-Bins und machen sich selbstständig. Taschen, Kleidungsstücke, Aktenkoffer, sogar Schuhe schlittern die Zwischengänge entlang. Und dann ist die Stimme des Copiloten in dem allgemeinen Durcheinander und dem angsterfüllten Geschrei zu vernehmen: „Dear passengers, as you could propably recognize, we have a few problems with some of our brakes. The take-off process needs to be interrupted. As soon as the aircraft stops, we will activate the emergency exits for escaping. Please keep calm, there is no reason for panic, do not take any items with you and leave the aircraft over the escape chutes."

Das Flugzeug schlittert mit immenser Geschwindigkeit über die Startbahn, mit voll ausgefahrenen Landeklappen, offensichtlich um den Abbremsvorgang zu beschleunigen – denn man kann leicht erkennen, dass das Ende der Startbahn immer näherkommt. Ich sehe die Autos auf der Autobahn; zwischen dem Ende der Rollbahn und den Fahrstreifen der Autobahn liegen vielleicht noch zweihundert Meter und die Boeing rollt immer noch. Jetzt kommen Löschfahrzeuge der Flugplatzfeuerwehr längsseits und hüllen die gesamte Steuerbordseite des Fliegers in Lösch-Schaum. Ahnte ich es doch: Das hier ist kein Bremsenproblem. Jedenfalls sind defekte Bremsen nicht der Auslöser des Startabbruchs und schon gar nicht der wahre Grund, unseren Flieger in Schaum einzuhüllen. Jemand aus dem Tower muss das Dilemma beobachtet haben, denn es ist ein normaler Vorgang, dass Fluglotsen jeden startenden Flieger im Visier ihres Fernglases haben, solange bis er abgehoben hat und seine Räder in den Fahrwerkschächten verschwunden sind.

Endlich steht unsere Boeing still. Von draußen erreicht uns ein fürchterliches Geheul von Sirenen, Fanfaren und blauen Blitzlichtern. Mit einem lauten Knall sprengen die Luken auf der Backbordseite aus ihren Scharnieren und lange, luftgefüllte Rutschen schießen nach unten auf den Asphalt. Und alle wollen raus aus dem Flieger. Die Ordnung ist völlig aufgehoben, Angst verdrängt Anstand und es gilt, möglichst schnell den rettenden Ausgang zu erreichen. Die Wege zu einem der Ausgänge erscheinen meilenweit und die Zeit scheint stehen zu bleiben. Wird das Ding explodieren? Werden wir in einem Flammeninferno verbrennen? Mein Gott, was mach´ ich mit dem Baby, das ich immer noch vor meinem Brustkorb halte? Wo ist die Mutter des Kindes? Alle drängen an die Ausgänge; das Kabinenpersonal versucht mit strengen Anweisungen Ordnung in das Chaos zu bringen. Vergebens. Jemand tritt mir auf die rechte Ferse; mein Schuh geht in dem Durcheinander verloren und endlich bin ich draußen. Mit einem fremden Baby in meinen Armen humple ich in einen der mittlerweile herangefahrenen Zubringerbusse. Der Bus ist schon übervoll, aber alle wollen sofort von dem Flugzeug weg. Von der Mutter des Kindes keine Spur, vielleicht ist sie in einem der anderen Busse und verzweifelt auf der Suche nach ihrem Kind. Für sie muss es die Apokalypse sein. Für mich ist es eine Katastrophe, weil ich nicht weiß, wie es nun weitergehen wird.

Dieses Problem löst sich Gott sei Dank in dem Ankunftsterminal, in das wir Gestrandeten hingebracht werden, auf. Viele haben sich schon um einen schnell eingerichteten Informationsstand der PAN AM versammelt, um zu erfahren, wie und wann es nun weitergeht. Und endlich entdeckt mich die Mutter des Kindes. Sie heult und gestikuliert mit ihren Händen; das Baby erkennt seine Mama und ein schrillendes Geschrei erfüllt den Raum. Dann kann ich das Baby seiner Mutter übergeben und unendliche Freude strahlt aus den Augen von Mutter und Kind. Sechs Stunden später sitze ich wieder in einem PAN AM Jumbo auf meinem Weg in die USA. Mein verlorener Schuh wird sich viele Flugstunden später in einem Haufen Gepäck im J.F.K.-Airport wiederfinden.

Als hätte ich nicht schon genug an Abenteuern für den heutigen Tag hinter mir, muss ich bei der völlig verspäteten Ankunft in New York erfahren, dass es die Fluglinie, auf die mein Ticket für den Weiterflug nach Indianapolis ausgestellt ist, nicht mehr gibt. Der Betrieb der Fluglinie Allegheny Airlines wurde vor knapp einem Vierteljahr eingestellt, ich aber habe mein Flugticket im Dezember 1979 erhalten. Jetzt ist es Anfang April 1980 und die Fluglinie ist seit Ende des letzten Jahres bankrott. Dass es die Fluglinie nicht mehr gibt, erfahre ich von einem freundlichen Mann, auf dessen Schirmmütze „Information" steht. Er schickt mich mitsamt meinem ganzen Gepäck, das sich übrigens als Teil eines riesigen Haufens von halbgeöffneten Koffern und Taschen und Kleidungsstücken in einer ziemlich dunklen Ecke der baggage-claim-hall wiederfand, an den Schalter der South-West Airlines. Vielleicht haben die ja die Flüge von Allegheny übernommen, meint er. Und er sollte Recht behalten. Um meine Odyssee vollends zu erschweren, hat die S-W Maschine schon abgedockt und befindet sich auf dem taxi-way in Richtung Startbahn. Und es regnet in Strömen, als ich wieder mitsamt meinem Reisegepäck ein Stück über das Flugfeld rennen darf, durch ölige Pfützen, vorbei an geparkten Gepäcktransportkarren im peitschenden Gegenwind. Das Kontrollpersonal hat den Flieger tatsächlich auf seinem Weg zur Startbahn gestoppt, um mich noch aufzupicken und nach Indianapolis mitzunehmen. Das Flugzeug ist eine DC 9 mit einer Treppenluke am Heck. Die ist schon geöffnet, als ich endlich total erschöpft vom Rennen über das Rollfeld und dem Schleppen meines Gepäcks und nass wie eine Kanalratte in das hintere Ende des Fliegers klettere. Zu meinem großen Erstaunen gibt es kein Murren und auch keine bösartigen Äußerungen von den anwesenden Fluggästen wegen des unfreiwilligen Zwischenhalts auf dem Weg zur Startbahn. Das Gegenteil von dem, was ich befürchtet habe, ist eingetreten: Applaus schallt mir entgegen, als ich endlich die zwar nur kurze, aber extrem steile Treppe in das Flugzeug geschafft habe. Aus allen Richtungen reichen mir die Menschen Teile ihrer Lunchpakete, die immer auf Kurzstrecken innerhalb den Vereinigten Staaten von Amerika an die Fluggäste ausgegeben werden. Ich vermute, dass das Flug- und Kabinenpersonal per Funk über die Gründe meines außerplanmäßigen Auftauchens von der J.F.K-Flugsicherungsabteilung informiert worden ist und dieses den unvorhergesehenen Zwischenstopp mitten auf dem Flugfeld damit begründet, dass noch ein gestrandeter Fluggast aus Deutschland endlich an den Zielort seiner Reise gebracht werden muss.

Während des Fluges von New York via Pittsburgh/Pennsylvania nach Indianapolis ist das Wetter derart miserabel, dass die Schwingen der DC9 ziemlich heftig in Bewegung geraten. Ich schaue lieber nicht hinaus in die Dunkelheit, denn die Tragflächen unseres Fliegers werden immer wieder von den Lichtblitzen des Gewitters, das wir gerade durchfliegen, hell erleuchtet und ich bin mir nicht sicher, ob die Regenschleier von oben nach unten stürzen oder ob es kleine Eispartikel sind, die wegen der wechselnden Thermik von unten in höhere Luftschichten geschleudert werden. Das alles ist sehr gespenstisch und gegen Ende meines allerersten Langstreckenfluges nach Amerika habe ich keinen weiteren Bedarf an abenteuerlichen Erlebnissen. Gewiss sieht man mir meine Anspannung an, denn eine Sitznachbarin legt beruhigend ihre Hand auf meine arg zitternde und sagt: „Don´t worry, that´s normal when the weather is so nasty. And aircraft wings must swing up and down, when they get hit by stormy winds.“ Ich ziehe meine Augenbrauen hoch und seufze tief. „Just keep calm, my friend, everything ´s fine“, fügt sie noch hinzu.

Ich gebe mich beruhigt und tue cool. Dass ich zum ersten Mal eine Reise nach Amerika unternehme und bis dahin meinen Jungfernflug als Horrortrip verbuche, weiß nur ich selbst.

Sechs Wochen Aufenthalt an einer militärischen Schule in Indianapolis geben mir einen Einblick in viele andere Kulturen. Die Amerikaner, welche ich dort während des Schul- und Unterrichtsalltags kennen lerne, unterscheiden sich wesentlich von denjenigen Amerikanern, die ich in meiner Heimat an verschiedenen amerikanischen Militäreinrichtungen getroffen habe. Die meisten Menschen, mit denen ich hier in Indianapolis für mehrere Wochen zusammen bin, waren noch nie außerhalb ihres Landes und kennen Europa nur aus dem Fernseher oder aus Reiseprospekten. Ich kann nur noch stumm staunen, wenn ich von einigen wenigen gefragt werde, wie lange es denn dauert, von Deutschland nach Amerika zu fahren – und sie meinen tatsächlich eine Reise mit dem Auto – und wie genau die Route verläuft und wie viele Tankstopps eingelegt werden müssen. Aber die Frager werden von ihren amerikanischen Mitbürgern belehrt und ich kann mir meine Antworten, die sicherlich etwas peinlich sein könnten, ersparen.

Sechs Wochen sind vorüber, das Diplom habe ich in der Tasche und meiner Heimreise steht nichts mehr im Wege. Außerdem plagen mich quälendes Heimweh und Sehnsucht nach meiner Familie.

Indianapolis, Pittsburgh, New York. Und wieder sitze ich an einem PAN AM Terminal und mit mir wieder mehr als dreihundert Fluggäste und wieder ist das Fluggerät eine Boeing 747. Und mein Blick hinaus durch die großen Fensterflächen des Flugsteiges verschlägt mir wiederum fast den Atem und raubt mir für einen kurzen Augenblick beinahe die Sinne:

„Clipper Washington" steht auf beiden Seiten des Fliegers in großen Lettern. „O.K., Clipper Washington also, das darf jetzt einfach nicht wahr sein! Oh Gott, willst du mich schon wieder herausfordern und mich prüfen?" Diese Gedanken kreisen unaufhörlich durch meinen Kopf und ich weiß nicht, ob meine Gedanken Gebete oder Vorwürfe an den Allmächtigen sind.

Ich möchte aber nicht anmaßend sein und betrachte meine Gedanken als Gebet, denn die Heimreise mit Clipper Washington ist mit Abstand eine der ruhigsten und angenehmsten Reisen, die ich in den darauffolgenden Jahren noch unternehmen werde.

Ziemlich tolle Freunde

M. hat ihre berufliche Tätigkeit eingestellt, um sich mit all ihrer Energie der Erziehung und Betreuung unserer beiden Mädchen zu widmen. Dieser Entscheidung gingen lange Gespräche zwischen uns beiden, aber auch mit Freunden, die in einer ähnlichen Situation sind wie unsere kleine Familie, voraus. Wir treffen uns oft in kleineren, mal in größeren Runden und haben immer viel zu diskutieren. Und die Meinungen über Kindererziehung, Finanzplanung, Führung der Haushaltskasse oder die Aufgabenverteilung zwischen den Ehepartnern sind so verschieden wie die Farben eines Regenbogens.

Obwohl die Altersstruktur unter uns Freunden fast gleich ist, sind die Ansichten über die Themen völlig unterschiedlich. M. und ich sehen unsere Aufgaben eher als Herausforderungen, die man am besten gemeinsam bespricht und für die man auch gemeinsam Lösungen findet. Das klappt ganz gut und die Menge der Reibungsflächen hält sich in Grenzen. Wir können zusammen sehr gut abwägen, wann es einer tiefergehenden Besprechung bedarf. Wann können zum Beispiel anstehende Reparaturen an unserem Haus vorgenommen werden? Denn ich habe entdeckt, dass kleine Häuflein feinsten Holzmehls auf dem Speicherboden markieren, wo sich eine Holzbocklarve durch das Gebälk nagt. Dem Übeltäter will ich den Garaus machen und ich kaufe das chemische Schädlingsvernichtungsmittel Xyladecor-Wurmtod. Auf der Gebrauchsanweisung steht, dass man das Mittel mittels einer Gartenspritze an die Balken und Dachlatten sprühen kann. Das sei sehr effektiv, denn alles werde restlos von dem Wurmtod-Mittel benetzt werden. Also greife ich zur Gartenspritze und sprühe mehrere Liter auf die Balken vor, unter und auch über mir. Noch während ich mit der zweiten Ladung „Wurmtod“ zugange bin, bekomme ich akute Atemnot und muss mich andauernd übergeben. Aber ich bin noch nicht ganz fertig, also sprühe ich weiter und weiter. Meine Jacke ist völlig durchtränkt, meine Brille längst von dem Sprühnebel blind und ich fühle, wie der Boden unter meinen Füßen schwindet. Mit allerletzter Kraft und Anstrengung finde ich die Stiege heraus aus dem Speicher und hinunter in unseren Garten. Da bemerkt mich M. wie ich röchelnd um Luft ringe und nach einem Gegenstand suche, an dem ich mich festhalten kann: „Was ist los mit dir, du bist ja total durchnässt und wie du aussiehst! Ist dir nicht gut? Sag doch!“ „Es hat sein müssen“, keuche ich, ohne ihre Frage zu beantworten, „da oben raspelt sich ein Holzbock durch unser Gebälk und den müssen wir loswerden.“

In Gesprächen mit unseren Freunden über das Thema Hausmodernisierung oder Reparaturen stoßen wir gelegentlich auf Unverständnis und heftig vorgetragene Meinungsverschiedenheiten: „Das sind alles Entscheidungen des Mannes, des *Familienvorstandes.* Sowas muss doch nicht besprochen werden; das ist alleine die Entscheidung des Ehemannes!“ Dann bin ich mir nicht sicher, ob solche und ähnliche Meinungsäußerungen spaßeshalber gesagt sind, und frage: „Nö jetzt, meinst du das echt so oder machst du Witze? Du alleine, ohne die Meinung deiner Frau zu respektieren, triffst Entscheidungen, die nachhaltig und für lange die finanzielle Situation eurer jungen Familie betreffen? Ich glaub´s nicht, das darf doch nicht wahr sein!“

Viele solcher Gespräche werden an unserem Küchentisch geführt und manche unserer Freunde geraten in Streit, wenn einem der Ehepartner – meistens sind es die Ehefrauen – bewusst wird, dass in ihrer Gemeinsamkeit ein kleines Puzzlestück fehlt. Und das Puzzlestück heißt „Gemeinsame Entscheidung“. Manchmal kommt es bei unseren Treffen zu so etwas wie „Analysen" über den Zustand unserer Freundschaften. Da bewährt sich dann, dass der gemeinsame Beschluss, untereinander ehrlich zu sein, einen großen Wert hat. Da muss auch einmal ausgehalten werden, was andere aus unserer Freundesgruppe über mich oder ein anderes Mitglied denken. Auch wenn das Gesagte wehtut und eine negative Meinung über mich völlig konträr zu meiner eigenen Einschätzung über meine Persönlichkeit ist. Wir reden viel über Täuschung und Wunschbilder und stellen mehr oder weniger überrascht fest, dass im Grunde fast jeder Mensch irgendwelche Fassaden vor sich herschiebt. Schöngefärbt und hochglanzpoliert erscheinen die Trugbilder, aber die trügerischen Aufbauten zerfallen und bröseln in sich zusammen, sobald irgendein Zufall den Blick hinter die Fassade freigibt. Dann nutzen auch irgendwelche zwanghaften Erklärungsversuche nichts mehr. Die Fassade ist weg, jetzt ist das Dilemma, so sich eines zeigt, für alle sichtbar und große Scham erfüllt den Menschen mit „niedergelassener Hose". Denn er ist nackt und der Häme seiner Kritiker erbarmungslos ausgesetzt. Wir reden viel und oft über menschliche Verhaltensweisen und kritisieren uns gegenseitig. Das ist manchmal sehr schwer zu ertragen und es gleicht einem Wunder, dass unsere Freundschaften lange halten und auch nach vielen Jahren, sogar bis heute noch, Gültigkeit haben. Dass es nicht einfach ist, eine Freundschaft über viele Jahre aufrechtzuerhalten, hat wohl jeder Mensch schon erfahren müssen.

Mein Verständnis darüber, was Freundschaft bedeuten kann, ist wesentlich geprägt von einem kleinen Vers, den ich in der „Edda Dichtung" entdeckt habe:

Der Freund soll dem Freunde Freundschaft gewähren,
Ihm selbst und seinen Freunden,
Aber des Feindes Freunden soll niemand
Sich gewogen erweisen.

Wir diskutieren über Politik und streiten über den Wahrheitsgehalt politischer Programme und die Wahlversprechen unserer Landes- und Lokalpolitiker. Wir gehören verschiedenen Parteien oder politischen Interessengruppen an und die Reibungsflächen sind dementsprechend groß. Hitzige Debatten werden mit großem Engagement ausgetragen und es fällt nicht allen leicht, gegenteilige Meinungen untereinander zu tolerieren. Aber unsere Zusammenkünfte sind auch immer kulinarische Treffen. Denn bei Bratwurst und Leberknödel mit Sauerkraut oder selbst gerolltem Schweinsbraten lässt´s sich herrlich disputieren, und wenn das Gesagte nicht allzu ernst genommen wird, dann ist der Diskussionsabend einfach nur ein schöner Abend, an den sich alle gerne erinnern. Gemeinsame Freizeiten mit einem Haufen Kindern und Jugendlichen in einem zweiwöchigen Zeltlager mitten in einem Wald sind immer die Höhepunkte unserer Aktivitäten. Es gibt lockere und sehr enge Freundschaften. Einige davon werden sehr, sehr lange halten, indem sie sich vertiefen. Sehr persönliche Eigenheiten prallen auch einmal aufeinander und dann gibt es Bedarf, die Fronten zu klären und Standpunkte klarzumachen.

Freunde, die mir Parteigänger sind um der Freundschaft willen, kann ich gut gebrauchen, aber diese Freundschaften haben keinen Sinn und keinen Wert, sie verbrauchen sich schnell. Der aber, der sich mir entgegenstellt, mir Paroli bietet, fordert meine Bequemlichkeit heraus. Denn ein Freund, der vorgibt, mit mir in gleicher Richtung zu denken und seine Meinung bedingungslos meiner anpasst, gibt mir kaum Gelegenheiten zu Auseinandersetzung und Austausch. Doch der andere, der mit spitzer Zunge meine Meinung in Frage stellt, der lässt sich keine meiner Bewegungen und keines meiner Worte entgehen. Er sammelt Material, um daraus ein Gebilde zum Angriff zu bauen, und dann wird die Freundschaft ein starkes Fundament benötigen, um zu bestehen. Gerade in der Auseinandersetzung liegt der Wert der Freundschaft. Und ich denke an unsere besten, noch verbliebenen Freunde; ach, wie vermisse ich euch genau in diesem Moment, da ich diese Zeilen schreibe.

Der Wert der Arbeit

Einige unserer Nachbarn sind sehr gut mit uns befreundet und deshalb will ich etwas tiefer in unsere Beziehungskiste greifen, auch weil ich sehr gerne bei verschiedenen Gelegenheiten in ihrem Betrieb mithelfe – soweit mir das zeitlich möglich ist. Und ganz besonders genieße ich diese Gelegenheiten, wenn es nach einem stressvollen Bürotag noch etwas in dem nachbarlichen Bauernbetrieb zu tun gibt. Dann kann ich endlich beim Beladen der Erntewägen und beim Bedienen der schweren Traktoren auf den Wiesen und Feldern meinen Kopf freipusten lassen und all die tanzenden Zahlenreihen und englischen Schriftsätze für eine Weile verdrängen und vergessen. Oh, wie liebe ich diese Arbeit!

Es überwiegen die landwirtschaftlichen Themen in unseren Gesprächen. Die Banken stellen bereitwillig finanzielle Mittel zur Verfügung, um Ställe zu vergrößern, damit der Viehbestand und somit die Produktion erhöht werden kann. Am Ende droht die totale Überproduktion – mit stetig sinkenden Erzeugerpreisen. Mehr Milch, mehr Fleisch, mehr, mehr, und noch mehr – die Einnahmen decken längst nicht mehr die Ausgaben und der Bauer verdient wenig oder nichts. Die Banken lassen nicht locker mit ihren Forderungen, sie zwingen den Bauern in die Knie. Der völlig überschuldete Familienbetrieb muss aufgegeben werden. Und wenn die letzten Kühe, für die es keine weitere Verwendung als Milchlieferanten gibt, zum Schlachthof gefahren werden, ahnt man, dass sie von ihrem Schicksal wissen. Ihre Kulleraugen sehen plötzlich traurig aus, nicht weniger traurig als die der zurückbleibenden Bauernfamilie. Der Viehtransporter mit seiner lebenden Fracht verlässt den Bauernhof und wehmütig schaut der Bauer in seine verwaisten Ställe, die nie mehr Tiere aufnehmen werden. Täglich sterben in unserem Land familiengeführte Höfe und trotzdem sinken die Preise für landwirtschaftliche Produkte unaufhörlich. Und doch ersticken wir in Überangeboten und Billigstpreisen. Doch das ist nicht verwunderlich. Der landwirtschaftliche Boden, der mit dem Einsatz von Körperkraft und der Hilfe von Maschinen kultiviert worden ist, wird von Finanzierungsgesellschaften aufgekauft, ohne den geringsten Bezug zur Krume zu haben. Neue Firmen entstehen, die einen gigantischen Vorrat an Bodenbearbeitungsmaschinen vorhalten und die angemieteten Trecker, Pflüge und Pflanzenschutztanks auf Tiefladern auf die Ackerflächen karren. Maschinisten mit agrartechnischer Ausbildung beackern, grubben und bringen die mit Gift gebeizte Saat aus. Das ist keine Landwirtschaft, die Kulturland schafft. Das ist industriell bearbeiteter Boden ohne jeglichen Bezug zu eigenem Land. Und ich bezweifle, dass sich ein Agrarmaschinist für den Geruch und für die Beschaffenheit des von ihm und seinen Maschinen malträtierten Bodens interessiert. Er hat seinen Job zu erledigen. Schnell, effizient und mit dem geringst möglichen Energieverbrauch. Denn er hat einen Rapport über seine Tagesleitungen abzuliefern. Und anhand dieser Unterlagen wird seine Arbeit bewertet. Auftrag zufriedenstellend erfüllt.

Ist die Erde trocken, ist sie feucht gewesen, vielleicht noch zu nass, um die Saat auszubringen? Beinhaltet der Boden Würmer oder anderes Getier? Wie hat die gepflügte Erde gerochen? Das alles interessiert meinen Nachbarn und Freund H. sehr; denn er ist im krassen Gegensatz zu einem Lohn-Agrarmaschinisten ein Bauer auf eigenem Boden.

Der Agrarmaschinist hat für solchen „Firlefanz“ keine Zeit. Das Land zwischen den Dörfern und den aussterbenden Höfen verwandelt sich zu industriell bearbeiteten, ich möchte sogar sagen, zu verwüsteten Produktionsflächen. Eine paradoxe Welt, in der Tonnen von Früchten wie Kartoffeln oder Gurken auf den Feldern der Fäulnis überlassen oder gar aktiv vernichtet werden. So geschieht es in allen Ländern der Europäischen Agrarunion bei gleichzeitiger Massenvorhaltung von Fleisch, Eiern und Milchprodukten – zu Biligstpreisen. Dass billig nicht immer gut ist, kann man dem Kotelett schon im Rohzustand ansehen; in der Pfanne erst recht, wenn es spritzt, sich wölbt oder irgendwie zusammenzieht. Geschmack? „Ja, ich weiß nicht so recht – wie soll denn ein Kotelett schmecken? Nach Fleisch vielleicht und weniger nach Fisch? Ist es keine Wertfrage mehr, ein Stück Fleisch, dessen Herkunft ich kenne oder zumindest auf einem Deklarationszettel ablesen kann, in der eigenen Küche zu braten? Mir macht die zunehmende Unart, Lebensmittel als Fertigprodukte zu konsumieren, große Sorge. Gerade hat eine Befragung ergeben, dass immer mehr (junge) Menschen für die Zubereitung von Speisen immer weniger Zeit aufwenden wollen und gleichzeitig hochwertige Lebensmittel zu Billigpreisen erwerben möchten. Eine Schandtat an den Menschen, die zur selben Zeit dem Hungertod ausgeliefert sind.

Ich sehe, wie Großbäckereien bei der morgendlichen Backwaren-Auslieferung an ihre Filialen Tonnen von nichtverkaufter Ware zurückführen in die Hallen der Großbackbetriebe. Viehfutter! Der Bäckermeister, der längst seinen kleinen, aber eigenen Betrieb wegen Unrentabilität aufgeben musste, hat bei der Großbäckerei eine Arbeit gefunden. Und er arbeitet bis lange nach Feierabend. Die Sollzahlen müssen stimmen! Und bei einer Betriebsbegehung von Betriebsleitern, Managern und Vorstandsvorsitzenden des Lebensmittelkonzerns wird er gefragt, wie es ihm denn auf dieser Arbeitsstelle gefalle. Und er wagt, die eine Frage zu stellen, für die er schon lange eine Antwort erhofft hat. Es ist seine Chance, endlich einmal das Thema „Überstunden" ansprechen zu können: „Warum muss ich ohne Unterbrechung Überstunden leisten, um zu backen, was am folgenden Tag wieder hier landet und dann als Viehfutter weiterveräußert wird? Und wieso werden die französischen Baguettes nicht einmal in die Verkaufsmärkte geliefert, sondern direkt als Tiernahrung deklariert und auf die Fahrzeuge der Bauern verladen? Ich verstehe das nicht!“ Der Betriebsleiter nimmt den Bäckermeister zur Seite und faucht ihn an: „Hören Sie zu, Sie müssen das nicht verstehen! Ihre Aufgabe ist es zu backen, hören Sie, zu backen… und sonst gar nichts!“ Und als hätte sich der Betriebsleiter seine Hände bei dieser Zurechtweisung beschmutzt, wischt er sie an seinem für die Betriebsbegehung übergestreiften weißen Kittel ab. Der Bäckermeister macht sich ein wenig Luft, indem er uns diese kleine Anekdote, wie er den Vorfall nennt, erbost erzählt. „Nie wieder werde ich mein Maul aufmachen, nie wieder, das kann ich dir sagen. Da kannst du Gift drauf nehmen, in Zukunft halt ich mein Maul und fertig.“ H. und ich sind sehr betroffen über das Klagelied des Bäckers und diskutieren über Sinn und Unsinn von Subventionen. Denn Subventionen sollten allen Menschen dienen und nicht in den Taschen einiger Aktionäre und Vorstandsmitglieder wie zum Beispiel einer Großbäckerei versickern. Das ist völlig verfehlte Wirtschaftspolitik auf Kosten der Allgemeinheit.

H. und seine Frau M. bewirtschaften zusammen mit der Seniorchefin einen Bauernhof mit einer Schweine- und Rinderzucht. Außerdem gibt es eine Schnapsbrennerei – eine sogenannte Verschlussbrennerei. Sie grenzt direkt an den würzig duftenden Rinderstall an und verströmt ihren süßlich-säuerlichen Malzgeruch, wenn die Kartoffelmaische am Vergären ist. Die Mutter unserer Freunde ist eine Brennmeisterin und sie ist von niemandem in ihrer Routine zu übertreffen. Sie heizt den gewaltigen Wasserkessel jeden Morgen mit Brennholz an und verschürt eimerweise Steinkohle, bis heißer Dampf in den Rohren die vergorene Maische zum Wallen bringt. Und sie ist sehr zufrieden, wenn dann endlich ein kleines Rinnsal von Hochprozentigem in dem verplombten Schauglas zu beobachten ist. Dann hat sich die Arbeit wieder einmal gelohnt.

Die Brennerei birgt auch ein kleines Geheimnis, über das man auch schmunzeln darf: Der Ofen des Wasserkessels ist ein *Allesfresser*. Und wenn in der Nachbarschaft – so auch bei uns – irgendwelche Gartenabfälle oder auch „andere Abfälle", die etwas sperrig sind und den Mülleimer sofort überladen würden, irgendwie entsorgt werden müssen, dann entsinnt man sich gerne des Brennereiofens mit seiner Schüröffnung von annähernd fünfzig Zentimetern Durchmesser. Und meine Frage, ob ich denn den abgewetzten Handkoffer oder den zerschlissenen, ehemals gummierten Regenmantel dem Höllenschlund des Kessels überlassen darf, dann sagt H.s Mutter: „Nur rin mit, alles was heizt, ist gut!" Und schon schrumpfen der Koffer und der Regenmantel in der Gluthitze des Ofens zu einem Klumpen zusammen. Es kommt auch vor, dass eine der Nachbarinnen gerade die Wäsche zum Trocknen auf die Garten-Wäscheleine gehängt hat. Und wenn dann der Ehemann der „Wäscherin" seine Werkstatt im Keller aufräumt und die mit Altöl getränkten Putzlappen oder isolierte Kabelreste – natürlich in handliche Stücke geschnitten – mit zufriedenem Gesichtsausdruck, denn endlich ist man das Zeug los, in der Höllenglut entsorgt, dann ist das Gezeter groß. Die Seniorchefin wird zu Unrecht bezichtigt, mit ihrem Rußausstoß aus dem Kamin des Brennereiofens die Wäsche der Nachbarin versaut zu haben. Aber der zufriedene Werkstattaufräumer wird nicht wagen, seiner Frau einzugestehen, dass er selbst für den Rußausstoß und somit für die Verschmutzung auch der eigenen Wäsche gesorgt hat.

Diese kleine Geschichte muss erzählt werden, wenn auch nur zur Ehrenrettung der Seniorschefin, denn ähnliche Begebenheiten sind an der Tagesordnung und nicht selten wird das kommunale Ordnungsamt verärgert angerufen, um den Rußausstoß anzuzeigen. Manchmal sogar von den Verursachern selbst. In solchen Fällen reagieren die meisten Menschen in unserer Straße mit einigem Unverständnis gegenüber den sich Beklagenden. Ist ja auch kein Wunder, wenn H. nach einem Unwetter mit Starkregen die vollgelaufenen Keller der angrenzenden Wohnhäuser leerpumpt, indem er die Wassermassen in sein fünftausend Liter fassendes Jauchefass befördert und danach die gesamte Flut auf einer Freifläche seines Hofes entlädt. Als Resultat dieser Nachbarschaftshilfe müssen die Schweine, deren Koben und Ställe sich an den etwas tiefer gelegenen Stellen des Anwesens befinden, auch mal das Schwimmen erlernen. Aber Schweine sind nicht dumm. Haben sie nicht auch so viel Hirnmasse wie wir Menschen? Jedenfalls können wir, H., H., ein weiterer helfender Nachbar, und ich, zu unserem Erstaunen sehen, dass die Schweine im Kreis schwimmen, solange, bis sie wieder Boden unter ihren Pfoten spüren.

Diese und ähnliche Begebenheiten sind gottlob nur selten zu erleben, werden aber oft und gerne in unserem kleinen Freundeskreis erzählt, denn kaum ist das Wasser aus den überfluteten Kellern abgesaugt, gibt es schon wieder Anzeigen: Wegen des brummenden Dauergeräuschs des Getreidegebläses beim Entladen des Weizens; wegen des Brüllens der Rinder, wenn sich einer der Ochsen mit einem Vorderbein in seiner Kette verfangen hat und nur schwer aus seiner misslichen Lage befreit werden kann; wegen des Ammoniakmiefs aus den Schweineställen, der sich bei gewissen Wetterlagen an den Boden drückt und nicht in die Atmosphäre entweichen kann; wegen der am Straßenrand abgestellten landwirtschaftlichen Fahrzeuge, die aus technischen Gründen vorerst nicht auf die

Hoffläche zum Entladen können; wegen des Geruchs des Misthaufens, wie es auf einem bäuerlichen Anwesen und einem landwirtschaftlichen Betrieb üblich und völlig normal ist. Ich könnte die Liste unendlich fortführen, denn es gibt offensichtlich nichts an einem landwirtschaftlichen Betrieb, an dem sich Menschen nicht stören oder worüber sie sich ärgern können.

Mich verwundert das heftig und es fällt mir auch sehr schwer, mich in den Gemütszustand der Menschen zu versetzen, die alles Bäuerliche belächeln und herabwürdigen. Und es ist mir eine Genugtuung, einer Bekannten, als sie sich über den penetranten Geruch der Schweine in unserer Nachbarschaft heftig mokiert, in Erinnerung zu rufen, dass sie selbst auf einem erbärmlichen Kleinbauernbetrieb aufwuchs und Ziegen und Hühner die Wohnstube ihres elterlichen Hauses heimsuchten. Bis bis zu dem Tag, an dem ihr sozialer Aufstieg begann. Weg mit den Tieren, weg mit dem Misthaufen. Jetzt protzen anstelle des Misthaufens Autogaragen. Und das frühere Elend ist verdrängt und vergessen.

Die Erinnerungen an die eigene Herkunft zu verdrängen ist nicht verwerflich; die eigene Herkunft aber – und ist sie noch so ärmlich gewesen – zu verleugnen, ist nicht sehr ehrenhaft und es bedarf einiger Anstrengung meinerseits, um einen Rest an Verständnis oder gar Empathie für die Bekannte mit ihrer herablassenden Art aufzubringen. „Reg dich nicht so auf", sagt H. dann, „und wenn die Fleischtheken in den Märkten leer bleiben, weil ein Hof nach dem anderen pleitegeht, dann werden die nach Rosen und Nelken duftenden Vorgärten wieder in Misthaufen umgewandelt. Warte mal ab, nichts bleibt so, wie es momentan ist. Das kannst Du mir glauben."

Das Höfesterben im Land geht weiter und hinterlässt schlimme Schicksale, und trotzdem wachsen die Mengen von Fleisch und

Fleischprodukten. Die Verbraucherpreise purzeln in den Keller, die Qualität der Lebensmittel auch. Es werden Bioprodukte von artgerecht gehaltenen Tieren und ungespritztes Gemüse verlangt, denn das Gewissen gegenüber den geschlachteten Tieren und der Umwelt muss beruhigt werden. Aber billig muss es sein! Ausgerechnet in unserem Land mit der europaweit größten Vielfalt an tierischen Produkten will man für Lebensmittel nur sehr wenig Geld ausgeben. Wen wundert es dann, dass namhafte Gastronomen im europäischen Ausland der Meinung sind, dass die deutschen „Normalbürger" eigentlich nur den „Abfall" der Großmärkte in den Läden finden können. Wer sich aber für „Abfall" zu schade ist, erwirbt seine Lebensmittel direkt bei den Erzeugern und ist meistens mit bester Ware bedient. Nur eine Voraussetzung muss erfüllt sein: geringerer Bedarf bei höherer Bereitschaft, mehr für die Ware zu bezahlen.

Das Millennium

Die Jahrtausendwende naht und eine große Anspannung hat die Menschen befallen. Das Millennium schlägt alle in seinen Bann. Die Techniker und Ingenieure machen sich große Sorgen, ob denn alle Produktionsbänder auch im neuen Jahr 2000 weiterlaufen wie in der letzten Minute des Jahres 1999. Die Banken und Geldinstitute unterbrechen vorsorglich die Computersysteme, um sicherzustellen, dass sich die Tresore und Schließfächer nicht plötzlich von ganz alleine öffnen. Ebenso werden vorsorglich viele Kernkraftwerke heruntergefahren, denn die Angst, dass etwas Unvorhersehbares passieren könnte, ist groß, und Panik erfasst viele Menschen, wenn sie nur daran denken, dass der Fahrstuhl, in dem sie sich gerade befinden, wenn die Uhren das Neujahr ankündigen, einfach stehen bleibt. Irgendwo zwischen den Stockwerken. Und gibt es dann jemanden, der in der Lage sein wird, das Problem zu beheben?

Und dann ist es 24 Uhr und eine Sekunde. Und die Zeiger der Uhren wandern weiter und weiter und es geschieht das Unfassbare: Nichts!

Für die einen ist das Wort Millennium ein geschickter Werbegag für neue Produkte, die zum Jahreswechsel auf den Markt kommen werden und deren Absatz mit diesem Schlagwort angefacht werden soll. Für andere ist die Silvesternacht eine Zeit des Bangens, ausgelöst durch die Aufregung um den von einigen Experten befürchteten weltweiten Computercrash – das sogenannte „Y2K-Problem“. Davon, dass es am nächsten Tag, dem ersten Januar 2000, trotz aller Ängste und Befürchtungen einfach so weitergeht wie zuvor, ist man noch lange überrascht. Allein dass die Jahreszahl jetzt mit einer Zwei beginnt und nicht wie vorher eintausend Jahre lang mit einer Eins, ist mehr als gewöhnungsbedürftig. Und unzählige Male werden die Datumszahlen korrigiert werden müssen bei Formularen und Unterschriften und, und, und.

Die Welt dreht sich weiter, doch es gibt eine neue Gewalt, die Angst und Schrecken verbreitet. „Al-Kaida".

Der Höhepunkt der Schreckensmeldungen erreicht die Welt, als Terroristen am 11. September 2001, einem Dienstag, mit gezielten Anschlägen Leid und Tod über die Menschen bringen. Vier koordinierte Flugzeugentführungen mit anschließenden Selbstmordattentaten auf wichtige zivile und militärische Gebäude in den Vereinigten Staaten von Amerika finden fast zeitgleich statt. Die Ereignisse dieses Tages werden auch kurz als „Nine-Eleven" oder „9/11" bezeichnet. Drei Verkehrsflugzeuge werden auf Inlandsflügen von jeweils fünf, eines von vier Tätern, zwischen 8:13 Uhr und etwa 9:30 Uhr Ortszeit entführt. Die Täter lenken zwei davon in die Türme des World-Trade-Centers (WTC) in New York City und eines in das Pentagon in Arlington (Virginia). Das vierte Flugzeug, das wahrscheinlich ein Regierungsgebäude in Washington im District of Columbia (D.C.) treffen soll, wird nach Kämpfen mit Passagieren von den Entführern bei Shanksville (Pennsylvania) zum Absturz gebracht. Die Anschläge verursachen den Tod von etwa 3000 Menschen und werden später als terroristischer Massenmord eingestuft werden. Mehr als 15000 von etwa 17400 Personen können sich aus den WTC-Gebäuden retten. Die neunzehn Flugzeugentführer gehören zur islamistischen Terrororganisation Al-Kaida.

Die USA werden reagieren unter anderem mit dem Krieg in Afghanistan, der 2001 beginnen wird, um dort Al-Kaida zu zerschlagen, deren Anführer Osama bin Laden zu fassen oder zu töten und das mit ihm verbündete Regime der Taliban zu entmachten. Sie werden auch den Irakkrieg 2003 unter anderem mit den Anschlägen begründen. Bin Laden bekennt sich 2004 erstmals als deren Initiator. Er wird am 2. Mai 2011 von US-Soldaten bei der Operation „Neptune's Spear" getötet.

Aber wir befinden uns immer noch im Jahre 2001 und meine alljährliche Symposiums-Reise nach San Antonio im Bundesstaat Texas steht bevor. Ich habe zwar ein etwas mulmiges Gefühl in meiner Bauchgegend wegen meiner Flugreise nach Dallas, aber die kurze einstündige Strecke von Dallas nach San Antonio liegt mir viel schwerer im Magen. Waren es doch Inlandsflüge, die ihr schreckliches Ende in den World-Trade-Centern und andernorts innerhalb der USA fanden. Und zwischen den Anschlägen und meiner Reise liegt nicht einmal ein ganzer Monat. Aber wie so häufig nach Anschlägen oder Flugzeugentführungen ist die Sicherheitslage zu keiner Zeit besser als gerade jetzt, denn die Gepäck- und Personenkontrollen werden sehr viel engmaschiger aufgestellt, und viele der Fluggäste kapieren immer noch nicht, dass Utensilien wie kleine Scheren, sogar Nagelscherchen und sonstige Manikürgerätschaften, überhaupt nichts mehr im Handgepäck zu suchen haben, und es wird gemurrt und geschimpft. Deshalb befinden sich an den Enden der Durchleuchtungsbänder für das Handgepäck Behälter, in denen alles, was auch nur annähernd als tödliche Hieb- oder Stichwaffe von einem Attentäter verwendet werden könnte, entsorgt wird. Sogar Getränkeflaschen werden aussortiert und entfernt. Immerhin könnten die Flaschen brennbare Flüssigkeiten enthalten oder es könnten aus verschiedenen Stoffen hochexplosive Mischungen gebastelt werden, um den Flieger explodieren zu lassen. Das Szenario an den Kontrollbändern ist angsteinflößend und beruhigend zugleich. Bleibt nur zu hoffen, dass kein Bösewicht durch das enge Netz der Kontrollen schlüpft und zum Trittbrettfahrer werden will. Denn bekanntlich, und das weiß ein jeder, gibt es Menschen, die gerne Nachahmungstäter werden wollen, und denen ausgeliefert zu sein, ist bei Gott kein toller Anreiz, eine Flugreise zu unternehmen. Aber trotz aller Bedenken und Abwägungen trete ich meine Reise in die USA an. Und am „Delta-Flugschalter“ in Frankfurt ertappe ich mich dabei, wie ich Männer in langen kaftanähnlichen Gewändern misstrauisch beäuge und hoffe, dass keiner dieser Menschen – mit höchstwahrscheinlich arabischer Herkunft – im selben Flieger wie ich den Flug in die Vereinigten Staaten von Amerika unternimmt. Dann erschrecke ich über meine stereotypen, von schierer Angst gesteuerten, aber ganz und gar nicht gerechtfertigten Ansichten.

Das Symposium beginnt einen Tag später als geplant. Nicht alle erwartenden Gäste – viele sind mir längst von früheren Begegnungen bekannt – sind planmäßig eingetroffen, sie sind noch mit ihrem Auto unterwegs. Denn kein einziger der inländischen Teilnehmer hat sich in ein Flugzeug gesetzt. Der Schock über das kürzlich Geschehene sitzt sehr tief in den angsterfüllten Herzen der Menschen, und an den Straßenrändern – sogar entlang der Highway Route 35 East außerhalb des Stadtbezirks von Dallas-Fort Worth – patrouillieren Männer und Frauen mit beflaggten Longhorns und Mustangs, ihren Patriotismus demonstrierend. Ich bin angesichts solcher Anteilnahme über die feigen Angriffe von religiös irregeleiteten Selbstmördern gegen die mehrheitlich amerikanische Zivilbevölkerung sehr ergriffen und bin gleichzeitig sehr erstaunt über den „Lonsome Cowboy“, der gelassen und eine riesige Fahne geschultert, auf seinem schwergewichtigen, aber sattellosen Longhorn-Rind dem langen Straßenband folgt. Es ist seine Art, seine Betroffenheit über den sinnlosen Mord an fast dreitausend Menschen und deren grauenhaften Tod auszudrücken. Denn er hat, wie alle anderen auch, die die Gräueltat an ihren Bildschirmen beobachtet haben, gesehen, wie sich Menschen in ihrer absoluten Verzweiflung und Gewissheit, dem nahenden Tod nicht entrinnen zu können, aus den Fenstern in den tiefen Abgrund gestürzt haben und wie ihre Körper auf dem Asphalt der Straßen zerplatzt sind. Und Reportagen und kleine selbstgefertigte Filmchen von besonders neugierigen Sensationslüsternen zeigen, wie sich Sekunden nach dem Aufprall die Eingeweide der Todesmutigen auf den Straßen verteilen. Jene zogen den sicheren Tod eines Aufschlages auf der Straße dem qualvollen, unausweichlichen Tod des Verbrennens bei lebendigem Körper vor. Allein die Vorstellung, sich an einem hundsgewöhnlichen Morgen routinemäßig, wie man das meistens tut, von der Frau oder seiner Familie zur Arbeit zu verabschieden und sich dabei vielleicht schon auf das gemeinsame Abendessen zu freuen und ganz plötzlich vor einer allerletzten Entscheidung zu stehen, raubt mir die Fähigkeit, den Gedanken zu Ende zu formulieren. Springen oder verbrennen oder bestenfalls von den in sich zusammenstürzenden Gebäudetrümmern aus Stahl und Beton erschlagen oder zerquetscht werden. Wer es nicht schaffte, den brennenden Gebäuden zu entfliehen, weil er in den verstopften Treppenhäusern gefangen war, wird für immer als vermisst gelten, die Leichname zerfetzt und verkohlt; eine Identifizierung ist mangels verwertbarer DNA in vielen Fälllen nicht möglich. Nichts außer der Erinnerung an einen geliebten Menschen, der am Morgen – wie immer – zur Arbeit ging, wird am Mittag desselben Tages noch da sein.

Viele Plätze an den Tischen der Kongresshalle in San-Antonio bleiben während der Dauer des Symposiums unbesetzt. Namensschilder an den Tischplätzen tragen einen kleinen Trauerflor. Es sind die Plätze der geladenen Militärangehörigen der US-Army, die bei dem Angriff auf das Pentagon ihr Leben verloren haben. Und da erfahre ich zum ersten Mal, dass einige Frauen und Männer, die ich seit Langem kenne und auf deren

Anwesenheit ich mich schon freute, nicht an dem Symposium teilnehmen werden. Ihrer wird zu Beginn der Veranstaltung in Würde gedacht. Und nach einer Schweigeminute beginnen die Vorträge und Diskussionen über die Rolle des Militärs bei künftigen Bedrohungen durch Terrorangriffe. Und jeder im Saale hat die Gewissheit längst verinnerlicht, dass keine taktische Planung und keine noch so wohldurchdachte Strategie Terrorangriffe auf die Bevölkerung oder auf militärische Ziele verhindern können. Wie auch, wenn im Paradies 70 Jungfrauen auf einen Selbstmord-Attentäter warten. Er will möglichst viele andersgläubige Menschen – denn er misst ihnen keinerlei Wert bei – umbringen.

Und weitere, mit Al-Kaida rivalisierende Terrororganisationen steigen aus dem Wüstensand empor, vergewaltigen, enthaupten und verbrennen die in Geiselhaft genommenen Menschen. Selbsternannte Gotteskämpfer des sogenannten Islamischen Staates schleusen sich in die Zentren Europas ein und verbreiten Schrecken und Todesangst. Und nach und nach werden beliebte Urlaubsziele im gesamten Mittelmeerraum zu Orten von Attacken auf friedliche, Erholung suchende Menschen. Die Verängstigten in den Städten Europas und auch unseres Landes scheuen Versammlungsplätze, denn niemand weiß, wann und wo wieder ein IS-Schurke einen schweren Lastwagen als Mordwaffe einsetzen wird. Aber trotz der allgegenwärtigen Bedrohungslage wollen die freien Menschen in ihrer freien Welt eine friedliche Weltordnung aufrechterhalten und gehen ihren täglichen Aufgaben und Bedürfnissen nach. Es ist ihr Mut, der dem Bösen Widerstand leistet.

Bevor ich meine Heimreise nach Deutschland antrete, besuche ich unsere Tochter C. mit J. und N. nahe dem Städtchen Kempner in Texas. Die Gegend, in der sie ihr Haus gebaut haben, liegt etwa drei Autostunden nordöstlich von San Antonio und ist sehr ländlich und daher dünn besiedelt. Da ist viel Natur und der meist niedere Baumbewuchs, bestehend aus Zedern und Mesquite Hecken, gibt vielen Rehrudeln Deckung. Aber zur Fütterungszeit versammeln sie sich um die Futterstellen, die immer zur gleichen Zeit automatisch Maiskörner verstreuen. Scharen von wilden Truthühnern und -hähnen ducken sich im kniehohen trockenen Gebüsch und flattern mit lautem truit-truit-Geschrei davon. Kaum gelandet, verschwimmen die Farben ihrer Deckfedern mit den Farben des Kalkmergelbodens und des spröden Bewuchses. Sie sind gut getarnt. Aber es gibt auch mächtige Eichenbäume und noch größere Pekannussbäume. Und die heimischen Eichhörnchen, die ständig von einem Ast auf einen anderen huschen, stopfen sich ihre Backen voll mit den süßen wahlnussähnlichen Früchten.

Für mich sind die Spaziergänge down to the river ganz in der Nähe des Hauses immer ein besonderes Erlebnis. Und während der Wanderungen hinauf auf den Hügel zu „Aunt Jane´s" air-field bekomme ich einen Eindruck von „weitem Land" mit unendlich großen Weideflächen. Und bei einer dieser Wanderungen zeigt mir J. eine Stelle im Gelände, wo zu früheren Zeiten bestimmt einmal ein Lagerplatz indianischer Ureinwohner, der Komantschen, war. Ich habe keine Ahnung, woran man so etwas überhaupt erkennt, aber J. weiß Bescheid. Er liest die Geschichte an der Farbe der herumliegenden Steine ab. Die sind nämlich rötlich, eigentlich ziegelrot, und J. erklärt mir, dass das ringsum verteilte Kalktuffgestein, was ja im Naturzustand fahlgelb ist, bei Erhitzen zu Ziegelstein wird. Ja, dann wird mir natürlich klar – so werden auch Klinkersteine und Dachziegel hergestellt. Die ehemalige indianische Lagerstelle schmiegt sich an den Hügel und ist auf einer riesigen Terrasse angelegt. Ganz in der Nähe dieser Stelle gibt es einen kleinen Bachlauf, und wenn es ringsum ganz still ist, kann man sogar das Gurgeln des Wassers in der kleinen engen Felsenschlucht hören.

Meine Heimreise verläuft nicht problemlos. Ungefähr mitten über dem Atlantik wird mir plötzlich übel, doch ich schaffe es nicht bis zur Toilette. Noch halb in meinem Sitz und schon halb auf dem Gang zwischen den Sitzreihen werde ich ohnmächtig. Wie lange? Ich weiß es nicht. Aber eine der Flugbegleiterinnen und einige meiner Sitznachbarn befreien mich wohl aus meinem Sitzgurt und legen mich auf den Boden. Jemand hält mir meine Beine hoch, als ich wieder halbwegs zu mir komme und die Eiseskälte aus meinen Händen und meinem Gesicht weicht. Kalter Schweiß rinnt mir über meine Wangen, als man mir wieder in den Sitz hilft. Eine high altitude thrombosis, eine Höhenthrombose sei es wahrscheinlich gewesen, sagen die Sitznachbarn. Die sehr nette, besorgte Flugbegleiterin kümmert sich geradezu mütterlich um mich und versorgt mich mit Getränken aller Art.

Logbbucheintrag

Schiffstyp: Einmastsegler

Besatzung: Skipper und Smutje in Personal-union

Lage an Bord: Stimmung gut

Position: Irgendwo südlich der Azoren
36° 43' 39° 56' N 24° 46' 31° 16' W

Die letzten Wochen waren für alle sehr anstrengend. Das Boot hat bei stürmischen Wetterlagen Schaden an seiner Takelage genommen und immer wieder muss ich plötzlich auftretende Lecks abdichten. Die undichten Stellen lassen sich nicht vorhersagen. Ich muss ständig auf der Hut sein, denn ein nicht entdecktes Leck kann mein Boot langsam, aber sicher absaufen lassen. Und ich habe keine Möglichkeit, eine grundlegende Reparatur vorzunehmen. Nicht in dieser Gegend, weit von dem nächsten Trockendock entfernt. In dieser Situation ist es am sichersten, wenn ich direkt unter der Küste entlang segle. Ich muss den starken Strömungen ausweichen, denn das würde eine Herausforderung bedeuten, die ich meinem Boot und seiner Besatzung niemals zumuten könnte. Wir sind auf Schleichfahrt und umschiffen jede Untiefe – auch die, die man gar nicht sehen kann. Mit der Zeit kommen die Erfahrungen und ich lerne, was die kaum sichtbaren Kräuselungen und Strudel auf der Wasseroberfläche bedeuten. Der kleinste Navigationsfehler, und mein Boot wird an den kaum sichtbaren Riffen knapp unter der Oberfläche auflaufen und zerbersten. Das Überleben meines Bootes und das Wohlbefinden seiner Besatzung ist oberstes Gebot und das Allerwichtigste. Aber die See ist ruhig und das lässt in mir die Hoffnung aufkommen, dass ich einen guten Anlegeplatz finden werde, wo ich den Rumpf meines Schiffleins ausbessern und überholen kann. Es ist Vollmond und deswegen kann ich sogar während der Nacht die dringend notwendigen Arbeiten erledigen. Ein leichter Wind weht von Land her und trägt die Aromen von Rosmarin, wildem Thymian und Lavendel mit sich. Und der durchdringende Duft wilden Salbeis ist allgegenwärtig. Ich lege meinen Kopf in den Nacken und blinzle in den unendlichen Sternenhimmel. Direkt über mir leuchtet die Milchstraße und tief im Osten steht das mächtige Sternbild des Orion. Drehe ich mich ein wenig in Richtung Norden, kommt das große „W“ von Kassiopeia in mein Blickfeld. Und da begreife ich, warum frühere Seefahrer auf die Himmelsbilder angewiesen waren. Sie waren ihre Leuchtfeuer und ihre Richtungsweiser und sie sind es bis zum heutigen Tag. Ich stehe lange so und kann meinen Blick nicht von den vielen Sternbildern abwenden. Dann bemerke ich, dass Orion – der Himmelsjäger – mit seiner trapezförmigen Figur und seinem umgebundenen Gürtel weitergewandert ist. Das Sternbild steht jetzt viel höher und sein strahlendes Licht dominiert den Himmel über dem südlichen Atlantik. Und bei genauem Hinsehen bemerke ich, dass einer der drei Sterne des Gürtels etwas aus der Linie herausragt. Diese Anordnung spiegelt sich auf der Erde – die Pyramiden von Gizeh.

Ich bin tief beeindruckt von der Fülle des Sternenhimmels und den gewaltigen Ausmaßen des Firmaments. Dabei wird mir bewusst, dass das, was ich sehen kann, nur ein winziger Ausschnitt des Universums ist. Und dann wird alles klein um mich herum und ich begreife den tieferen Sinn meiner Existenz. Ich sehe den Sandstrand, auf dem mein Boot sicher vertäut liegt, die Klippen im Hintergrund, die sich ostwärts auf der Meeresoberfläche im Mondlicht spiegeln und das Land vom Meer trennen, mein kleines Segelboot, das mich durch Stürme und Flauten trägt und dessen einziger Mast sich den Sternen entgegenstreckt. In dieser Stimmung von Ehrfurcht vor dem Universum erahne ich die Unendlichkeit der Schöpfung.

Und in diesem Moment habe ich ich das dringende Bedürfnis meinen verstorbenen Eltern zu gedenken. Ich tue das in Form von Flaschenpost, die ich dem Meer übergebe.

Liebe Mama,

ach, könnte diese Post doch zu Dir finden. Ich bin weit weg von meinem Zuhause und die Flasche mit meiner Botschaft an Dich, die ich gerade ins Meer geworfen habe, tanzt wild auf der aufgewühlten See. Und so wie eine Welle nach der anderen meine Flaschenpost hin- und her-, vor- und zurückwirft, so zögerlich sieht es auch in meinem Inneren aus. Es fällt mir schwer, die richtigen Worte zu finden, um Dir zu sagen, was mich bedrängt und quält. Ich weiß, Du hast viel durchleiden müssen in Deinen jungen Jahren. Dein Mann und auch wir Kinder haben Dir Dein Leben nicht einfach gemacht. Und doch hast Du Dich gesorgt und natürlich wolltest Du immer nur das Beste für uns. Ich weiß, dass ich Dich oft enttäuscht habe. Deinen Vorstellungen, aus mir das zu machen, was Du selbst in Deiner Jugend anstrebtest, konnte ich nie gerecht werden. Eigentlich wollte ich das sogar so: Ich wollte mich nicht unterwerfen lassen, um ein Abziehbild Deiner Wünsche zu werden. Das kann ich nun nicht mehr ändern. Aber Mama, weißt Du, da sind noch so viele offene Fragen an Dich, und wer weiß, ob ich jemals eine Antwort auf meine Fragen oder ein Zeichen von Dir aus dem Jenseits bekommen werde. Denn ich habe Fragen, die mir auf der Seele brennen: Mama, mein Blick zurück ist getrübt und der wabernde Nebel, der mich umhüllt, stumpft meine Sinne ab. Und wenn ich in mich hineinhöre, glaube ich Deine klagende Stimme zu vernehmen: „Ach Bub, warum, warum nur?“ Ist Deine Frage eine Suche nach nie erhaltenen Antworten oder ist Deine Frage ein Vorwurf? Was immer es ist, es bereitet mir Schmerzen. Seelenschmerzen. Dann sehe ich Dich, wie Du an Deinem Küchentisch sitzt und den unbedruckten Rand der Tageszeitung mit Deinem Namen füllst. Seite für Seite, Blatt für Blatt prangt Dein Name in Schönschrift auf den Rändern Deiner Zeitung. Ich bin immer sehr beeindruckt von Deiner Schrift. Denn mein Schriftbild gleicht einem Gekritzel und sogar harte Strafen haben es nicht vermocht, meine „Kralle“, so hast Du meine Art zu schreiben genannt, zu verändern. Mama, ich sehe, wie Deine Augen in die Ferne schweifen und Dein Blick silbrig wird. Wohin reisen Deine Gedanken? Bringen sie Dich dorthin, wo Du schon immer einmal sein wolltest? Sind es ferne Länder und andere Kulturen oder ist es nur ein sicherer Ort des Friedens in Deinem heimatlichen Umfeld? Ich werde es nie von Dir erfahren können, aber ich ahne, was Du mir sagen möchtest: Ja, mein Bub, in meinem Herzen war immer die Leidenschaft eines jungen Mädchens. Deine Erinnerungen an mich werden sich wie Nebelschwaden in der aufgehenden Sonne verflüchtigen, und was bleiben wird, sind die schönen und die traurigen Höhepunkte in unserem Familienleben. Es ist überall dasselbe. Es gibt keine Ausnahme. Mama, ich sehe Dich, als Deine Kraft zu Ende geht und wie Dein Geist von einer schrecklichen Erkrankung befallen wird. Ich bemerke, wie Du auf Dein Abendessen starrst, aber Du kannst nicht einmal ahnen, was Du damit anfangen sollst. Ich sehe, wie Du darunter leidest, boshafte Blicke erdulden zu müssen. Du wirst verdächtigt, dass Du nur störrisch bist, störrisch wie ein ungehorsames Kind. Aber sie verstehen Dich nicht. Und meine Erklärungen über die Krankheit „Demenz" verpuffen unverstanden ins Leere. Und alle schrecken auf, als Du plötzlich vor dem Elektro-Küchenherd stehst und an den Knöpfen drehst. Das Kochfeld wird feuerrot und Du bist entzückt darüber, was Dir gerade gelungen ist. Und bevor ich Dich zurückreißen kann, stützt Du Dich mit beiden Händen auf dem Kochfeld ab. Mama, ich wünschte, ich hätte Dir die unsagbaren Schmerzen ersparen können, aber ich konnte es nicht.

Und als Du mich auf Deinem Sterbebett als Deinen Bruder erkanntest und mich fragtest: „Bist Du endlich zurück aus der Kriegsgefangenschaft?“, gab ich Dir ein Zeichen, indem ich mit dem Kopf nickte: „Ja, es ist vorüber und ich bin bei Dir.“ Deine Kraft geht zusehends zu Ende und M. sorgt sich aufopfernd um Dich. Sie sieht es als eine Menschenpflicht, Dir Dein Leben etwas zu erleichtern, und übernimmt alle notwendigen Pflegeleistungen. Und als M. eines Tages sagt: „Gell Oma, wir verstehen uns gut und...“, da kommt Deine Antwort mit gestochen scharfen Worten: „Wir? Noch nie!“ Diese Aussage schmerzt wie ein Stich und sie bohrt sich tief in unser beider Herzen.

Mama, ich hätte mir so sehr gewünscht, dass Du Deinen Frieden mit Deiner Schwiegertochter gefunden hättest. Aber Dein Groll darüber, dass wir beide, M. und ich, nicht allen Deinen Vorgaben und Wünschen nachkommen konnten und wollten, sitzt sehr tief, zu tief, um am Ende Deinen Segen zu erhalten. Und ich stehe an Deinem Sterbebett und fühle, wie sich das Band, das die Generationen verbindet, spannt und die Nabelschnur zwischen Dir und mir zum zweiten Mal zerreißt.

Lieber Papa,

der Inhalt dieser Flaschenpost wird Dich nicht mehr erreichen. Nicht auf dieser Erde. Denn Du bist kürzlich verstorben. Deine Augen, um diese Zeilen zu lesen, sind erloschen, und Du kannst meinem Brief an Dich kein Gehör schenken. Deine zurückgebliebene Asche ist blind und taub. So blind und taub, wie Du mir gegenüber oft schon zu Lebzeiten gewesen bist. Aber ich weiß, dass in der Handvoll staubigen Rests, der von Dir geblieben ist, Deine ganze ungestüme Energie vorhanden ist. Und da nichts in diesem Universum verloren geht, sind auch Deine Energie, sogar Dein Wesen und Deine Wesensart zugegen. Egal wo, egal wann und egal in welcher Form. Ich weiß, Du bist da. Und weil ich davon überzeugt bin, dass Du trotz Deiner Strenge zu Lebzeiten auch ein weiches Herz und ein gütiges Wesen hattest, will ich mich an Dich wenden. Denn ich habe noch ein paar unbeantwortete Fragen an Dich. Und wenn Du kannst, lass mir Deine Meinung, die Du aus unzähligen Erfahrungen gesammelt hast, zukommen. Papa, ich frage Dich, warum spielst Du in meiner Erinnerung immer noch das gleiche alte Lied? Und warum singst Du immer noch die alten, abgedroschenen Melodien? Denn draußen auf den Straßen und Plätzen passiert etwas. Die neuen Rhythmen und die neuen Texte beinhalten eine gute Botschaft. Aber ich glaube zu hören, was Du sagen möchtest. Ja, ich weiß, es gab in Deinem Leben so viel Missgunst und so viele hämische Angriffe und Feindseligkeiten auf Deine Person. Und Du hast zu Deinen Lebzeiten viel Ärger auf Dich gezogen; den mussten oft wir, Deine Familie, ausbaden. Und Du hast es oft nicht einmal bemerkt, wenn Mutter, meine Schwester und ich unter den Fingerzeigen der anderen gelitten haben. Aber ich kenne Dich, und Du würdest zu mir sagen, dass Du es in Deiner Jugend und später als Erwachsener auch nie leicht gehabt hast und genauso ein Rebell gewesen bist, wie ich selbst ein Rebell gewesen und vielleicht immer noch bin. Also würdest Du jetzt zu mir sagen: Du tanze Deinen eigenen Tanz und vergiss niemals, hörst Du, vergiss niemals, jede Generation hat ihre eigene Art und es ist das drängende Bedürfnis einer jeden Generation, ungehorsam zu sein! Denn Du sollst wissen, es lag in meiner Art und es liegt in Deiner Art, anderer Meinung zu sein, wenn Regeln und Zwänge Deiner Entwicklung im Wege sind. Papa, dass Du die Post in dieser Flasche niemals in Händen halten wirst, ist klar. Aber weißt Du, es ist unwichtig. Und sollte diese Flasche an einer fernen Klippe zerschellen oder in der Weite des Meeres untergehen, meine Botschaft hat Dich schon erreicht, während ich diese Zeilen auf eine freie Seite meines Logbuches kritzele, und es schmerzt mich immer noch unsäglich, wenn ich mich daran erinnere, wie Du Dein Zimmer im Altersheim auf den Kopf gestellt hast, weil Du Deine Autoschlüssel nicht mehr gefunden hast. Sie waren weg und Dein Auto war auch weg. Verkauft. Aber Du hast mich angeschrien wie eine Furie und mir mit Schlägen gedroht. Armer Vater, Du hast nicht bemerkt, wie ein kleiner Teufel namens Demenz immer häufiger von Deinem Geist Besitz ergriffen hat. Du wolltest mit Deinem Corsa spazieren fahren, wie Du es in den letzten Jahren immer getan hast – zur Kapelle Maria Bildeich. Und Du hast mir befohlen, endlich das Heu einzufahren, die Dickrübenpflänzchen durchzuhacken, die Kartoffeln zu häufeln und die Kühe zu melken. Arbeiten, die gewöhnlich in verschiedenen Jahreszeiten in der Landwirtschaft anfallen, wolltest Du sofort erlededigt wissen. Mein zaghafter Einwurf, dass Du die Landwirtschaft schon seit Jahrzehnten aufgegeben hast, hast Du mit Deiner Hand barsch weggewischt und mich mit ziemlich bösen Worten beschimpft. Bis eines Tages mein Schwiegersohn Michael mit von der Partie war. Er hat Deine

Fragen einfach bejaht. Heu, Kartoffeln, Dickrüben und Kühe melken – alles erledigt! Und dann habe ich verstanden, wie wichtig es für Dich war, nichts versäumt und alles Notwendige getan zu haben. Du warst zufrieden und ich war zufrieden. Heute verstehe ich Deine Wesensart, wenn man zu mir sagt: „Der Apfel fällt nicht weit vom Stamm."

Euer Sohn Klaus

Der Terminator

Große Veränderungen der westlichen militärischen Strukturen wie der NATO resultieren aus dem Zerfall der ehemaligen Sowjetunion. Zahllose kleine und kleinste Regionen, einst zwangsvereint unter dem Zentralkomitee der kommunistischen Partei der Sowjetunion, lösen sich aus der stalinistischen Zwangsjacke und aus Osten sind ein lauwarmer Frühlingswind und ein Hauch von Freiheit zu verspüren. Doch nicht immer sind es vom Volk gewählte Volksvertreter, die plötzlich als mächtig erscheinende Oligarchen die Bodenschätze ihrer Region an sich reißen und das Volk weiterhin mit harter Knute knechten, so wie die Unterworfenen es seit Generationen gewöhnt sind. Ungeachtet dessen löst sich das alte Feindbild auf und die westlichen Großmächte sehen sich veranlasst, ihren Militärhaushalt auf das Nötigste zu schrumpfen. Das hat gravierende Kürzungen der finanziellen Mittel zur Folge. Als Resultat werden viele Heeresstandorte des US-Militärs geschlossen; ergo verlieren auch viele medizinische Versorgungseinheiten ihre Daseinsberechtigung. Etliche Standorte werden nacheinander stillgelegt und viele Arbeitsplätze bei den ausländischen Streitkräften gehen verloren. Ebenso werden auch Dienststellen der militärischen Verwaltung geschlossen, bestenfalls mit anderen Dienststellen in weiter entfernten Regionen zusammengelegt mit dem Resultat, dass Menschen ihren neu entstandenen Arbeitsplätzen nachziehen müssen. Das ist meistens mit erhöhten Lebenshaltungskosten und weniger Lebensqualität verbunden. Betriebsräte und Gewerkschaften drohen mit Arbeitsniederlegung – als wenn eine solche Wehrhaftigkeit eine langfristig geplante, letztendlich beschlossene und schon im Umsetzen begriffene Entscheidung noch rückgängig machen würde. In Wirtschaftsbetrieben oder im Öffentlichen Dienst sind Streiks und Arbeitsniederlegung angemessene und taugliche Mittel, um die Menschen nicht zu Ereigniskarten im großen Monopolyspiel der fusionierenden Dienstleistungsgesellschaften oder der Gier der Aufsichtsräte werden zu lassen. Militärische Planung unterliegt entweder kurzfristig entstandenen Notwendigkeiten, also taktischen Zielen, oder langfristigen strategischen Vorausplanungen. Den strategischen Planungen geht eine lange Vorlaufzeit voraus, die sich an den geopolitischen Veränderungen der Machtverhältnisse und den Interessen der Großmächte orientiert. Und sollte das Letztere zutreffen, was im Zeichen von Glasnost und Zerschlagung der Sowjetunion immer öfter der Fall ist, dann löst die US-Armee – oft sehr kurzfristig – bis dahin sehr wichtige militärische Standorte auf. Weil eine aufgelöste Einheit somit auch den lange besetzten Standort aufgibt, sind große Verluste das traurige Resultat. Die langjährig Beschäftigten werden auf neudeutsch „freigestellt“. Ein sauberer Ausdruck für „Entlassung“. Ersatzarbeitsplätze stehen nicht zur Verfügung. Wie denn auch? Große Militärareale hatten die Ansiedlung von produzierenden Industriebetrieben verhindert, und expandierende Dienstleistungsbetriebe suchen sich Gegenden in der Nähe großer Ballungsgebiete. Die Dörfer und Städte nahe der verwaisten, verödeten Standorte beherbergen zurückgelassene Menschen, viele der „Freigestellten“ haben keinerlei Perspektive mehr und auch sie veröden und vereinsamen in ihrer Trostlosigkeit inmitten ihrer schönen großen Häuserzeilen im gepflegten Dorf.

Ganze Regionen erleben einen totalen Strukturwandel. Schließlich werden Konversionsprojekte erstellt und viele Menschen sehen endlich wieder Licht am Horizont. Für sie geht es weiter, zwar mit viel Mühe und einer gewaltigen Portion Ausdauer, denn es muss Neues erlernt werden und der Kampf um eine der wenigen freien Stellen auf dem Arbeitsmarkt wird erbittert gefochten. In solchen Zeiten der sozialen Unsicherheit suchen die Menschen, deren Arbeitsplätze akut gefährdet sind, Hoffnung und Trost bei ihren Vertretungen. Das alles birgt ein großes Stresspotential. Die Burn-out-Erkrankungen nehmen in hohem Maße zu und die Betroffenen leiden unter chronischer Angst und unter Depressionen. Informationen über die Ursachen und den Verlauf eines Burn-out-Syndroms erreichen die Menschen nur langsam und die Nichtbetroffenen verdächtigen einen derart Erkrankten – salopp gesagt – der Faulenzerei. Erstaunlicherweise ändert sich dieses Verhalten aber sehr schnell im Laufe nur kurzer Zeit, und Burn-out-Betroffene wagen über ihre Probleme zu sprechen.

Auch mein Betrieb steht vor einer Zerreißprobe und droht aufgelöst zu werden. „Freundliche" E-Mails erreichen uns aus unserem Hauptquartier in San-Antonio/Texas mit dem Hinweis, dass es innerhalb der Vereinigten Staaten von Amerika gravierender Veränderungen bedarf. Zusammenlegungen von militärischen Dienststellen, auch solchen, die im Finanzwesen tätig sind, seien nicht mehr zu verhindern. Folglich müsste eine Zusammenlegung unseres Betriebes mit einer Dienststelle innerhalb der USA in Betracht gezogen werden. Den „freundlichen" E-Mails folgen Delegationen von freundlich dreinschauenden Damen und Herren, die nichts anderes im Sinn haben, als unseren Betrieb einzukassieren und somit zu schließen. Man wolle nur die Voraussetzungen überprüfen, um dann die spezifischen Bedingungen einer Schließung unter Berücksichtigung des deutschen Arbeitsrechtes zu erarbeiten. Der immerzu lächelnde Herr mit gewachster Glatze und im tadellos sitzenden Anzug bemüht sich sehr, uns mit seinem ihm eigenen, übertrieben schmeichelnden Charme von der Notwendigkeit und der absoluten Richtigkeit einer Zusammenlegung unserer beiden Betriebe zu überzeugen. Das Gespräch findet hinter verschlossener Tür im Büro unseres zivilen Betriebsleiters J.G.L. statt.

Außer ihm, mir selbst und dem gewachsten Glatzkopf befindet sich sonst niemand in dem verriegelten Bürozimmer. J.G.L. und ich haben ein nie zuvor ausgehandeltes oder abgesprochenes Abkommen. Es hat sich im Laufe der vielen Jahre enger Zusammenarbeit einfach so ergeben; als liege es in der Natur der Sache, dass jeder von uns beiden für sich erkennt, wo seine Stärken oder auch Schwächen sind. Dadurch haben sich fruchtbare Freiräume für uns beide ergeben, und zu keiner Zeit gab es eine bessere Gelegenheit, die Früchte unserer Arbeit zu ernten und zum Nutzen der gesamten Belegschaft die Ernte ins Trockene zu bringen.

J.G.L. entlarvt den Herrn aus Amerika schnell und wir erkennen seine Absichten. Und als er die Vorzüge einer Zusammenlegung, und natürlich meinte er die Zerschlagung unseres Betriebes, hervorhebt, da spätestens ist es an der Zeit, unsere Waffen einzusetzen.

Teil meiner routinemäßigen Tätigkeit ist, verbuchte Ausgaben auf ihre Richtigkeit zu prüfen. Aber viel wichtiger, so finden J.G.L. und ich, ist, dass all dem Zahlenwerk eine Sinnhaftigkeit zugemessen werden kann; denn zu oft, viel zu oft, ist uns aufgefallen, dass einige Dienststellen innerhalb der USA in der zurückliegenden Zeit Zahlenwerke an das Hauptquartier geliefert haben, die weder nachvollziehbar waren noch korrekt sein konnten. Genau da setzen wir unsere messerscharfen, fein gehüteten Waffen ein und machen ihm jedwede Versuche zunichte, uns von der ungeheuren Wichtigkeit – in seiner Begründung redet er sogar von Unabdingbarkeit – seines bis ins Detail durchdachten Planes zu überzeugen. Seinem Gesicht entweicht nach und nach sein Lächeln und somit auch seine bis zu diesem Zeitpunkt gespielte Coolness. Seine Nonchalance bröselt dahin und mir scheint, dass er das für ihn unfruchtbar verlaufende Gespräch auf der Stelle abbrechen möchte. Und genau das tut er dann auch, indem er mit einem Rest von Selbstsicherheit J.G.L. auffordert, unverzüglich einen Gesprächstermin mit unserem militärischen Dienststellenleiter zu organisieren. Doch das völlig überzogene Wichtig-Getue beeindruckt uns nicht im Geringsten. Alleine diese Tatsache hat eine verstörende Wirkung auf ihn und er bricht das Gespräch ab, nachdem er erfahren muss, dass sein Gesprächspartner in dieser Angelegenheit unser Chef J.G.L. ist und sonst niemand. Diesen Hinweis hat er offensichtlich als barsche Abweisung aufgefasst, denn am nächsten Tag begibt er sich in das Europäische Hauptquartier der US-Armee in Heidelberg, um sich zu beschweren. Wir, J.G.L. und ich, hätten ihm nicht die ihm zustehenden Ehrbezeugungen erwiesen – und mit dieser Behauptung hat er nicht unrecht. Wir hatten ihn nie zuvor gesehen – aber wir haben von ihm vorher schon gehört, denn solchen Burschen eilt meistens ein Ruf voraus. Und der ist oft nicht gut.

Diktatorisch leitet er „seine" Dienstelle und nennt die Beschäftigten „my workerbees", Arbeitsbienen, die er minutiös beobachten lässt, kleinste Fehler mit Abmahnungen bestraft und nach Gutsherrenart die Menschen feuert. Er sei einer, der das gnadenlos tue, sofern er nicht hoffiert werde und man ihm die völlige Unterwerfung verweigere. Der Herr verschwindet zwei Tage nach seiner Ankunft unverrichteter Dinge – übrigens ohne sich von uns zu verabschieden. Uns beide hat das weder betrübt noch beeindruckt. Unsere Argumente haben bewirkt, dass er ohne sein herbeigesehntes Ergebnis von dannen zog. Denn es ist ihm nicht gelungen, seinen Betrieb auf Kosten der Schließung unseres Betriebes aufrecht zu erhalten. „Unsuccessful journey; mission not accomplished!" Innerhalb nur kurzer Zeit wird sein Büro aufgelöst und in den hohen Norden Amerikas nach Rome im Staate New York verlegt. Der noble, aber fiese Mister ist natürlich vorab informiert und gibt Fersengeld, bevor auch nur ein einziger der anderen Beschäftigten von der geplanten Schließung etwas erfährt. Nur eine Handvoll Bediensteter der überraschend geschlossenen Dienststelle in San Antonio/Texas erhaschen einen Job, alle anderen suchen wahrscheinlich heute noch vergebens nach einer vergleichbaren Tätigkeit mit adäquatem Einkommen.

Niemand außer zwei oder drei weiteren Beschäftigten unserer Managementabteilung hat von dem Besuch aus Amerika und dessen heimtückischem Versuch, unseren Betrieb auflösen zu wollen, etwas mitbekommen. Erst bei einer der sporadisch abgehaltenen Betriebsversammlungen berichtet J.G.L. über die erfolgreich abgewandte Betriebsschließung. Die Reaktionen der Betriebsangehörigen sind unterschiedlich, von völlig unbeeindruckt bis heilfroh, angesichts der Rettung unserer Arbeitsplätze. Der Betrieb läuft weiter, als wenn nichts gewesen wäre. Die Sorge, dass ausnahmslos alle Arbeitsplätze sehr bald verloren gehen könnten, verliert sich schnell und eine Woche nach dem Besuch des Herrn aus Amerika erinnert sich kaum noch jemand daran, dass eine kleine Gruppe des Management-Teams alle Arbeitsplätze für viele Jahre gerettet hat.

Und doch wird auch unser Betrieb von einer großen und einschneidenden Veränderung getroffen. Das gesamte Rechungswesen des Militärhaushalts der US-Armee wird zentralisiert; alle Fäden laufen nun an einem einzigen Ort innerhalb der Vereinigten Staaten von Amerika zusammen. Als einzige Dienststelle, zuständig für das Rechnungswesen innerhalb Europas, wird ein Ort in unserer Gegend bestimmt. Die Arbeitsplätze aus unserer Dienststelle wandern an diesen Ort ab und Weiterbeschäftigung auf unbestimmte Zeit ist garantiert.
An unserem alten Arbeitsplatz verbleibt lediglich ein Management-Team, und die Anforderungen an Wissenserweiterung

wachsen mit den sich ständig ändernden Buchhaltungssystemen. Und spätestens dann, als das über mehr als zwanzig Jahre gültige Computersystem als nicht mehr zeitgemäß eingestuft wird, beginnt eine lange Phase des Erlernens neuer Rechnersysteme. Das tagsüber zwischendurch erworbene Wissen wird online abgefragt und wehe, wenn ein dringendes Telefonat, ein dringende E-Mail oder Ähnliches dazwischenkommt, dann verschwindet der fast fertiggestellte Test plötzlich vom Bildschirm... time-out. Also muss ein neuer Test aufgerufen werden, natürlich mit völlig neuen Fragen und noch schwieriger als der beinahe fertiggestellte. Es ist ein Dilemma für alle, denn je nach Beschäftigungsgrad und Funktion ist die Menge der Testfragen mehr oder weniger, die Schwierigkeitsebene schwerer oder leichter. Aufgrund meiner beruflichen Tätigkeit und meines Verantwortungsbereiches kann ich mich über eine zu geringe Menge der zu beantwortenden Testfragen weder beklagen noch mich selbst bedauern. Außerdem erfüllt mich meine Arbeit und herumzuschimpfen hätte auch gar keinen Sinn.

Noch drei Jahre Arbeit liegen vor mir und langsam mache ich mir zusammen mit meinen verbliebenen Kollegen Gedanken darüber, wie ich mein zukünftiges Rentnerdasein gestalten werde.

Reisen möchte ich mit meiner Frau! Vielleicht eine Weltreise über einen Zeitraum von mehreren Monaten. Mit dem Flugzeug, mit einem Schiff oder mit der Bahn... Die Vorfreude beflügelt meine Fantasie und ich sehe uns schon an antiken Kulturstätten, sonnigen Stränden und auf einsamen Inseln. Denn in Wirklichkeit haben wir ja noch gar nichts von der Welt gesehen. Sogar die Reisen nach Amerika waren immer Dienstreisen und nicht immer konnte ich unsere Tochter C. mit Familie besuchen. Und dann ging es wieder zurück in den Alltag mit beruflicher Arbeit, der Betreuung meiner altersgeplagten Eltern oder längst fälligen Reparaturen am und im Haus. Da bleibt nicht viel Zeit übrig, und bevor man es bemerkt, ist schon wieder ein Jahr vorüber. Und wieso haben wir, M. und ich, das Gefühl, dass die Monate umso schneller wechseln, je älter wir werden? Aber Zeit ist nicht dynamisch, sie ist eine konstante Größe! Also muss es ein Gefühl sein, das uns vorgaukelt, etwas in der uns geschenkten Zeit versäumt zu haben. Und so verschieben wir einige unserer Reisepläne wieder auf später: „Bald, wenn wir in Rente sind, wird alles anders werden", reden wir uns ein, „und wir können all das nachholen, was wir schon immer unternehmen wollten, aber nie tun konnten." Und die Gründe dafür sind ständig präsent.

Und dann kommt der Tag, an dem der Himmel über uns zusammenbricht. Ohne Vorahnung und ohne Vorwarnung, wie ein plötzlicher Schiffbruch:

„Sehr geehrter Herr Doktor Z., vielen Dank für die Überweisung Ihres Patienten. Nach eingehender Untersuchung und Durchführung spezifischer Tests musste ich bei Herrn N. L. die neurologische Erkrankung Morbus Parkinson diagnostizieren. Um eine andere Erkrankung auszuschließen, wird eine Positronen Emissions Tomographie (PET) vorgeschlagen."

Ich muss auf Anforderung meiner Krankenkasse eine Rehabilitationsmaßnahme absolvieren, deren erwarteter Erfolg aber ausbleibt. Die Rehabilitations-Klinik und die Deutsche Rentenversicherung attestieren in ihrem Abschlussbericht, dass ich in eine vorgezogene Erwerbsminderungsrente entlassen werde. „Ich und Rentner! Niemals! Vor allem nicht, wenn mir eine Rente aufgezwungen wird."

Und trotz aller Widerstände bin ich Rentner geworden. Und es gibt viel zu tun.

Logbucheintrag

Schiffstyp: Einmastsegler
Besatzung: Skipper und Smutje in Personalunion

Lage an Bord: Auf Riff aufgelaufen
James P. Rigor erleidet Schiffbruch – Gestrandet

Position: Eine unbekannte Insel im Mittelmeer. Atlantis?
36° 25′ 0″ N,25° 26′ 0″ E

Die Reise führt durch den südlichen Atlantik, ohne dass Land in Sicht ist. Endlich, nach vielen Tagen und Nächten, kann ich im dichten Nebel die Spitze des Felsens von Gibraltar erkennen. Ich halte mich, nach gefährlichen Untiefen Ausschau haltend, knapp unter der Küste, denn ich muss die nächste Gezeitenströmung abwarten und sie ausnutzen. Wenn die Strömung hinein in das Mittelmeer einsetzt, muss ich vorbereitet sein. Am besten wird es gehen, wenn ich mit gerefftem Segel den Schub der Flut abwarte. Denn dann wird mein kleiner Segler auf der in das Mittelmeer hineinströmenden Dünung wie von Geisterhand getragen werden. Langsam nimmt mein Segler Fahrt auf, die Meeresenge taucht aus dem Dunst auf und ich kann die hohen Felsen beidseits des Fahrwassers ausmachen. Mein Schiff gewinnt an Geschwindigkeit und die Küstenlinien scheinen vorbeizufliegen. Und dann setzt ein Wind ein, der mehr als unberechenbar ist. Es sind die Contrastes, gegenläufig stark wehende Winde aus den verschiedensten Himmelsrichtungen. Da ist der sehr kühle Poniente, der sich vom Atlantik kommend durch die Meerenge von Gibraltar presst und meinem Schiff von achtern zusätzlich Fahrt verleiht. Aber da ist auch der heiße Atem des Levante. Dieser Wind weht mir von vorne entgegen und bremst die Fahrt meines Schiffes manchmal, je nach Stärke der Böen, abrupt ab, und um das Ganze noch abenteuerlicher zu machen, bläst quer zu diesen Luftströmungen der Mistral aus nordwestlicher Richtung. Dieser Wind hat es in sich. Er entsteht weit im Norden als eiskalter ablandiger Fallwind polaren Ursprungs und ist das Ergebnis eines atlantischen Tiefs und eines gleichzeitigen Tiefdruckgebiets über der Nordsee. Auf seinem Weg vom Norden Frankreichs bis in den Süden der *Presqu'île de Giens* und weiter über die vorgelagerten Inseln von Hyeres wird er durch das aufgeheizte Rhonetal gepresst und kann zur Sturmstärke anwachsen. Dann, Seemann, heißt es aufpassen. Denn plötzliche Breitseiten können dein Schiff einfach wegfegen oder bestenfalls in starke Krängung bringen. Daher verzichte ich darauf, mein Topsegel zu setzen. Das bei dieser Kreuzsee von ständig wechselnden Windrichtungen zu hissen, wäre ein fataler Fehler. Also mache ich langsame Fahrt voraus. Und noch während ich versuche, das richtige Fahrwasser zu erreichen, trifft uns schon ein Tief, das sich von der algerischen Küste in Richtung Balearen bewegt. Mein Schiff hat gegen diese Kraft keine Chance; wir driften weit Richtung Osten, passieren die Straße von Sizilien und reiten auf hohen Wellenkämmen weiter durch die südliche Ägäis mitten hinein in die Inselwelt des Libyschen Meeres. Wollte ich icht immer schon auf die Insel Kreta? Diese Inselwelt mit hohen schneebedeckten Gebirgen und tiefen, unzugänglichen Schluchten hat eine magische Anziehungskraft auf mich. In den nebelverhangenen Höhen des Idagebirges soll sich eine Höhle befinden, in der der Göttervater Zeus geboren wurde, und die Ebenen in Küstennähe sind übersät von antiken Ruinen. Ich habe in meiner Jugend über den Palast von Knossos gelesen; nun kann ich diese Stätte aufsuchen.

Die Bilder der griechischen Sagen und Heldengeschichten nehmen Gestalt an und ich bin in meiner Fantasie der Gegenwart völlig entrückt. Ich träume einen Tagtraum mit offenen Augen, und als wäre mein Gehör, gleich denen des Odysseus´ Gefährten mit Wachs verstopft, vernehme ich nicht das aufbrausende Heulen des Orkans.

Die Strafe für meine Unachtsamkeit ereilt mich und mein Schiff in Gestalt eines heißen, wütenden Sturms und reißt mein Boot mit sich in nördlicher Richtung. Der von der Libyschen Wüste aufgeheizte Wind verstreut seine Fracht aus Wüstensand, toten und lebenden Kerbtieren und Pflanzenfasern auf seinem Weg über die Menschensiedlungen und über das Meer. Der aufgewühlte Sand verdunkelt den Himmel, doch die hochstehende Sonne zeigt sich als blutroter Ballon über einer halbkreisförmigen Inselwelt und lässt das Meer und die nahe Küste als gespensterhafte Kulisse für mein wild stampfendes Schiff erscheinen. Ist das Kreta? Aber in diesem Moment muss mir das egal sein. Das Schiff ist in Seenot!

Meine ***James P. Rigor*** ächzt, und als mein Schiff vor Schmerz zu stöhnen scheint, spüre ich, wie sich die Spanten lockern und sich aus ihren Fugen heben. Der einzig verbliebene Rest des Rahsegels hängt als kläglicher Fetzen Leinen flatternd im Sturmwind. Ich kann mich auf Deck nicht mehr halten und muss in meine Kajüte flüchten. Die Sandwolke umhüllt uns wie eine undurchsichtige Nebelwand. Finsternis ist rings um uns. Was hätte Odysseus jetzt getan, um sich und seine Gefährten zu retten?

Für einen Augenblick denke ich an F. Sales. Er fuhr als junger Mann lange zur See als Marinesoldat auf einem Minensucher des 7. Minensuchgeschwaders der Bundesmarine, und er diente als Smutje an Bord seiner *„Atlantis"*. Er wusste sich immer zu helfen; auch wenn die Lebensmittelvorräte an Bord seines Schiffes zuweilen dürftig waren. Er verstand es mit viel Fantasie und Raffinesse, einfache köstliche Mahlzeiten zur Freude seiner Kameraden zuzubereiten. Und wenn die Torpedorohre der *„Atlantis"* – denn die Rohre dienten als Kühlschrank – nichts mehr hergaben, dann fand F. Sales immer noch genügend Kartoffeln, Rote Rüben und einige eingesalzene Heringe in der Backskiste seiner Kombüse, um daraus ein Labskaus herzustellen, dass es für jeden an Bord eine Freude war.

Jetzt bräuchte ich den Rat und das herzhafte Eingreifen meiner Freunde. Mit F. Sales als erfahrenen Seemann würden wir diesen tobenden Orkan überstehen. Da bin ich mir ganz sicher. Aber ich höre seine Stimme im brausenden Sturmwind nicht Und es fehlt mir W. dessen lustige Geschichten und Witze mich erheitern würden.

Und dann vernehme ich das Knirschen des auseinanderbrechenden Schiffsrumpfes auf hartem Gestein. Um mich krachendes Splittern der Spanten und Planken. Sie halten den Schlag auf das nur knapp unter der Wasseroberfläche lauernde Riff nicht aus. Sturzseen brechen ein und füllen den Bootskörper meiner ***James P. Rigor***, als würden alle Schleusen des Himmels und des Meeres geöffnet sein. Dann spüre ich, wie sich der zerborstene Rumpf den anbrausenden Wellen ergibt. Die Trümmer werden ununterbrochen von steuerbord nach backbord geworfen und ich taumele, stürze, verliere den Halt. Teile meiner dürftigen Inneneinrichtung verabschieden sich in die an- und abschwellenden Fluten, werden fortgerissen als Treibgut. Ich muss hier raus! Und ich habe keine Zeit, darüber nachzudenken, was ich als Schiffbrüchiger mitnehmen sollte. Diese Frage erübrigt sich schneller, als ich vermuten kann, denn jetzt drohen mich große Teile des zerschmetterten Rumpfes zu erschlagen. Der Kiel meines einst so stolzen Seglers bäumt sich auf einmal auf und mit dumpfem Krachen zerlegt sich der verbliebene Rest meines Schiffes splitternd in seine Einzelteile. Ich schnappe mir, was ich von der Back greifen kann. Sie ist das einzige Stück Möbel, das noch nicht völlig zertrümmert ist. Sextant, Glasenuhr – nur noch verbogenes und zersplittertes Gerümpel. Das Funkgerät ist jetzt wertloser Elektroschrott und das aufgerollte Kartenmaterial ist im Aufweichen begriffen. Endlich finde ich meine Umhängetasche mitsamt Logbuch und Schreibzeug und versuche mit einem Rest an verbliebener Atemluft an die Wasseroberfläche aufzutauchen. Schließlich, nach einigen wenigen Sekunden, die mir wie eine Ewigkeit vorkommen, kann ich mich von dem Wrack meines einst so stolzen Seglers entfernen. Tosende Gischt wirft mich hin und her, vor und zurück; meine Hände, meine Arme und meine Beine sind willenlose Opfer der Gewalt des Meeres. Die Aufschläge meiner Glieder auf den felsigen Meeresgrund spüre ich nicht. Um mich wird es Nacht.

Es ist heller Tag und die Sonne steht hoch am Himmel, als ich aufwache. Und ich fühle eine wonnige Wärme, die durch meinen Körper fließt. Aber ich kann meine Augen nicht öffnen. Sie sind geschwollen, vom salzigen Seewasser verätzt, und meine Augenlider sind verkrustet. Meine Beine erscheinen mir lahm und meine Arme unbeweglich. Der Versuch, mich aufzurichten, misslingt, begleitet von einem Schmerzensschrei. Es dauert lange, bis ich mich von den Strapazen der letzten Stunden erhole. Wo bin ich? Was ist mit meinem Segler geschehen? Wo ist mein Schiff? Bin ich nur benommen oder ist dies ein unwirklicher Zustand zwischen Leben und Tod? Ich liege regungslos im feuchten warmen Sand, aber ich sehe keine Fußspuren. Weder von mir noch von anderen Menschen hier an diesem Küstenstreifen. Es gibt auch keine Anzeichen dafür, dass ich in Gesellschaft anderer Menschen bin. Ich richte mich – soweit es mir möglich ist – auf und spüre, dass meine beiden Ellbogen zerschunden und mit sandverkrustetem Blut bedeckt sind. Knie und Fußrücken sind von Blutergüssen blau unterlaufen und zu Klumpen angeschwollen.

Langsam wird mir bewusst, was passiert ist. Dann sehe ich auch den Teil einer Mastspitze mit zerfetzten Segelresten aus den anrollenden Wellen herausragen. Die Mastspitze tanzt im Rhythmus der Dünung hin und her, und ich glaube den dumpfen, klagenden Klang meiner Schiffsglocke zu vernehmen. Sie ist mitsamt meiner ***James P. Rigor*** untergegangen. Jetzt ist die Glocke – sie war so schön auf Hochglanz poliert – der Spielball der auflaufenden und wieder zurückweichenden Wellen. Dann wird mir bewusst: „Das dort ist mein Schiff! Jetzt liegen seine Reste auf dem Grund des Meeres." Für immer verschollen. Und die Glocke schlägt immerfort.

Der Untergang und der Verlust meines Schiffes schmerzen sehr und die Enttäuschung darüber, dass mir die Führung meines Schiffes von einer höheren Macht ganz plötzlich entrissen wurde, kann ich nur schwer ertragen und muss mir die Endlichkeit grenzenloser Selbstbestimmung eingestehen. Und es dauert lange, bis das Gefühl der vollkommenen Verlassenheit einem seltsamen Gefühl der Hoffnung weicht. Ich lebe, und das ist in meiner Lage das Wichtigste überhaupt. Und waren da nicht diese Leuchttürme? Und sind die Leuchttürme nicht die Freunde der Seefahrer? Sie sind die Landmarken, die mir von nun an den Weg, den ich gehen muss, mit ihrem weithin reichenden Lichtstrahl weisen. Sie sind auch Anker und sicherer

Hort, wenn mein Körper und mein Geist zum willenlosen Treibgut eines brausenden Orkans werden. Dann rettet mich mein Vertrauen auf meine Familie, die mich in Gedanken mit unendlicher Geduld und Nachsicht auf meinen abenteuerlichen Törns begleitet.

Mein stolzes Schiff ***James P. Rigor*** ist an unerwartet auftauchenden Klippen zerschollen und untergegangen. Meine geplanten Unternehmungen sind plötzich und scheinbar für alle Zeit drastich eingeschränkt. Dabei hatte ich noch so viel vor! Es ist schwer, plötzlich verstehen zu müssen, dass nichts mehr so ist, wie es kürzlich noch war und wie es künftig hätte sein sollen. Ein innerlicher Drang, dem drohenden, mit Sicherheit unaufhaltsamen Zerfall meiner körperlichen und geistigen Fähigkeiten ein Schnippchen zu schlagen, generiert Mut, Entschlossenheit, Durchsetzungswillen, sogar eine gewisse Starrköpfigkeit, neue, begehbare Wege einzuschlagen. Da fällt mir mein aus den Fluten gerettetes Logbuch ein. Es gibt noch ein paar unbeschriebene Seiten. Und ich beschließe, die Zeit bis zu meiner Rettung von diesem mir unbekannten Eiland mit Briefeschreiben auszufüllen. Denn da sind die schon lange anstehenden Briefe an meine Töchter und deren Ehepartner, meine Enkelkinder und vor allem der Brief an meine Frau.

Und ich stecke jeden einzelnen Brief in eine der herbeigeschwemmten leeren Flaschen aus meiner zertrümmerten Backskiste und übergebe die Flaschenpost dem Meer.

Liebe Kerstin, liebe Carolin,

vielleicht könnt Ihr Euch vorstellen, wie froh ich darüber wäre, wenn Ihr eines Tages über die zwei Flaschen mit jeweils diesem Brief an Euch stolpern würdet. Sie werden irgendwo an irgendeinem Strand begraben liegen, darauf wartend, dass Ihr sie findet. Und ich weiß, dass Ihr sie entdecken werdet.

Kerstin
Du warst und bist ein wunderbares Kind und schon früh haben Deine Mama und ich gespürt, dass Du die Sonne in Deinem Herzen trägst. Dein offenes Gesicht spiegelt Dein inneres Wesen und Deine unendliche Güte. Und Deine Geduld ist beispielhaft. Dein behutsamer Umgang mit Euren Kindern ist ein Spiegelbild Deiner Fürsorge und Deiner Bereitschaft, Dich für das Wohlergehen Deiner Familie aufzuopfern. Du hast Dich schon früh dafür entschieden, einen sozialen Beruf auszuüben. Du bist Erzieherin geworden. Es ist auch nicht verwunderlich, dass fast alle, die Dich schon seit Deiner Kindheit kennen, sagen, dass Du die geborene Kindergärtnerin bist. Und es stimmt. Ich kann mir nicht vorstellen, dass Dich eine Tätigkeit

in einem Büro als Verwaltungskraft oder als Sachbearbeiterin ausfüllen und erfüllen würde. Ich glaube fest daran, dass Dein Selbstwertgefühl mit Deinem Beruf in Einklang ist.

Liebe Kerstin, es gefällt mir gut zu sehen, dass Du auch resolut sein kannst. Du hast ein gutes Gespür für das Richtige und für das Falsche. Und ich bewundere Deinen Mut, wenn nötig, auch unpopuläre Entscheidungen zu treffen, auch wenn diese die Gefühlslage anderer Menschen beeinflussen. Das hast Du zu meinem großen Erstaunen geschafft, als Du eine freundschaftliche Beziehung kurzentschlossen „auf Eis" gelegt hast. Du hast richtig entschieden, denn Du hast geahnt, dass Du Deine Freiheit im Umgang miteinander aufgegeben hättest. Du hast absolute Stärke bewiesen und darauf können Du selbst, Dein Ehemann Michael und Deine Kinder Nils, Marie und Julian sehr stolz sein. Du bist stark und Du weißt, worauf es im Leben ankommt. Deine Mama und ich möchten Dich auf Deinem Weg, der noch vor Dir liegt, begleiten, so gut und solange wir das können. Ich selbst habe in Deinem Mann Michael einen Partner gefunden, der oft, wie man es von einem Sohn erwarten würde, da ist, wenn „Not am Mann" ist. Sei es beim Brennholz schlagen, sowie bei kleineren Hausreparaturen. Er ist sehr geschickt in allen Dingen und viel korrekter in seinen Ausführungen als ich es sein könnte. Dafür bin ich dankbar und hoffe, dass diese Verbundenheit ewig bestehen bleibt.

Carolin,
Deine Mama und ich haben Dich als Kämpferin kennen gelernt; da warst Du noch nicht einmal auf der Welt. Schon im Leib Deiner Mutter war Dir Deine beschützende Hülle zu eng und zu klein. Du hattest keine Zeit, Du wolltest raus und die Welt erkunden. Und siehe da, es ist Dir gelungen, was schier unmöglich erschien. Du hast alle Fesseln gesprengt, als Du nicht länger den Tag DeinerGeburt abwarten wolltest. Die Ärzte und die Kinderschwestern im Klinikum halfen bei Deiner Geburt, als sie sahen, dass Dich nichts mehr aufhalten konnte. Dann durften wir Dich mit nach Hause nehmen und vom ersten Tag an wusstest Du, wie man Papa um den winzig kleinen Finger wickelt. Und ich ließ mich gerne um Deinen Finger wickeln. Deine Entwicklung ging rasant vorwärts

und schon bald hast Du bemerkt, worauf es im Leben ankommt. Du hast Deine Ziele stets vor Augen gehabt und nichts konnte Dich bremsen. Dein Mut hat mich immer beeindruckt, und Deine Ausdauer und Tatkraft haben mich immer wieder überrascht. Noch während Deiner Schulzeit zieht es Dich in die Natur, ein Praktikum in einem Forstrevier macht Dir große Freude und da weißt Du, dass ein Beruf, in dem Du mit der Natur in Einklang leben kannst, genau das Richtige für Dich ist. Und Du wirst Gärtnerin. Es zieht Dich in die Ferne. Du möchtest nach Guatemala oder nach Neuseeland. Abenteuer warten nur auf die Mutigen, den Zaghaften bleibt die Eintönigkeit. Amerika ruft und Du wirst sesshaft in der neuen Welt. Du bist eine starke junge Frau und zusammen mit Deinem Ehemann Jeff und Eurem Sohn Noah bildet Ihr eine starke Gemeinschaft, die es mit allen Schwierigkeiten aufnehmen kann. Ihr macht mich stolz. Und ich erinnere mich, als ich diese Zeilen schreibe, an einen Satz, den ich Dir einmal gesagt habe: „Du kannst wachsen wie eine Pflanze und Deine Arme ausstrecken, Dich hochziehen und weiterentwickeln. Und Dein Wachstum soll von nichts und niemandem gestoppt und unterbrochen werden. Es gibt nur eine winzig kleine, aber sehr bedeutsame Bedingung dafür. Das sind

Deine Wurzeln. Wenn die Wurzeln gepflegt werden, kann einer Pflanze kein Unheil geschehen.“ Liebe Kerstin, liebe Carolin, ich weiß, dass Ihr Euch zusammen mit Euren Familien Sorgen um mich macht, und ich weiß, dass, wenn es die Situation erfordert, ihr mir beisteht, Eure Geduld bewahrt und Eure Zuneigung nicht in Hass umschlägt, wenn mir alltägliche Handlungen erschwert oder unmöglich werden. Dafür und dass Ihr da seid, wenn ich oder Mama Euch brauchen, möchte ich Euch und Euren Familien „Danke“ sagen. Und ich sage das aus tiefstem Herzen. Ihr beide habt tolle Familien und jeder für sich ist ein herzensguter Mensch.

Ich habe keine Ahnung davon, was mir meine Parkinsonerkrankung noch bescheren wird und was auf mich und Mama noch alles zukommen kann. Aber ich weiß auch, dass sich Eure Mama auf Euch verlassen kann. Ich selbst habe stets Eure Sorge und Eure Zuwendung gespürt und wünsche Euch, dass Ihr immer das Gute in den Menschen mit denen Ihr zu tun habt, seht. Denn ich glaube, dass das Leben einem Bumerang gleicht. Das Böse, das man von sich gibt, kommt zurück, aber auch die Güte, die man walten lässt, darf man selbst verspüren in einer noch viel größeren Fülle.

Darum wünsche ich Euch, dass Ihr die Sonne nie aus Euren Augen verliert, dass Ihr euch in Gelassenheit übt, weil nichts so wichtig ist, als dass man sich deswegen das Leben schwermacht. Auch gegenseitig. Denn täglich erleben wir Gutes und haben Grund zur Freude und sollten deshalb unser Lachen nicht verlernen. Und seid gewiss, Ihr werdet immer einen besonderen Platz in meinem Herzen haben.

Euer Papa

Lieber Nils,

Du wirst eines Tages die Flasche mit diesem Brief finden. Da bin ich mir ganz sicher. Sie wird viele Seemeilen hinaus aus dem Mittelmeer und über den Atlantischen Ozean treiben. Und eines Tages oder eines Nachts wird ein schwerer Sturm die Flasche samt Inhalt am Strand irgendeiner Küste zurücklassen. So als wäre es das Normalste auf der Welt, dass plötzlich eine Flasche – mit einem Brief an Dich darin – darauf wartet, von Dir entdeckt zu werden.

Du warst gerade einmal zehn Jahre alt, als Du von meiner Krankheit erfahren hast. Und man hat mir gesagt, dass Du damals gefragt hast, ob Opa jetzt sterben müsse. Ich glaube zu verstehen, dass die Nachricht über meine Erkrankung Angst in Deine kindliche Seele gepflanzt hat. Und weißt Du, einerseits bestätigt sich dadurch die sehr starke Bindung, die es zwischen uns beiden gibt, aber es erfüllt mich auch mit einer gehörigen Portion Trauer darüber, dass Du in Deinem noch so jungen Alter schon mit der Angst konfrontiert wurdest, einen Kameraden verlieren zu können. Denn wir beide sind über viele Jahre Sandkasten-

freunde gewesen, später Wanderfreunde. Wir haben ganze Landschaften aus Sand gebaut und danach mit einem Tsunami überflutet, die Brücken zum Einsturz gebracht und tiefe Tunnels gegraben. Ach, wie war das herrlich! Wir haben zusammen unsere „Kleine Burg“ mit Namen „Halbmond“ belagert, eingenommen und gegen allerlei mächtige Feinde verteidigt. Die Schießscharten des alten Gemäuers tragen heute noch die Spuren unserer erbitterten Kämpfe mit Schwertern aus Ahornstecken und Kanonen aus herumliegenden Ästen und du konntest die wildesten und die am meisten angsteinflößenden Kampfschreie ausstoßen. Und im Pulverdampf erstickten unsere Stimmen – so heiser wurden unsere Kehlen. Unsere Fantasie kannte keine Grenzen, und erst als der Tag zur Neige ging und die Abenddämmerung den Burgberg heraufkroch, legten wir unsere Ritterrüstungen und unsere Waffen ab. Aber wir konnten den Ort des grausigen Geschehens nicht verlassen, bevor Du den gesamten Innenraum Deiner „Kleinen Burg“ mit herumliegenden Ästen und Zweigen gefüllt hattest. Aus welchem Grunde Du es für absolut notwendig hieltst, das zu tun, hat sich mir bis heute nicht erschlossen. Aber ich sah darin Deine Ausdauer, etwas zu unternehmen, und das hat mir immer sehr gefallen. Nach *getaner Arbeit wolltest Du auf meinen Schultern, von Deinen heldenhaften Kämpfen gezeichnet und völlig ermüdet, nach Hause reiten. Oma musste dann zuallererst Deine vielen Kampfeswunden versorgen. Und die Wundpflaster taten wunderbare Dinge. Kaum aufgeklebt, war der Schmerz auch schon verschwunden.*

Lieber Nils, wie Du siehst, schwelge ich in Erinnerungen, die mir so lieb sind, dass ich sie auf gar keinen Fall missen möchte. Ohne Dich wäre mein Leben um sehr, sehr vieles ärmer gewesen. Du aber hast mein Leben und das Deiner Oma M. reicher gemacht. Jetzt, wo ich diese Zeilen auf einen Fetzen vergilbten Papieres aus meinem Logbuch schreibe, bist Du schon sechzehn und wie groß Du bist! Und es freut mich zu sehen, wie Du Verantwortung übernimmst; in Deiner Schule als Klassensprecher, zu Hause als „großer Bruder" für Marie und auch Julian und manchmal als mein Betreuer, der penibel darauf achtet, dass ich meine Medikamente zur rechten Zeit einnehme. Ich beobachte, wie Julian Dich als seine Bezugsperson neben Euren Eltern ausgewählt hat. Er ist auf Dich fixiert und ich glaube zu erkennen, dass dich Julian, auch wenn er noch sehr jung und klein ist, sehr verehrt.

Lieber Nils, ich bin mir sicher, dass Du Deinen Weg gehen wirst. Und es wird mit an Sicherheit grenzender Wahrscheinlichkeit gewiss nicht immer einfach sein. So wie es in meinem Schicksal lag, liegt es vielleicht auch in Deinem Schicksal, anderer Meinung zu sein, wenn Regeln und Zwänge Deiner Entwicklung im Wege sind. Ich bin da. Manchmal zwar etwas angeschlagen und müde, aber das geht meistens schnell vorüber. Und ich hoffe, dass Du Dich an mich wenden wirst, wenn Du es für nützlich oder für nötig hältst.

Dein Opa Klaus

Liebe Marie,

Du wirst eines Tages an einem sonnigen Strand liegen und wirst Dich vielleicht fragen, was das wohl sein könnte, was da auf dem Wasser hin- und herdümpelt. Der Gegenstand weckt Dein Interesse, und dann entdeckst Du die ziemlich ramponierte und von Seepocken überwucherte, aber immer noch dicht verschlossene Flasche. Sie treibt auf Dich zu und Du ahnst, dass es eine ganz besondere Flasche sein muss mit einer ganz besonderen Fracht.

Die Flasche hat endlich, nach vielen zurückgelegten Meilen und langer Zeit auf See ihr Ziel erreicht und sie beinhaltet eine vor langer Zeit geschriebene Botschaft – meinen Brief an Dich!

Marie, ich möchte Dir sagen, dass ich keine einzige Minute missen möchte, in der wir, Du und Deine Familie mit Oma und mir, zusammen sein durften. Und als ihr dann bald nach Deiner Geburt im Schwabenland hierher ganz in unsere Nähe gezogen seid, ja, da war meine Freude übergroß und ich kann mir kaum vorstellen, dass sich das einmal ändern könnte. Oft merke ich, wie Du auf meine Befindlichkeiten achtest. Da bist Du sehr aufmerksam und Deine Versuche, mich fröhlich zu stimmen, sind mir so viel wert! Ich glaube, dass Du die Gabe hast, in mein Herz zu schauen, und überhaupt, Du hast einen Schlüssel zu meiner Seele. Du spürst genau, wenn es mir nicht gut geht und mein Zittern kein Ende nehmen will. Dann ist Deine Umarmung die beste Medizin für mich. Keine meiner vielen Tabletten, die ich fast rund um die Uhr nehmen muss, hat annähernd die Wirkung Deiner Umarmungen.

Marie, Du bist ein junges Mädchn mit Anmut und Liebreiz, und was mich besonders stolz auf Dich macht, sind Deine schulischen Leistungen. Einfach beispielhaft. Ich will zu Dir ehrlich sein, nie hatte ich solch gute Schulnoten und wohlgemeinte Beurteilungen, wie Du sie bekommst. Ach, wäre meine Mama froh gewesen, hätte sie auch nur ein einziges Mal eine Mathearbeit mit der Note „Eins" unterschreiben dürfen. Dir mag eine Note „Sehr gut" als normal erscheinen. Ich aber erkenne in Deinen Leistungen Fleiß und Talent. Und natürlich wünsche ich mir, dass Du in Deinem Leistungsbestreben nicht nachlässt und dabei das Lesen nicht vergisst.

*Liebe Marie, Du befindest Dich im Alter von fast vierzehn Jahren in einer verwirrenden Gefühlswelt. Du spürst den langsamen Übergang vom Mädchen zur jungen Frau. Und ich glaube zu wissen, dass ein junger Mensch wie Du diesen Übergang mit täglichen Überraschungen erlebt und wahrnimmt. Und vielleicht wunderst Du Dich manchmal selbst über Deine eigene Reaktionen, wenn Dich ein einziges Wort von Mama, Papa, Bruder oder uns, Deinen Großeltern, furchtbar verärgert und Du Dich dann zutiefst beleidigt fühlst und Dich schmollend zurückziehst und Dich in Deinem Zimmer einschließt. „***Zutritt verboten***“ *steht dann an Deiner Zimmertür. Und keiner hat die geringste Ahnung davon, was um Himmels Willen Dich so verletzt hat. Und weißt Du, Marie, ich glaube sagen zu dürfen, dass es, so wie Du auf die „blöden“ Kommentare reagierst, total O.K. ist. Da muss man durch. Und niemand ist jemals von dieser aufregenden Lebensphase verschont geblieben. Das war früher zu meiner Jugendzeit kein bisschen anders; nur gab es kaum Eltern, die für solche Zickereien – wie sie es nannten – auch nur das geringste Verständnis aufbringen konnten oder sogar wollten. Ich selbst hatte da meine Schwierigkeiten mit den Erwachsenen, wie Du vielleicht schon mitbekommen hast. Ich wollte* *mich nie in die Spuren von anderen begeben; ich hatte das Bedürfnis zu rebellieren, wenn mir danach war und ich von der Richtigkeit meines Verhaltens überzeugt war. Vielleicht gelingt es Dir besser, diese Zeit des Übergangs vom Kind zur Jugendlichen zu bewältigen.*

Liebe Marie, das wünsche ich Dir von ganzem Herzen und ich hoffe, dass uns für immer und ewig eine tiefe Freundschaft verbindet.

Dein Opa Klaus

Lieber Noah,

zwischen dem Ort, an dem ich diese Flaschenpost ins Meer werfe, bis zu irgendeinem Strand im fernen Amerika liegen viele, viele Seemeilen.

Die Flasche kann lange unterwegs sein und sie muss einen Ozean überwinden. Da lauern viele Gefahren auf sie. Sie kann an einer Insel mitten im Atlantik anlanden und dort für immer stranden. Sie kann auch unterwegs zu Dir an einem Schiffsrumpf oder sogar an einem Eisberg zerschellen. Dann wird sie zersplittern, und vielleicht findet ja ein Mensch das aus meinem Logbuch herausgerissene Stück Papier mit meinem Brief an Dich. Ich nenne den Brief „A message in a bottle".

Lieber Noah, Du bist sieben Jahre jung, als ich diese Zeilen aufschreibe. Deine Oma und ich hatten das große Glück, bei Deiner Taufe dabei zu sein. Das war sehr ergreifend für uns beide. Seitdem hatten wir leider nur sehr wenige Gelegenheiten, Dich, Deine Mama und Deinen Papa zu besuchen. Wir durften miterleben, wie euer Haus gebaut wurde, und ich erinnere mich so gerne an die vielen schönen Stunden, die wir zusammen erleben konnten. Für mich waren die Spaziergänge mit Deinem dad down to the river ganz in der Nähe des Hauses oder up to aunt Jane´s air-field immer ein besonderes Erlebnis.

Ich erinnere mich sehr gerne an diese Wanderungen durch kniehohes, trockenes Gestrüpp, an die vereinzelt stehenden Häuser, die verlassen aussehen, aber bestimmt irgendwelche Geheimnisse bewahren. Ach, wie wünschte ich mir, mit Dir und Deiner Familie dort in dem weiten Gelände herumzustöbern und dem rhythmischen Quietschen der rostigen und windschiefen Windräder zu lauschen, die kühles Wasser aus den Tiefen der Erde nach oben befördern.

Lieber Noah, Du hast das große Glück, in einem Land aufzuwachsen, das den Menschen viele Freiheiten gewährt und sie wenig reglementiert. Ich denke dabei gerade an die Freiheit, Wildbret jagen und Fische angeln zu können. Und Dein Papa ist ein Meister dieses Handwerks und er zeigt Dir alles, was ein Junge wissen muss. Du gehst jetzt schon zur Schule und wir, Oma und ich, sind echt sehr stolz auf Deine Lernergebnisse und wir wissen, wie stolz Deine Mama, Dein Papa, Grand-pa und Gigi auf Dich sind.

Lieber Noah, gerne würden wir Dich auf Deinem Weg begleiten, nur ist das etwas schwierig für uns auf der anderen Seite des Atlantischen Ozeans. Aber es gibt ein Band, das uns alle miteinander verknüpft. Wir sind miteinander verwandt und das Gefühl unserer Liebe zu Dir und Deiner Familie kann nicht durchtrennt werden.

Du bist ein wunderbarer und einzigartiger Junge und ich hoffe, dass wir uns alle bald wiedersehen werden.

Dein Opa Klaus

Lieber Julian,

es wird noch eine Zeitlang dauern, bis Du die Flasche mit meinem Brief an Dich finden wirst. Ich habe sie nämlich ganz, ganz weit weg von Deinem Haus ins Meer geworfen. Und von dort muss sie viele Tage und viele Nächte im Wasser herumschwimmen, bis sie plötzlich da auftaucht, wo Ihr alle zusammen an einer Meeresküste Euren Urlaub verbringt. Und vielleicht haben Deine Oma und ich ja sogar das große Glück, dabei zu sein, wenn Du die Flasche mit meinem Brief an Dich finden wirst. Das wäre bestimmt sehr lustig!

Du bist jetzt vier Jahre jung. Und Du bist gerade dabei, Deine Art zu sprechen zu verändern. Das freut natürlich Deine Mama sehr, denn sie ist schon etwas besorgt darüber, dass Du verschiedene Begriffe und Wörter immer noch mit den falschen Buchstaben benennst. Aber ich will Dir mein Geheimnis verraten: Ich liebe Deine Wortbildungen – gerade weil sie so lustig klingen. Und weißt Du, ich habe noch ein Geheimnis: Am liebsten möchte ich auch so wie Du sprechen. Dann hätten wir nämlich eine Geheimsprache. Und sowas hat sonst keiner.

„Opa, pomm, wir spielen Dino. Und tuck, ich bin der Fleischfresser und bin ein Tyrannosaurus Rex. Du bist der Triceratops, der tann mit seinen drei Hörnern dem Fleischfresser danz schön weh machen. Aber mein Tyranno, der ist viel stärker, und wenn der beißt, ist dein Triceratops dabutt."

Ja, lieber Julian, ich könnte Dir stundenlang zuhören und Du bringst mich zum Lachen; sogar dann, wenn mir überhaupt nicht danach ist. Schon als Du noch drei warst, hast Du ganz genau gewusst, wie Du mit mir umgehen musst. Da ist Dein ganz besonderer Blick! Du hältst Deinen Kopf etwas schief, ziehst Deine Augenbrauen leicht hoch und schaust mir von unten in meine Augen. Dann weiß ich, dass ich Deiner Bitte nicht widerstehen kann; und ich weiß nicht einmal, was Deine Bitte sein wird. Allein Dein Blick und Deine Gestik reichen aus, um mich butterweich zu machen, und das gelingt Dir immer. Sogar wenn mich meine Knie vom Herumkriechen auf dem Boden fürchterlich schmerzen.

Ich erlebe, wie Du Dich von einem Tag auf den anderen Tag weiterentwickelst. Und wenn Oma und ich Dich aus irgendeinem Grund zwei Tage hintereinander nicht gesehen haben, dann leiden wir unter Julian-Entzug. Dann wird es höchste Zeit, dass wir Euch besuchen. Und wer macht uns dann immer die Haustür auf? Du natürlich! Und Dein Ausruf „Oma und Opa sind da“, lässt die Sonne für uns aufgehen und Dein Strahlen in Deinen Augen zaubert ein Lächeln in mein Gesicht. Du bist unser kleiner Herzensbrecher und ich liebe es, mit Dir zu schmusen.

Lieber Julian, es fällt mir schwer, Worte zu finden, mit denen ich unsere übergroße Freude darüber ausdrücken kann, dass es Dich gibt. Du bist noch so jung und Du wirst noch so viel lernen müssen. Jetzt bin ich alt und Du wirst immer noch jung sein, wenn ich vielleicht nicht mehr da bin. Aber jetzt bin ich zufrieden und froh. Einfach glücklich, weil es Dich gibt und ich Teil Eurer Familie sein darf.

Julian, ich wünsche mir, dass ich Dich noch lange auf Deinen Wegen begleiten darf und dass zwischen uns immer Frieden sein wird.

Dein Opa Klaus

Letzter Logbucheintrag

Schiffbruch

Besatzung gestrandet und an Land gerettet

Position: nicht feststellbar

Umgebung: Steilküste, vulkanisches Gestein

Die letzten leeren Seiten meines Logbuches will ich gut aufbewahren. Sie sollen mir dazu dienen, meiner Frau eine Botschaft zu überbringen. Denn an diese Botschaft hänge ich all meine Hoffnungen für eine Rettung von diesem Eiland. Und ich bin voller Zuversicht, dass alles gut werden wird.

In den Sand des schmalen Küstenstreifens ziehe ich mit meiner Ferse die Buchstaben:

S – O – S

Liebes,

irgendwo im weiten Ozean schwimmt eine Flasche mit einem Brief darin. Er ist an Dich gerichtet, aber ob er Dich jemals erreichen wird, weiß ich nicht. Trotzdem habe ich mich entschlossen, Dir diese Zeilen auf die allerletzten leeren Seiten meines Logbuches zu schreiben und den etwas zerfledderten Brief mitsamt der Flasche dem Meer zu übergeben. Und ich hoffe, dass meine Botschaft an Dich brausende Stürme und tosende See überstehen wird.

Liebes, ich will nicht in vergangenen Jahren schwelgen. Die haben wir gemeinsam, so gut es uns möglich war, zusammen bewältigt. Wir hatten unsere gemeinsamen Ziele und wir hatten beide unsere individuellen Wünsche. Die Pfade zu unseren Zielen waren oft unwegsam und die Wege steinig, staubig und wüstengleich. Da wussten wir, dass wir es nur schaffen können, wenn wir beide an ein und demselben Strang ziehen. Und wir beide legten uns ins Geschirr und zogen gemeinsam den Wagen, der beladen war mit unseren Vorstellungen vom Leben, unseren Wünschen und unseren Hoffnungen für uns beide, für unsere zwei Töchter, deren Ehepartner und Kinder. Und waren die Wege und Stiegen auch steil und nicht von heimtückischen Fallgruben unterbrochen oder von hämischen Wegelagerern gesäumt, dann nahm unser Wagen, beladen mit all unseren Vorstellungen und Wünschen, Fahrt auf. Dann konnte uns nichts auf der Welt aufhalten. Es ging rasant voran. Kein reißender Strom und kein noch so steiler Berg konnten uns am Erreichen unserer Ziele hindern. Und ging doch einmal ein Rad zu Bruch und rissen die Stränge durch die Schwere der Last, dann legten wir eben eine Zwangspause ein, überlegten, was als Nächstes zu tun sei, und erledigten das Nötige. Wir haben zusammen viel geschafft, haben uns gegenseitig gestützt und unterstützt – wie ein Team eben – und das Ergebnis unseres Wirkens ist gut, denn wir haben gemeinsam vorgesorgt.

Wir haben Grund zur Zufriedenheit und haben viele Gründe, uns zu freuen.

Aber auch wir beide verlieren manchmal den Blick auf die Sonne, spüren die Wärme auf unserer Haut nicht mehr, riechen den Duft der Blumen nicht und übersehen die Menschen um uns, die uns wertschätzen. Stattdessen jammern wir über die Schatten auf unseren Wegen, frösteln im warmen Sommerregen, verschmähen die würzigen Wohlgerüche der Natur an einem Frühlingsmorgen und ignorieren achtlos die Menschen, die uns nahestehen. Und Gott sei Dank haben wir beide ein Gespür dafür zu merken, wenn es Zeit ist, die Zügel herumzureißen und unseren Wagen in eine andere Richtung zu lenken. Wir reden. Wir tauschen unsere Meinungen aus. Wir diskutieren und wir streiten. Und wir haben eine Abmachung, die heißt: „Wir lassen einander ausreden. Keiner fällt dem anderen ins Wort." Wir ertragen geduldig die gegenseitigen Vorwürfe und verschlucken unseren aufkommenden Groll auf den Partner. Wir hören einander zu und wir wissen, dass ein Zusammenleben in Frieden und Einigkeit einen Kitt braucht. Der Kitt heißt: Nachgeben, wenn die eigenen Ansichten der Logik im Wege sind, und Kompromisse eingehen. Es ist natürlich, dass wir nicht immer der absolut gleichen Meinung sind. Wir haben teils völlig verschiedene Sichtweisen und doch wissen wir beide, dass Beschlüsse nur gemeinsam getroffen werden können Und es ist so, dass Du von uns beiden die Pragmatikerin bist. Du siehst die Dinge objektiv und von der praktischen Seite, suchst einfache Lösungen und findest sie auch. Du willst nicht unbedingt wissen, wie etwas zu handhaben ist, warum etwas so und nicht so abläuft. Funktioniert zum Beispiel ein Gerät, dann ist es gut und es bedarf keiner weiteren Erklärungen. Ich sehe viele Dinge ideologisch, will wissen, was ein Gerät zum Laufen bringt, was der technische Hintergrund ist, was der Anlass einer Erfindung war. Ja, ich hatte und habe immer noch und immer mehr das Bedürfnis, Dinge zu hinterfragen. Diese Eigenart an mir nervt Dich manchmal. Und ich bin Dir so dankbar für Deine Geduld, wenn ich oft stundenlang recherchiere. Und weißt Du, Liebes, ich muss den Sinn, der hinter den Dingen steckt, sehen. Ansonsten kann ich keine Zufriedenheit finden.

Maria, es sind jetzt fünf Jahre vergangen, seit ich Dich mit einer für uns beide unangenehmen Nachricht überrascht habe. Vielleicht hast Du aber damals schon geahnt, dass sich vieles ändern wird in unserem Alltag. Plötzlich, ohne die geringste Vorahnung, hat mich eine heimtückische Krankheit befallen. Eben noch, einen Tag vor dem Gang zum Arzt, hatte mich meine Arbeit wie ein Sturm gejagt und ich war wie ein gehetztes Tier in einem Pferch umhergesprungen. Es gab keinen Ausweg. Die Diagnose stand. Ich hatte große Mühe, meine körperlichen Bewegungen zu kontrollieren. Als ob jemand auf meiner Kehle kniete, war es anstrengend, Luft zu bekommen, und in meiner Angst zog ich mich in mich selbst zurück. Das schien mir der sicherste Weg, die Kontrolle über mich und meine körperlichen und geistigen Funktionen wieder zu erlangen. Ich ahnte nicht, dass sich vieles grundlegend ändern würde. Aber fast alles, was wir den täglichen Trott nennen, hat sich seit dieser Zeit gewandelt. Ich merke, dass ich empfindlicher reagiere, und weiß, dass ich mich dann mäßigen muss. Und ich bin Dir aus tiefem Herzen dankbar dafür, dass Du großzügig sein kannst, Nachsicht mit mir hast, und wenn Du es für nötig hältst, behutsam meine Marotten bemängelst.

Es hat sich vieles eingependelt in den letzten Jahren und es hat sich eine gewisse Routine über unseren Alltag gelegt. Aber trotzdem hält jeder neue Tag Überraschungen für uns bereit. An manchen Tagen, wenn die langen Nächte mit endlosen, schrecklichen Alpträumen endlich von der aufgehenden Sonne abgelöst werden, dann weicht die Angst von mir. Dann spüre ich Deine Hand auf meiner und ich weiß, dass ich nicht mutterseelenallein in einem winzig kleinen Boot von einem mächtigen Strudel in die Tiefe gesogen werde. Das apokalyptische Gefühl, die Orientierung völlig verloren zu haben, verschwindet schnell, wenn ich weiß, dass Du da bist. Und ich atme tief die frische Luft bei weit geöffnetem Fenster. Eine wohlige Wärme umhüllt mich und ich fühle mich gut. Meine morgendliche Medikamentenration an L-Dopa bringt mich auf meine Beine und der neue Tag kann gut beginnen. Hinter meinen geschlossenen Augen sehe ich Bilder, die mich tief beruhigen und ein Hochgefühl von Geborgenheit legt sich sanft über mein Gemüt. Du gibst mir Orientierung und hilfst mir in unruhigen Gezeiten sicher zu navigieren. Auf Dich ist Verlass. Du gibst mir den Spielraum, meine Grenzen auszuprobieren, aber Du zeigt mir auch, wie weit ich mich gefahrlos hinauswagen darf.

Dein Klaus

Nachwort

Auf der letzten Seite meines Buches muss ich noch einmal auf den Anfang meiner Geschichte kommen. Das Schreiben meiner Erzählung habe ich mit jeder neuen Seite als einen Rückblick in mein vergangenes Leben empfunden. Ich habe noch einmal die Stationen meiner Kindheit durchlebt. Dabei wechselten sich Hochgefühle von unbeschwerter Fröhlichkeit mit Phasen niederschmetternder Melancholie ab. Die Zeit meiner Jugend glich einer Zerreißprobe, den rechten Weg zu finden und den vielfachen Fallgruben auf meinem Weg in die Zeit des Erwachsenwerdens auszuweichen. Es waren herrliche Zeiten mit tiefen Freundschaften, pikanten Abenteuern und lehrreichen Erfahrungen. Jetzt befinde ich mich im letzten Drittel meines Lebens, und den Zenit meiner Gesamtlebenszeit habe ich längst hinter mir. Das ist ein guter Grund, Bilanz zu ziehen und mich auf eine kritische Reminiszenz einzulassen. Nie hätte ich vermutet, dass lang zurückliegende, bewusst verdrängte Erlebnisse es schaffen würden, aus der Tiefe meiner Seele wieder hervorzusteigen. Und wenn während des Schreibens die eingefrorenen Bilder vergangener Jahre auftauten, um wiederentdeckt zu werden, wenn mich ganz unvermittelt der Duft reifender Gerstenfelder umhüllte, dann habe ich vor meinen geschlossenen Augen die goldenen Teppiche der Getreideäcker, durchbrochen von grünen Wiesen, auf denen das Grummet zum Trocknen auslag, gesehen, dann durchrieselten Schauer wohliger Wärme meine Adern und ich erlebte Momente des Glücks. Am liebsten hätte ich die Zeit angehalten. Aber aus meiner Erinnerung zogen auch dunkle, fahlgelbe, mit zerstörender Energie aufgeladene Wolken auf. Und wieder brausten die Gewitter mit furchtbarer Gewalt durch meine aufgewühlte

Seelenlandschaft. Je mehr ich mich beim Schreiben meiner Geschichte in die einzelnen Sequenzen meines Lebens zurückwagte, umso tiefer und schroffer wurden die Abgründe meiner Angst und umso höher reichten die Türme meiner freudigen Erinnerungen. Ich habe Höllenhaftes gesehen und erdulden müssen und habe Paradiesisches schauen und genießen dürfen. Diese Gegensätze haben mein Leben spannend gemacht.

Und erst während ich an diesem Buch gearbeitet habe, hat sich für mich der Sinn meiner Existenz offenbart:

Ich habe gespürt, dass mir ein qualitatives Dasein viel mehr wert ist als ein quantitatives. Ich empfand es bisher als völlig normal, einem quantitativen und überschwänglichen Leben in Wohlstand und Reichtum nachzujagen: Natürlich habe ich immer mehr gewollt; ich wollte mehr verdienen, strebte nach mehr Freude und mehr sinnlichem Genuss an schönen Dingen, größer, weiter, höher... Aber es hat sich eine ungeplante Wende in meinem Leben breitgemacht – auch in dem Leben meiner ganzen Familie und teilweise darüber hinaus. Und diese Wende ist wirklich eine Umkehr im Wortsinn.

Am Anfang meines Buches sieht mich der Leser vor meinem Rasierspiegel. Aber ich stutze meinen Bart nicht; ich verharre lange Zeit völlig regungslos, ***eingefroren***, hervorgerufen von der parkinsonschen Muskelsteifheit, „Rigor" genannt, und studiere mein Spiegelbild. Und wieder sehe ich eine Landschaft. Die Topographie ist dieselbe, aber sie ist nicht mehr die gleiche. Die Nebeltropfen auf dem Gestrüpp, das es zu entfernen gilt, funkeln wie Morgentau. Und es ist gut so. Die Furchen, die meine Haut durchziehen und in einen gepflügten Acker verwandeln, sind Teil meines Ebenbildes. Und ich habe keine Einwände. Parkinson bereichert mein Leben mit täglich neuen Erkenntnissen. Ich merke meistens ziemlich schnell, wo meine

Leistungsgrenzen beginnen und wann Pausen eingelegt werden müssen. Ich weiß jetzt meine verfügbare Energie besser einzuteilen. Und wenn meine Medikamente ihre Aufgaben gut erfüllen, bin ich nicht zu schlagen, dann geht es mir prächtig und ich kann Herrn Parkinson für ein paar Stunden irgendwo parken. Meine Familie spürt, es geht mir gut und das überträgt sich auf alle. Mein Empfinden, ein qualitativ wertvolleres Leben zu haben, überwiegt bei Weitem das Gefühl, quantitativ einen Verlust zu erleiden. Auch in puncto Lebenserwartung. Diese für mich gewonnene Erkenntnis hat sich in meinen Gedanken und meiner geänderten Lebensauffassung manifestiert.

Ich habe ganz bewusst darauf verzichtet, mit meiner Geschichte über die Krankheit Parkinson zu reflektieren. Aber es war mir wichtig herauszufinden, ob es in meiner Kindheit, in meiner Jugend, als junger Erwachsener und in den späteren Jahren meines Lebens Geschehnisse, Alltagseinflüsse, Umwelteinflüsse oder berufliche Situationen gab, die zweifellos eine Auswirkung auf mein vegetatives Nervensystem hatten. Wenn das so war und auch weiterhin so ist, dann ist es nicht zu ändern. Und ich beschließe jetzt am Ende meiner Geschichte, jeden neuen Tag so zu leben und zu erleben, als wäre es der letzte Tag meiner Restlebenszeit.

Denn das Leben ist endlich und ein bisschen Mut und Aufbegehren, um gegen den alltäglichen Trott und Mainstream aufzumucken, sind allemal besser, als sich diesen zu unterwerfen. Und ja, es gibt immer einen Grund zu hinterfragen, zu widersprechen und deinem Gewissen zu folgen und du wirst sehen, das Leben hält noch viele Überraschungen bereit.